LA
MÈRE
AU FOYER

OUVRAGES ÉCRITS PAR NICOLE TROPE

EN FRANÇAIS

La Famille d'en face

La Mère au foyer

EN ANGLAIS

His Double Life

The Day After the Party

The Truth about the Accident

The Stay-at-Home Mother

The Foster Family

His Other Wife

The Stepchild

The Mother's Fault

The Family Across the Street

Bring Him Home

The Girl Who Never Came Home

The Life She Left Behind

The Nowhere Girl

The Boy in the Photo

My Daughter's Secret

NICOLE TROPE

LA MÈRE AU FOYER

Traduit par Raphaëlle Pache

bookouture

*Pour David, qui dit « Je parie que cela va donner un livre »,
chaque fois qu'il se passe quelque chose un tant soit peu
intéressant. Tu as raison.*

PROLOGUE

« Bonjour, c'est Andrea. Je ne peux pas vous répondre pour le moment. Vous pouvez me laisser un message et je vous rappellerai. »

« Bonjour, bonjour... Écoutez, je suppose que vous êtes l'Andrea Gately qui figure parmi les personnes à contacter sur le site Enfants disparus du Monde. Votre message disait de ne contacter la police que si on avait des informations, mais je vous ai trouvée sur Facebook – où vous donnez votre numéro de téléphone. J'ignore pourquoi vous avez indiqué votre numéro de téléphone sur votre page Facebook, mais ce n'est pas l'objet de cet appel. Je sais que vous vivez en Australie et comme je me trouve aux États-Unis, je ne sais pas trop quelle heure il est chez vous avec le décalage horaire, mais peu importe. Je vous appelle pour vous dire que j'ai donné votre numéro et vos coordonnées à la police d'ici et ils m'ont assuré qu'ils allaient tout de suite se pencher sur la question. Pourquoi utilisez-vous une photo de mon fils sur un site Internet dédié aux enfants disparus, Andrea Gately ? Pourquoi utilisez-vous cette photo et où l'avez-vous trouvée ? »

1

ANDREA

Elle se tient devant sa porte d'entrée, ses clés à la main, lorsque la voiture, la berline rouge avec une porte dépareillée, déboule dans la rue et s'arrête dans un hurlement de freins devant sa maison, troublant le silence et emplissant l'air d'une odeur de caoutchouc brûlé. La lumière du lampadaire vacille comme s'il venait d'être dérangé et elle serre ses clés, le cœur battant à tout rompre.

Le vent qui souffle autour de la maison éparpille les feuilles mortes détrempées tandis que la voiture tourne en ralentissant devant sa maison. Le vrombissement du moteur émet des notes menaçantes dans l'obscurité. Le pouls d'Andrea bat jusque dans sa gorge, l'empêchant de déglutir.

La portière arrière, côté passager, s'ouvre. Figée sur place, les muscles crispés, elle plisse les yeux pour tenter de voir à l'intérieur.

Terry descend du véhicule, mais il s'affale sur la chaussée. La portière encore ouverte, la voiture fonce dans la nuit, laissant derrière elle l'odeur de pneu torturé et son mari à terre.

Elle ne peut pas bouger, elle ne parvient même pas à penser à ce qu'il faut faire, et à l'intérieur de son corps, le bébé donne des coups de pied frénétiques.

Terry ne bouge pas et les mots « il est mort » s'imposent à son esprit. Elle commence à se diriger vers lui, serrant les clés si fort qu'elles lui entaillent la peau. Alors qu'elle arrive à sa hauteur, il gémit et se déplie, en levant la tête vers elle. Ses deux yeux sont boursouflés et cernés d'ecchymoses bleu-noir que la lueur jaune du réverbère met en évidence.

Elle regarde autour d'elle, soulagée de ne voir personne d'autre dans la rue, soulagée qu'ils soient seuls alors qu'elle se débat pour trouver quelque chose à dire, quelque chose à faire.

Leurs regards se croisent et il se lève, péniblement, pour avancer vers elle d'un pas douloureux et mal assuré. Elle recule d'autant.

— J'ai merdé, lâche-t-il d'une voix rauque. J'ai merdé dans les grandes largeurs.

2

GABBY

Maintenant

Lorsqu'elle le sent vibrer dans sa main en continu pendant qu'elle marche, tâchant de garder le pas assez lent tout en avançant assez vite, elle sait qu'elle ne devrait pas regarder, qu'elle ne devrait pas s'autoriser à lire les messages. Elle ne veut pas savoir ce qu'ils disent, mais, comme attirée par un aimant, elle est incapable de résister, de s'empêcher de jeter un coup d'œil, de voir les mots.

> *« Tu es folle ou quoi ? Pourquoi tu fais ça ? Arrête-toi. Tu dois faire demi-tour. Je t'en supplie. »*

Elle a la gorge nouée, elle transpire, mais impossible de faire marche arrière à présent.

— Non, dit-elle à haute voix. Non.

Les gens se retournent et la dévisagent, mais elle est incapable de s'arrêter. Il faut qu'elle le fasse maintenant. Elle doit tout changer.

3

ANDREA

Andrea examine la pièce, essayant de ne pas laisser le poids du désespoir l'empêcher d'effectuer ce qu'il y a à faire. C'est-à-dire tout.

Ils ont emménagé dans cette maison il y a trois jours, et depuis, elle ne fait guère que nettoyer et déballer. Ce matin, elle n'a même pas envie de poursuivre cette tâche titanesque. Dans un coin du salon se dresse une pile de cartons aussi haute qu'elle. Celle-ci penche légèrement et ploie sous le poids de tout ce que ces cartons contiennent. Ils sont étiquetés « GARAGE », « JARDIN » et « TERRY », parce que ce sont ceux que Terry a promis de ranger ce week-end. Ils sont empilés contre une fenêtre, effaçant une grande partie de la maigre lumière du jour. Le ciel gris et lourd n'offre que peu de clarté, si bien que, malgré l'heure matinale, elle allume la lumière et découvre alors que deux ampoules ont besoin d'être remplacées. Il y a des ampoules grillées partout dans la maison, y compris dans la chambre de Jack. D'ailleurs, elle devrait vérifier ce qu'il fabrique. Cette pensée s'évanouit lorsqu'elle jette un nouveau coup d'œil à la pièce. « C'est le propre d'un cerveau de femme enceinte », s'est esclaffée sa mère quand elle lui a avoué qu'elle n'arrivait pas à retenir une pensée, ne fût-ce que quelques secondes. Mais Andrea sait que c'est plus grave que cela. Ses pensées tournent en boucle, oscillant entre peur et inquiétude, et s'entremêlent en un flot d'émotions intenses.

Les choses sont rendues d'autant plus difficiles que la maison - pleine de courants d'air, et pourtant située dans une rue très agréable - est dans un état lamentable. Les moquettes sont propres et la peinture a été refaite, mais où qu'elle pose son regard, elle ne voit que décrépitude, depuis les cadres de fenêtres en bois piqueté jusqu'aux fissures qui courent le long du plafond. Elles ont dû réapparaître quelques jours seulement après le passage des peintres. La maison grince et gémit toutes les nuits, comme si elle se plaignait d'être habitée. La dernière propriétaire est morte dans son lit, après y avoir vécu pendant cinquante ans. Peut-être la maison regrette-t-elle sa présence et refuse-t-elle qu'une nouvelle famille l'occupe ?

— Je ne t'aime pas particulièrement non plus, murmure Andrea, avant de se moquer d'elle-même pour avoir parlé à un objet inanimé.

« Il y aura toujours des fissures, lui a dit Terry hier soir, alors qu'il s'attaquait à l'assemblage de leur lit. La maison est construite sur de l'argile et donc chaque fois qu'il pleut, qu'il y a une sécheresse ou...

— Ou une légère brise », a ajouté Andrea.

Terry avait ri, mais ce n'était pas drôle.

Andrea renifle. L'odeur de moisi est omniprésente, comme elle l'est dans tout Sydney, ces jours-ci. La pluie d'automne s'est transformée en pluie de printemps, qui s'est transformée en pluie d'été, et maintenant que commence le mois d'avril, les voici revenus à une pluie d'automne. Les interstices sous les portes et sur le côté des fenêtres laissent entrer de sournois courants d'air froid qui la font frissonner. Elle a allumé le chauffage, mais après avoir songé au prix de l'électricité, elle l'a bien vite éteint. Si elle continue à s'activer, elle aura suffisamment chaud.

La météo accompagne le désespoir d'Andrea. Il ne faudrait pas que le soleil brille maintenant, alors que tout ce qu'elle a envie de faire, c'est pleurer.

— Au moins, ma maison n'est pas inondée, dit-elle à voix haute, se souvenant qu'elle ne devait pas oublier la chance qu'elle avait, comme sa grand-mère n'avait cessé de le lui répéter.

« Il y a toujours quelqu'un qui se débat dans de plus grosses difficultés que toi. La gratitude est le moyen de traverser chaque journée. »

Sa sœur, Brianna, vit dans une petite ville à la campagne, non loin de la frontière avec le Queensland, où son mari est médecin. Leur maison a été inondée deux fois au cours des six derniers mois, la pluie ne cessant de tomber jour après jour, semaine après semaine.

« J'ai l'impression que ça ne finira jamais, a-t-elle confié hier à Andrea, en lui envoyant la dernière série de photos - dont l'une montrait son canapé en cuir flambant neuf franchissant à la nage les portes doubles du salon. Je ne voulais pas que les enfants mangent dessus, histoire qu'ils ne salissent pas son beau cuir de nourriture ou de boisson, et maintenant le voilà parti de la même façon que notre vieux canapé, par la porte et direct à la poubelle, a-t-elle conclu avec un petit rire triste.

— J'aimerais pouvoir venir t'aider à nettoyer, lui a répondu Andrea.

— Tu as un enfant de trois ans et tu es enceinte de presque neuf mois, a répliqué Brianna. Et tu viens de déménager. Tu as bien assez de problèmes comme ça. »

— Ça, c'est sûr, murmure Andrea à voix haute.

Et elle balaie la pièce du regard.

Elle se penche sur le carton marqué « SERVIETTES » et, à

l'aide du cutter qu'elle tient dans sa main, l'ouvre en soupirant devant un assortiment de serviettes qu'il conviendrait de jeter plutôt que de les ranger dans sa salle de bains. Elles sont toutes légèrement élimées, car ce sont celles que Terry a achetées lorsqu'il a quitté la maison de ses parents il y a dix ans. De nouvelles serviettes figuraient sur sa liste de souhaits pour Noël avant… avant tout. Elle emporte l'ensemble bleu dans la salle de bains familiale et accroche l'ensemble vert dans la petite salle de bains à l'ancienne, dont les murs sont carrelés d'une mosaïque rose et noire qui pourrait presque avoir un certain style rétro chic si elle n'était marquée de nombreuses fissures et constellée de trous laissés par les pièces manquantes.

« J'irai jeter un œil dans le garage pour voir si je peux trouver d'autres morceaux de faïence. Les anciens propriétaires ont dû en laisser, c'est souvent le cas », lui a annoncé Terry.

Mais elle ne nourrit pas de grands espoirs à ce sujet.

La petite armoire qu'elle a choisie pour ranger le linge est déjà pleine de draps et de nappes, tous soigneusement empilés, sans qu'il reste la moindre place pour quoi que ce soit d'autre.

— Pas d'espace de rangement et pas de lumière, marmonne-t-elle. D'accord.

Andrea repousse sans ménagement un tas de serviettes dépareillées marron et crème dans le placard. Elle a besoin d'une tasse de thé et d'un carré de chocolat.

« On a plus que la plupart des gens », a déclaré Terry hier soir.

Elle voulait être d'accord avec lui, parce que tout serait plus facile si elle arrivait à s'en convaincre. Mais elle y parvient difficilement, surtout quand elle regarde son ticket de caisse après de grosses courses, quand elle lit dans la presse que le tarif de l'électricité a augmenté ou quand elle examine la maison où elle vit maintenant.

— Tu es coincée ici, alors arrête de te plaindre, se dit-elle une nouvelle fois à voix haute.

Elle tente de se secouer pour chasser son humeur maussade, tout en poussant les dernières serviettes dans l'armoire maintenant en pagaille.

Elle a un enfant et un autre en route, et c'est Terry qui fait bouillir la marmite. Elle ne pourrait pas partir même si elle le voulait. *Je ne veux pas partir. J'aime Terry. J'aime ou j'ai aimé la vie que nous avons créée ensemble.* Terry est un charmeur. Un homme avec le sourire le plus large et le rire le plus sonore qui soient. Il est drôle et gentil et personne ne sait la faire rire comme lui.

Ce matin, avant de partir au travail, il l'a embrassée doucement sur le front.

« Les choses vont s'arranger, je le sais », a-t-il murmuré.

Elle a fermé les yeux et lancé un appel au ciel pour que les choses s'arrangent en effet.

Dans un monde idéal, Terry devrait gagner plus qu'assez grâce à son emploi dans un grand magasin d'électronique, où tous les vendeurs travaillent à la commission et où les volumes de vente sont très importants. Mais ils ne vivent pas dans un monde idéal. Ce n'est pas comme si elle-même pouvait aller décrocher un emploi maintenant. Autrement dit, elle ne peut pas faire grand-chose pour remédier à la situation. Elle est liée à Terry et aux problèmes de Terry.

Alors qu'elle allume la bouilloire, Gemma – tel est le nom que porte déjà le bébé – s'agite furieusement. Terry et elle voulaient tous les deux connaître le sexe du bébé et ils se sont rapidement mis d'accord sur le prénom Gemma. Il s'accorde bien avec Jack. Terry est étonnamment doué avec les bébés, capable de les calmer lorsqu'ils pleurent et il ne rechigne jamais à changer une couche. Il fait preuve avec Jack d'une patience qui manque parfois à Andrea et peut passer des heures à jouer avec lui. Tous deux adorent les petites voitures et le grand garage en plastique avec toutes ses rampes que les parents d'Andrea ont envoyés à Jack pour son anniversaire.

Elle repousse l'idée que Gemma soit une erreur. Elle aurait voulu attendre davantage avant de retomber enceinte.

« Jack a besoin d'un frère ou d'une sœur et ce bébé n'a qu'un an d'avance sur ton programme », a déclaré Terry quand elle lui a annoncé qu'elle était enceinte.

Devant son haussement d'épaules et son sourire, Andrea a décidé de se réjouir d'une nouvelle grossesse sans problèmes de santé particuliers, même si elle se demandait comment ils allaient pouvoir s'en sortir financièrement.

Alors que la bouilloire s'éteint, une petite pointe d'inquiétude la traverse : elle réalise qu'elle n'a pas entendu Jack depuis au moins cinq minutes. Autrement dit, il est en train de faire quelque chose d'interdit.

— Jack, lance-t-elle. Où es-tu, mon poussin ?

Comme elle ne reçoit pas de réponse, elle quitte la cuisine pour se mettre en quête de son fils. Elle sait qu'il s'ennuie, qu'il se sent seul et qu'il en a assez de sa maman grincheuse. Elle ne lui en veut pas. Elle aussi en a assez d'elle-même.

Il est dans sa chambre, en train de causer tout seul. Le contenu d'un paquet de fromage en tranches est disséminé sur la moquette, et une grande partie de celui-ci s'est incrustée dans les fibres grises. Les tranches n'étant pas emballées individuellement, Andrea comprend d'emblée que le paquet entier devra être jeté. Sept dollars à la poubelle.

— Oh, Jack ! gémit-elle, incapable de refouler quelques larmes alors qu'elle s'accroupit et ramasse assez de fromage pour au moins deux semaines de sandwichs.

Les tranches sentent si fort que leur odeur lui retourne l'estomac et l'oblige à déglutir rapidement. Cette grossesse a été plombée par des nausées matin, midi et soir.

« Parfois, le stress aggrave les choses, a expliqué Brianna lorsqu'elles ont discuté des nausées d'Andrea.

— Je suis dans un sacré pétrin alors », a-t-elle répondu.

Brianna a soupiré, sachant exactement ce qui stressait sa sœur.

— Pourquoi tu as fait ça, Jack ? demande Andrea en reniflant.

— J'avais faim, répond-il.

Ses grands yeux bleus profonds sont l'image même de l'innocence. Il a perfectionné le même regard « Qui ça, moi ? » que son père. Il a hérité aussi des yeux bleu clair et des cheveux châtains de Terry, si différents de ses yeux marron à elle et de ses cheveux bruns raides comme des baguettes. Dans le bar où elle l'a rencontré, lors de la fête d'anniversaire d'une des femmes avec laquelle elle travaillait dans une société de vente d'articles ménagers en ligne, elle s'était retournée pour le regarder uniquement parce que beaucoup d'autres femmes de son groupe le faisaient. Terry est vraiment beau, et quand il sourit, une fossette se creuse dans sa joue. Andrea a alors du mal à rester en colère contre lui.

Jack ressemble à son père, fossette comprise, mais il a un caractère moins léger. Il est sensible aux états d'âme de sa mère et essaie de l'aider au lieu de l'en détourner par une blague. Il se lève et s'approche d'elle pour l'enlacer de ses petits bras.

— Ne pleure pas, maman. Je te prépare un sandwich.

Si elle en avait l'énergie, s'il lui restait ne serait-ce qu'une once d'énergie, elle hurlerait sur son petit garçon, qui devrait savoir qu'il ne faut pas sortir tout le fromage du paquet, mais elle ravale ses reproches. Elle se penche et continue de ramasser les tranches de fromage. Dieu que leur texture froide et cireuse est répugnante !

— Je t'aide, déclare Jack.

Et le voilà qui ramasse tout un tas de choses avant de croquer dans le morceau visqueux qu'il tient.

— Jack, non, proteste-t-elle. C'est sale.

Elle lui prend le fromage des mains et jette dans la poubelle de sa chambre tout ce qu'elle a ramassé, avant d'aller la vider dehors. Son fils commence à hurler de désespoir. Andrea sent sous son cuir chevelu le picotement annonciateur d'une migraine. Alors elle quitte la chambre de Jack et va se réfugier dans la sienne, dont elle referme la porte derrière elle. Une main sur le cœur, elle prend trois profondes inspirations.

Jack aurait dû aller à l'école aujourd'hui, mais comme il avait un peu de fièvre ce matin, elle n'a pas pu l'y envoyer. Son indisposition, quelle qu'elle ait été, est manifestement passée - comme c'est généralement le cas avec les enfants -, mais sa présence ici toute la journée signifie qu'elle ne sera pas très efficace. Elle repense un instant avec nostalgie à sa petite maison sur Robertson Street, à quarante minutes d'ici, à l'ordre et à la propreté impeccables. Leur maison actuelle est plus grande, mais Andrea est si loin de s'y sentir chez elle qu'elle a envie de baisser les bras et de sangloter. Elle ne veut pas pleurer devant Jack, qui déteste ses larmes et en a vu trop ces derniers temps. Ce qu'elle aimerait faire, c'est appeler son mari et lui dire toute la haine qu'elle éprouve pour lui en ce moment. Car le pétrin dans lequel ils sont est entièrement sa faute.

Elle prend une autre grande inspiration, en entendant Jack qui l'appelle, et en même temps, la sonnette de la porte d'entrée retentit – ou plus exactement un bruit étrange et sec qui lui indique qu'il va falloir changer un énième appareil défectueux.

— Qu'est-ce qu'il y a encore ? marmonne-t-elle en ouvrant la porte de la chambre et en redressant le menton.

Qu'est-ce qu'il y a encore ?

4

GABBY

Gabby lève les yeux de l'ordinateur et porte son regard vers la grande fenêtre de la cuisine qui donne sur le jardin avec son étendue d'herbe d'un vert éclatant taillée au cordeau. La pluie continue, oscillant entre averses et bruine. Elle aimerait bien apercevoir un peu de soleil, mais elle est satisfaite d'être dans la petite alcôve qui jouxte la cuisine, assise devant son ordinateur posé sur une console, pour y rédiger un nouveau message sur Facebook. En regardant son écran, elle ne peut s'empêcher de sourire quand elle fait défiler des photos de Flynn à un, deux puis trois ans. Elle n'en a pas beaucoup, en tout cas pas autant qu'elle le souhaiterait. C'était un si beau bébé, avec de grands yeux marron et d'épaisses boucles cuivrées. Ses cheveux sont d'un brun plus foncé maintenant et, bien sûr, il a coupé ses bouclettes, en dépit de ses protestations, mais on ne peut pas dicter sa conduite à un garçon de seize ans. Elle soupire. À côté de son grand fils costaud, elle se sent désormais petite et ordinaire. À l'école, on l'appelait la « fille fantôme » en raison de la pâleur de sa peau. « Qu'est-ce qui ne va pas chez toi ? Tu es malade ? » lui demandait-on. Les enfants sont cruels. Les adultes aussi, mais de façon plus subtile.

« Vous n'auriez pas plutôt intérêt à rester complètement à l'abri du soleil ? » lui avait dit un jour une vendeuse dans une boutique. Elle observait Gabby en train d'essayer un maillot de bain une pièce bleu, qui faisait ressortir la blancheur de sa peau. Gabby avait souri et hoché la tête, sans acheter le maillot de bain.

« Souris. Tu me donnes envie de me tuer quand tu fais cette tête », ne cessait de lui répéter sa mère, et ce si souvent que Gabby a encore aujourd'hui du mal à sourire à quoi que ce soit. Quand elle se regarde dans un miroir, elle s'entraîne à faire bouger ses lèvres autour de ses dents, en espérant avoir l'air naturel, mais lorsqu'elle parle aux gens et que quelqu'un dit quelque chose qui l'amuse, elle a toujours l'impression de faire semblant.

Elle a essayé les crèmes autobronzantes et aussi de bronzer en s'exposant au soleil d'été, mais elle n'a réussi qu'à virer à l'orange ou à brûler jusqu'au rouge vif. Bref, elle a dû accepter sa peau. Elle a également essayé de se forcer à montrer ses dents pour les photos, mais elle ressent toujours une impression de ridicule. « Tu es belle. Ne t'inquiète pas de ce que racontent les autres », lui dit Richard – ou, du moins, le lui disait-il autrefois.

Flynn a de la chance avec son teint, clair aussi mais plutôt mat. Il bronze merveilleusement bien l'été, même avec les emplâtres de crème solaire dont elle l'oblige à se tartiner. Il ressemble à son père, bien sûr, à Richard, et il n'a jamais eu de problème pour sourire – pourquoi aurait-il dû en avoir, d'ailleurs ? Sa vie est parfaite et Richard et elle font tout ce qu'ils peuvent pour qu'il soit heureux. Elle ajoute un hashtag au message sur lequel elle travaille : *#pilecommepapa*. C'est un post Facebook, mais elle aime ajouter des hashtags. Elle a encore besoin d'une photo, toutefois l'essentiel du message est là : à savoir qu'il est intéressant d'être la mère d'un adolescent, en particulier d'un adolescent peu communicatif, même si elle a pris soin de dire que Flynn et elle s'entendent très bien. Un lecteur attentif sera capable de lire entre les lignes, mais elle ne veut pas être trop explicite. Et même si élever un adolescent est plus difficile qu'intéressant, elle n'est pas encore prête à partager cette vérité de façon aussi flagrante.

Elle continue à faire défiler ses photos, regardant son fils vieillir au fil des années, puis elle en sélectionne une prise il y a seulement une semaine : Flynn avec son équipe de hockey, brandissant un trophée. Elle estompe le nom de l'équipe sur leur maillot, sachant qu'elle doit protéger la vie privée de toutes les personnes concernées, et la publie sur sa page assortie du hashtag *#mamanfiere* sous le message :

> *« Il y a des jours vraiment difficiles, mais je sais que le bébé que j'aimais et le petit garçon qui me tenait la main sont toujours là. En tant que mères, nous devons nous réjouir des petits bonheurs et nous rappeler que ce n'est pas parce que nos enfants ne partagent plus toutes leurs pensées ni tous leurs sentiments avec nous que nous sommes moins impliquées dans leur vie. Flynn est un être tellement intéressant et j'adore le voir mûrir. »*

Elle vérifie qu'elle a correctement paramétré l'accès à sa publication en s'assurant que seules d'autres mamans australiennes peuvent la consulter. On ne se méfie jamais assez des escrocs et des personnes mal intentionnées sur Internet. Il n'est pas nécessaire que sa page fasse le tour du monde. Elle est satisfaite des milliers d'« amis » qui lisent ses messages et lui demandent conseil. Lorsqu'elle reçoit une demande d'ami, elle prend soin de vérifier son profil pour s'assurer que c'est le genre de personne avec laquelle elle veut partager des choses. Les conseils qu'elle donne sont toujours d'ordre pratique. Elle déteste les gourous qui délivrent des messages du genre : *« Aimez-les pour qu'ils deviennent de meilleures personnes »*, mais qui n'expliquent pas comment faire. *En quoi ces mantras-là peuvent-ils aider qui que ce soit ?* À côté des messages positifs qu'elle délivre sur son propre enfant, elle donne des conseils pratiques à toute mère qui lui demande de l'aide, et elle est heureuse de savoir que ses conseils fonctionnent bien. De nombreuses femmes se tournent vers elle. Elle ne se considère pas pour autant comme un gourou. Pas plus tard que la semaine dernière, une femme lui a écrit qu'elle devenait folle à force de demander à sa fille adolescente de ranger sa chambre. Au lieu de lui répondre : « *Laissez votre fille faire ce qui lui chante de son propre espace* », comme l'ont écrit de nombreuses personnes, elle a suggéré des boîtes de rangement multicolores et des étiquettes sympas. La femme a été folle de joie, puis lui a fait savoir quelque temps plus tard que l'astuce avait fonctionné : sa fille et elle avaient passé une journée amusante à ranger chaque chose à sa place. Voilà ce dont les mères ont besoin : des conseils de bon sens. Gabby est persuadée que la routine et la fermeté sont les meilleures façons d'éduquer les adolescents.

Flynn avancerait qu'elle est autoritaire et qu'elle l'étouffe, même si elle ne l'avouerait jamais à quiconque. Il veut qu'elle lui lâche les baskets et le laisse commettre ses propres erreurs, mais en ce qui la concerne, elle l'a mis au monde et elle ne lâchera rien du tout avant qu'il ait dix-huit ans.

Hier, il lui a dit de « rester en dehors de » sa « foutue chambre », à quoi elle a rapidement et fermement répondu : « Pas de ce langage avec moi, jeune homme, et si ta chambre était rangée, je n'y mettrais jamais les pieds. La balle est dans ton camp. »

Elle sourit en repensant à cet échange, car Flynn a éclaté de rire. « OK, maman, a-t-il dit. Qu'est-ce qu'on mange, ce soir ? »

Flynn a toujours faim après son entraînement de hockey. Il n'est pas le capitaine de son équipe, seulement le vice-capitaine, mais elle est sûre que ce rôle lui échoira l'année prochaine.

Elle griffonne quelques mots sur le bloc-notes à côté de son ordinateur portable noir ultra-fin. « *Un post sur l'acceptation du fait que son enfant ne soit pas toujours premier ?* » Elle va devoir faire des recherches. Les mères australiennes sont des lectrices assidues de sa page et elle sourit en regardant les likes et les commentaires s'accumuler sous son nouveau post.

« *Vous avez tout à fait raison, nous devons nous souvenir des petits qu'ils ont été* », écrit une certaine Kathy.

« *J'avais bien besoin de ce rappel aujourd'hui, tellement je suis fatiguée de batailler avec ma fille* », poste Debbie. Le nombre de likes dépasse les cent et Gabby soupire de satisfaction.

Beaucoup de femmes sont heureuses de s'impliquer, et elle sait que si quelque chose déraille, elles seront là pour la soutenir parce que c'est comme ça que fonctionne Facebook. Souvent, les gens lui demandent pour quelle équipe joue Flynn, elle a alors une réponse toute prête : elle protège la vie privée de son fils et celle de ses coéquipiers. La dernière chose dont elle a besoin, c'est qu'une des mères de joueur lui fasse la morale. Elle n'est amie sur Facebook avec aucune d'elles. Elle n'a pas besoin d'un commentaire de leur part sur sa page. La jalousie ne tarde pas à montrer sa face hideuse lorsqu'on a un fils beau et talentueux. C'est assez facile de se tenir à l'écart pendant les matchs. Elle ferme les yeux et se visualise, une grande tasse de café à emporter à la main, à bonne distance d'un groupe de mères occupées à échanger des commérages. Elle a les yeux rivés sur son fils et sur le match, parce que c'est tout ce qui l'intéresse. Peut-être que les autres mères la qualifient de distante ou de froide, mais elle s'en moque.

« *Comme si quelqu'un voulait être ami avec toi* », murmure la voix omniprésente de sa mère. Gabby est soudain assaillie par l'odeur écœurante de son eau de toilette à la lavande. Portant son propre poignet à son nez, elle inhale le musc capiteux de son parfum à elle, afin de chasser sa mère de ses pensées.

Lorsque Flynn sera capitaine, peut-être se liera-t-elle d'amitié avec ces mères, parce que c'est, semble-t-il, ce que la mère d'un capitaine doit faire. Mais ce n'est pas pour tout de suite.

Elle est immensément fière de Flynn, de tout ce qu'il fait, même si la situation est un peu tendue en ce moment. Elle reprend son stylo, note une autre idée de post. « *Un article sur la façon de gérer la relation avec un fils plus mûr – quelques conseils ?* » Elle aime écrire un peu tous les jours, et c'est ce qu'elle fait depuis qu'elle a commencé cette page, il y a trois mois. Ce projet a été un exutoire, un moyen de s'en sortir, un moyen de se connecter avec d'autres personnes, parce que parfois, dans le silence de sa maison vide, son esprit repasse toutes les erreurs qu'elle a commises, son ventre se noue et, inévitablement, la voix de sa mère se fait entendre, pleine de critiques et de mépris. Un jeune enfant prend plus de temps et d'espace qu'un enfant plus âgé, qui, lui, est la plupart du temps au lycée, en train de faire du sport ou de sortir avec des amis.

Au début, sa première réaction était de demander de l'aide chaque fois qu'elle rencontrait un problème, mais elle s'est rendu compte ensuite qu'elle était aussi qualifiée que n'importe qui pour donner des conseils, et quand les gens lui réclament des astuces pour gérer leurs enfants difficiles, elle se sent moins seule. Beaucoup de mères d'adolescents se demandent ce qu'elles ont fait de leur vie, au bout du compte, si elles ne travaillent pas. Nombreuses sont celles qui ont du mal à aimer vraiment leurs adolescents. La maternité peut être une expérience éprouvante et désespérée lorsque les enfants sont jeunes, mais Gabby est douloureusement consciente qu'une relégation soudaine au rang de personne « superflue » fait mal lorsqu'un enfant prend son indépendance. Sur sa page, chaque fois qu'une autre mère dit quelque chose de négatif sur son ou ses propres enfants, Gabby se sent réconfortée. Elle n'est pas seule dans cette situation.

Elle s'adosse à sa chaise de bureau, soupesant soigneusement chaque mot qu'elle compte employer pour un autre post.

« *Auparavant, Flynn se prêtait volontiers à toutes mes photos, mais ces derniers temps, il semble rechigner à ce que je publie les clichés que je prends de lui. Au début, il ne voyait pas d'inconvénient à ce que je les utilise sur ma nouvelle page, malheureusement, ces dernières semaines, il s'est mis à critiquer ce que je fais. Il veut prendre ses distances avec moi, mais j'ai du mal à l'accepter. Parfois, je me demande si je ne suis pas en train d'emprunter un chemin trop étroit entre, d'un côté, le partage de la joie que j'éprouve à élever mon fils et les conseils que je sais pouvoir donner à d'autres mamans et, de l'autre côté, la nécessité de veiller à ce que Flynn n'en souffre pas.* »

Tout en levant une main pour coincer une mèche derrière son oreille, elle met ses mots de côté. Le moment n'est pas encore venu de se dévoiler autant, de se montrer aussi vulnérable. Ce sera pour une autre fois. Son téléphone émet un « bip » : un message de Richard.

« *Je vois que tu as posté une autre photo de Flynn.* »

Réaction immédiate, comme d'habitude, mais il ne dit pas s'il a aimé la photo ou non.

Gabby fait claquer sa langue, irritée. Richard suit son compte Facebook comme un harceleur. Il est aux États-Unis pour affaires, et il doit la laisser mener sa barque. Elle sait ce qu'elle fait. « *Votre conjoint vous aide-t-il ou vous met-il des bâtons dans les roues dans l'éducation de votre adolescent ?* » écrit-elle sur son bloc-notes bleu pastel. C'est une bonne idée pour un autre post.

Elle ne doit pas en vouloir à Richard. Il essaie seulement de la protéger, comme il l'a toujours fait. Elle sourit et une image de Richard à dix-sept ans lui revient à l'esprit : le torse bombé, qui se dispute avec un commerçant qui l'accuse, elle, d'avoir volé un rouge à lèvres. L'homme était bien plus grand que Richard, mais il ne faisait pas le poids face à un jeune homme de dix-sept ans en colère protégeant la jeune femme qu'il aimait. Mais elle n'a plus quinze ans et elle n'a plus besoin de sa protection comme avant. « Vous n'avez aucune preuve », avait crié Richard à l'homme. Le magasin n'avait pas de caméra de surveillance, c'était donc sa parole contre celle de Gabby, qui était restée silencieuse pendant que Richard se disputait avec le gros type. L'homme avait finalement reculé et Richard avait emmené Gabby boire un milkshake pour fêter l'événement. Le rouge à lèvres était dans sa chaussure, d'une couleur qui ne lui allait absolument pas, autrement dit tout ce cirque aurait pu être évité, mais Gabby avait adoré voir son chevalier servant la protéger. Aujourd'hui, il est moins prompt à se jeter dans la mêlée pour elle et plus enclin à lui signaler quand elle a fait quelque chose de travers. « *Parce que tu fais toujours quelque chose de travers.* » Gabby se débarrasse de la présence de sa mère en se secouant, littéralement. Sa génitrice est plus tenace ces derniers temps, faisant des apparitions même quand Gabby déploie d'énormes efforts pour la maintenir à l'écart.

Elle se lève de sa chaise en réfléchissant à son prochain sujet. Sa tasse de café vide dans une main, elle se rend dans la cuisine, où elle rallume la bouilloire. Un rapide coup d'œil lui indique qu'il n'y a rien à nettoyer dans cette cuisine parfaitement rangée, alors, en attendant que l'eau bouille, elle se dirige vers l'entrée de sa petite maison et sort pour aller relever le courrier. Le facteur passe généralement vers le milieu de la matinée et n'apporte la plupart du temps que des publicités, mais si elle ne les ramasse pas, la boîte aux lettres déborde et les prospectus jonchent l'allée de leur jardin. La pluie s'est transformée en une légère bruine, ce qui est mieux que l'averse de ce matin. Elle ramasse quelques feuilles mortes égarées et les froisse dans sa main avant de les jeter. Elle déteste l'irrégularité qu'elles introduisent dans la beauté parfaite du chemin de gravier blanc qui mène à sa porte d'entrée.

Sa boîte aux lettres est vide, mais son regard est attiré par la maison d'en face – ou « l'horreur d'en face », comme elle se plaît à l'appeler. Wattle Street est bordée de maisons pour la plupart bien entretenues. Gabby préfère vivre dans un cadre agréable et ne comprend pas comment quelqu'un peut supporter d'habiter une maison comme celle au numéro 17. Des peintres sont passés la semaine dernière et elle a aussi vu qu'on apportait une nouvelle moquette. Il s'agissait d'une moquette grise mouchetée, bon marché et utilitaire. C'est évident pour elle, même si elle sait que ça l'est sans doute moins pour quelqu'un qui ne s'intéresse pas à ces choses-là.

Lorsque la maison a été vendue, il y a quelques mois, elle a supposé qu'elle serait démolie. Mais non, une famille y a emménagé. Ils doivent avoir pas mal d'argent car elle sait que la maison a été vendue pour une coquette somme. Peut-être attendent-ils que les plans soient finalisés avant de la remettre à neuf ?

Le jour de leur arrivée, elle a entrevu la femme enceinte, proche du terme de sa grossesse. Elle est jolie, avec d'épais cheveux bruns très raides et la peau mate. Gabby sait qu'ils ont un enfant, vu tous les jouets que les déménageurs ont transportés dans la maison, mais elle n'est pas sûre de l'âge de cet enfant ni de son sexe. Un jeune couple est toujours le bienvenu dans un quartier et, avec un peu de chance, il a beaucoup d'argent, si bien que leur hideuse maison ne tardera pas à devenir une belle demeure rénovée. Elle aimerait vraiment que le jeune couple n'attende pas trop avant d'arranger la maison, mais comme la femme est enceinte, Gabby ne voit pas comment ce serait envisageable dans l'immédiat. Un nouveau-né est synonyme de chaos généralisé.

Elle scrute la maison un instant puis, sur un coup de tête, pousse le portail à croisillons métalliques noirs de sa propriété et traverse la route pour aller sonner, sans se laisser décourager par le crachin. Elle pourrait très bien se contenter de leur souhaiter le bonjour et la bienvenue, mais elle s'arrête en plein milieu de la rue et fait demi-tour. Elle ne peut pas arriver les mains vides. Son garde-manger renferme une belle boîte de chocolats qu'elle a achetée pour se faire un petit plaisir, mais qui constituera tout aussi bien un beau cadeau de bienvenue dans le quartier. Elle va la récupérer, puis repart en imaginant les railleries de Richard. « *Tu ne parles pas aux voisins* », l'entend-elle dire, et elle n'a aucune idée de ce qui la pousse à agir ainsi aujourd'hui.

Plantée devant la porte d'entrée usée par les intempéries, dont la peinture crème s'écaille et les briques alentour se fissurent, elle se dit qu'elle aurait plutôt dû faire un gâteau ou des biscuits elle-même. Les chocolats sont des Godiva et coûtent très cher, ils ne seront probablement pas appréciés à leur juste valeur par la jeune femme.

— Trop tard maintenant, soupire-t-elle.

Et elle appuie sur la sonnette, écoutant l'étrange tintement qui se répercute à l'intérieur de la maison.

Elle se retourne en entendant une voiture passer dans la rue et secoue la tête en voyant une vieille berline rouge déglinguée. Ces gens cherchent probablement leur chemin. La voiture avance lentement, trop lentement, et un frisson d'inquiétude la traverse. Le conducteur l'observe-t-il ? Elle se retourne de nouveau, le dos tendu, la tête relevée, non sans tendre l'oreille pour s'assurer que la voiture s'éloigne bien. C'est en effet le cas, mais elle a ralenti en passant derrière elle. Gabby regrette de ne pas l'avoir examinée plus attentivement. Elle en informera peut-être Richard et il voudra une description précise. Cela étant, il est hors de question qu'elle se retourne à nouveau et indique au conducteur de la voiture qu'il l'a inquiétée. Est-ce un homme ou une femme ? Elle aurait vraiment dû faire plus attention. « *Tu ne fais jamais attention quand tu devrais* », lui reproche sa mère.

N'ayant perçu aucun mouvement à l'intérieur de la maison,

elle s'apprête à rebrousser chemin quand la porte s'ouvre sur la femme, flanquée d'un petit garçon d'environ trois ans qui ouvre de grands yeux bleus pleins de curiosité. Il s'agrippe d'un bras à une cuisse de sa mère. Dans son dos, Gabby entend la voiture accélérer enfin et se détend, assez pour afficher un sourire.

— Bonjour, je m'appelle Gabby, dit-elle en remarquant les yeux rougis de la femme, comme si elle venait de se réveiller ou de pleurer. (En reniflant, la femme lui livre la réponse à sa question.) J'habite de l'autre côté de la rue. Je voulais passer vous dire bonjour et vous souhaiter la bienvenue dans le quartier.

Elle tend les chocolats dans leur belle boîte dorée, regrettant déjà son geste. Si sa nouvelle voisine n'est pas une connaisseuse, une boîte de neuf chocolats seulement peut sembler presque insultante.

La femme opine et essaie de sourire, elle déploie de vrais efforts, mais au lieu du résultat escompté, elle ne peut pas empêcher ses larmes de couler. Gabby se sent aussitôt portée par un élan d'empathie. Elle sait reconnaître un être accablé quand elle en voit un.

— Je suis Andrea, bredouille la femme en tâchant désespérément d'essuyer ses larmes sur la manche de son sweat-shirt à capuche un peu crasseux. Je suis désolée, ces chocolats sont extra. J'adore les Godiva... C'est juste que...

Elle tente de prendre une grande inspiration, mais son souffle reste bloqué dans sa gorge. Gabby aimerait faire un geste pour la réconforter.

— Je comprends parfaitement, dit-elle. Certains jours sont difficiles et vous venez tout juste d'emménager. Pourquoi ne traverseriez-vous pas la rue pour prendre une tasse de thé et vous reposer un peu ? Votre fils pourra jouer avec les anciens jouets du mien.

Des idées fusent dans son esprit, sur la façon dont cette jeune femme et elle pourraient se lier amitié. Cela fait longtemps qu'elle n'a pas eu d'amie « dans la vraie vie », comme disent les adolescents. Depuis toujours, les gens la décrivent comme froide, mais ce n'est pas le cas, elle est juste peu sûre d'elle, et elle sait qu'elle finira par commettre une erreur en disant ou faisant ce qu'il ne faut pas. « *Il est impossible de s'entendre avec toi, tu es affreusement autoritaire* », entend-elle sa mère ronchonner. Elle évacue les mots à mesure qu'elle les entend, pour éviter qu'ils lui décochent leur coup de poing émotionnel. Elle est tout à fait capable d'être une amie agréable et loyale. Cette jeune femme a besoin d'aide et Gabby se sent prête à la lui fournir. En soutenant cette Andrea, elle trouvera peut-être une manière utile d'employer son temps et cela pourrait mener à d'autres choses. Elle ne sait pas lesquelles, mais Richard lui a dit récemment qu'elle devrait se tourner vers l'avenir. « Flynn est presque adulte, Gabby. Tu ne pourras plus publier d'articles sur lui une fois qu'il aura atteint ses dix-huit ans. Personne n'aura envie de lire des articles à son sujet à ce moment-là. »

La femme s'apprête à refuser son invitation à prendre un thé, alors Gabby insiste.

— Je suis juste de l'autre côté de la rue et ça ne peut pas faire de mal de s'accorder une petite pause pendant le rangement. Allez, c'est normal de prendre quelques minutes de repos.

Elle veille à garder un ton encourageant. Cette femme semble vraiment avoir besoin d'une pause.

Cette dernière finit d'ailleurs par accepter.

— Laissez-moi juste prendre mes clés, dit-elle.

— Ce n'est pas nécessaire, réplique Gabby en souriant. Nous ne fermons jamais nos portes à clé ici. Je sais que les temps ont changé, mais cette rue est vraiment paisible. Viens donc, ajoute-t-elle à l'intention du petit garçon auquel elle tend la main. Je parie que tu aimerais un cookie aux pépites de chocolat.

Le petit lève les yeux vers sa mère, qui s'empresse d'acquiescer, puis se détourne un instant pour déposer la boîte de chocolats à l'intérieur de la maison. L'enfant glisse sa menotte potelée dans celle de Gabby, dont le cœur se gonfle devant la confiance totale et merveilleuse qu'il lui témoigne ainsi. Elle veille à bien regarder des deux côtés avant de traverser la rue déserte, tandis qu'Andrea leur emboîte le pas.

Elle parlera de cette jeune femme à Richard lorsqu'elle l'aura au téléphone ce soir. Il ne sera peut-être pas content qu'elle ait fait entrer quelqu'un dans sa vie, mais il ne peut tout de même pas s'attendre à ce qu'elle se contente de patienter jusqu'à ce qu'il revienne d'un de ses énièmes et interminables voyages d'affaires. Flynn a seize ans et cherche à repousser les limites. Elle n'aura bientôt plus de quoi s'occuper. Aussi, elle ne peut pas trouver mieux qu'aider quelqu'un comme Andrea pour employer son temps.

5

ANDREA

Andrea n'est pas sûre de ce qu'elle fait, mais elle suit quand même la femme qui tient la main de Jack pour l'aider à traverser la rue d'un pas rapide sous la bruine. À vrai dire, elle ne demande pas mieux que de boire une tasse de thé. Elle aimerait s'asseoir et l'avaler bien chaud, et que quelqu'un d'autre surveille Jack pendant cinq petites minutes.

Elle regarde son fils, avec sa voisine, si confiant. Il comprend sans doute qu'elle a besoin d'une pause après ses pitreries de la matinée. Lorsqu'elle a quitté sa chambre pour venir voir qui sonnait à leur porte, elle a trouvé Jack en haut de la bibliothèque encore non fixée du salon. Il adore grimper et elle a dû se hisser pour l'attraper avant qu'il ne dégringole de son perchoir. L'image cauchemardesque de son petit garçon sous l'énorme bibliothèque l'a fait frissonner, et elle a crié : « Non, Jack, c'est une bêtise », tout en se dirigeant vers la porte d'entrée, son fils dans les bras. Elle l'a reposé sur le seuil avant d'ouvrir.

Les heures qui l'attendent avant le retour de Terry à la maison lui font l'effet de journées entières. Voici au moins une activité différente pendant un petit moment. Personne ne prévient les futures mères que les journées peuvent devenir interminables. « Certains jours durent une année entière », s'est esclaffée Brianna quand Andrea lui a confié son ressenti à ce sujet. Elle est heureuse de pouvoir échanger avec sa sœur et de comparer leurs expériences, même si les enfants de Brianna ont déjà atteint les âges plus faciles de dix et douze ans. Elle ne partagerait jamais certaines de ses pensées avec ses amies. Les mères peuvent être très critiques les unes envers les autres. Si elle a besoin d'aide, elle se rend chez sa sœur ou sur Facebook. Là, elle y lit avec avidité le récit des problèmes d'autrui, dans l'espoir d'y trouver l'écho de ce qu'elle vit.

La femme ouvre un grand portail de métal noir. Andrea la suit dans une allée de pierre impeccable jusqu'à une belle porte d'entrée en verre dépoli. À l'intérieur, la maison n'est pas aussi grande que certaines autres de la rue, mais elle est absolument parfaite, depuis les larges carreaux de marbre alternant avec le plancher jusqu'aux murs d'un blanc immaculé. Andrea regarde autour d'elle, émerveillée. Une table marquetée est entourée de chaises recouvertes de tissu blanc, sans la moindre tache. Aux murs se trouvent de véritables tableaux encadrés, deux marines avec des montagnes en arrière-plan, desquelles émane de chaque coup de pinceau un sentiment de paix. Elle espère que Terry finira par accrocher leurs reproductions de tableaux célèbres de Picasso et de Dalí, mais maintenant qu'elle a vu les murs de Gabby, celles-ci lui semblent *cheap* et de mauvais goût. Des photographies argentiques encadrées sont disposées sur un guéridon, une table basse et des tables d'appoint dans le salon. Andrea voit qu'il s'agit d'un garçon, mais elle n'a pas le temps de les examiner car elle suit Gabby.

Un « bip » fait soupirer son hôtesse.

— La lessive est finie. J'espère toujours avoir un jour de congé, mais avec Flynn, je n'y arrive jamais, dit-elle.

Andrea suit Gabby dans la cuisine en marbre blanc et regarde autour d'elle l'électroménager en acier inoxydable qui brille, assorti et étincelant. Un sentiment de calme et d'ordre règne partout.

— Nous avons refait la cuisine il y a deux ans et les ouvriers ont réalisé un travail fabuleux. Je peux vous donner le nom de l'entreprise si vous voulez, dit Gabby.

Andrea hoche vaguement la tête en essayant de calculer combien cette cuisine a pu coûter, puis abandonne. Peu importe qu'elle coûte dix mille ou cent mille dollars : même cent dollars, ce serait trop. « *Tout va s'arranger, bébé, je te le promets. On va reprendre pied et tout ira bien à nouveau* », entend-elle Terry affirmer. Mais même au fond de lui, il n'a pas l'air d'y croire. Où est Terry en ce moment et que fait-il ? Elle sait où il est censé se trouver, elle a même une application pour suivre ses mouvements sur son téléphone, mais il désactive souvent l'autorisation de localisation et prétend ne pas savoir comment cela s'est produit lorsqu'elle l'interroge à ce sujet. *Il est au travail. Tu sais qu'il est au travail. Pense qu'il est au travail.*

— Qu'est-ce qui vous ferait plaisir ? demande Gabby.

Elle soulève le dessus d'une banquette-coffre au coussin bleu rayé de blanc pour en extraire, au prix d'un certain effort, un carton qu'elle pose sur le sol.

— Comment tu t'appelles, jeune homme ? ajoute-t-elle à l'intention de Jack qui étudie le contenu du carton et répond : « Jack ». Eh bien, Jack, reprend-elle. J'ai ici un carton de jouets que je garde pour... (Elle a un petit rire.) En fait, je ne sais pas pour qui, puisque mon fils n'a que seize ans et que mes petits-enfants n'arriveront probablement pas avant une ou deux décennies, néanmoins, je le garde quand même.

Elle lève les yeux vers Andrea, qui esquisse un sourire. Cette dernière n'arrive pas à imaginer Jack à l'école primaire, et encore moins au lycée, devenu indépendant.

La boîte est remplie de jouets, dont certains sont encore un peu trop compliqués pour Jack, comme les minuscules Lego, mais d'autres sont parfaits pour son âge : la grande collection de dinosaures, de montagnes et d'arbres en plastique, par exemple, avec lesquels créer un monde. Jack aime beaucoup les jeux d'imagination, et Andrea sent naître un vrai sourire sur ses lèvres devant son excitation.

— Waouh ! s'écrie-t-il quand Gabby sort le sac en plastique qui contient les figurines. Y a tous les dinosaures du monde entier, je pense.

Les deux femmes échangent un regard et un sourire lorsque Gabby ouvre le sac et le tend à Jack, avant de le guider vers un coin de la cuisine.

— C'est un bon endroit pour le monde des dinosaures, dit-elle.

Jack s'assoit immédiatement, dispose les animaux sur le carrelage blanc et se met à bavarder tout seul.

— Et toi, tu peux aller ici, monsieur Tyrannosaure, et tu peux aussi faire « Roahh ».

— Merci, dit Andrea.

Gabby balaie ses remerciements d'un geste de la main.

— Ce n'est rien. Je me souviens de ce que je ressentais quand j'étais mère d'un jeune enfant. Cela peut être absolument épuisant. Surtout que vous venez d'emménager dans une nouvelle maison et que vous êtes enceinte. Vraiment, je ne sais pas comment vous vous en sortez.

Andrea se laisse tomber sur une chaise et se sent immensément réconfortée par les paroles de cette femme plus expérimentée, par sa maison bien rangée et propre, par le fait que Jack joue maintenant tranquillement, qu'elle n'a plus les pieds enflés et qu'elle se repose. Elle tire sur le haut à capuche rouge qu'elle porte. Il appartient à Terry et elle sait qu'il a, dans le dos, une petite tache qu'elle n'a pas réussi à faire partir. Elle a l'impression d'être une souillon, mais ce haut est confortable, et elle n'avait pas prévu de voir qui que ce soit aujourd'hui, sinon elle se serait au moins maquillée. Elle ne se rappelle même pas si elle s'est lavé le visage ce matin.

Gabby est vêtue d'un jean bleu clair et d'un magnifique haut à rayures qui semble doux et cher. Elle est mince. Andrea voit à sa façon de bouger qu'elle est forte et sûre d'elle. En ce moment, Andrea a pour sa part l'impression que son corps appartient à quelqu'un d'autre et son esprit, toujours épuisé, a du mal à se concentrer.

— Vous avez une belle peau, constate Gabby, comme si elle lisait dans les pensées d'Andrea et devinait les comparaisons auxquelles sa voisine est en train de se livrer.

Andrea rougit, ravie du compliment. Cela fait longtemps que personne ne lui a dit qu'elle avait quoi que ce soit de beau.

— Je suis désolée pour mes larmes, bredouille-t-elle, alors que ses yeux se remplissent à nouveau. C'était ridicule.

— Vous plaisantez ? proteste Gabby. Quand Flynn était petit, je pleurais probablement deux fois au cours d'une journée normale, et je ne parle même pas de celles où je croulais sous les tâches. Bon alors, quel genre de tisane vous ferait plaisir ? Camomille ou menthe poivrée ou... Je sais : et pourquoi pas un thé à la pêche ? Ça sent très bon.

Elle a ouvert une boîte en bois et Andrea découvre au moins dix sortes de thé différentes, bien rangées dans de petits compartiments. Dans sa cuisine, Andrea a fourré trois boîtes de thé ouvertes au fond d'un placard, et elle est certaine d'avoir l'une d'elles depuis plus d'un an. Installée dans la cuisine de Gabby, elle a l'impression d'être une enfant désordonnée plutôt qu'une mère avec un enfant et un bébé en route. Arrivera-t-elle un jour à maîtriser sa vie, sa maison, son monde comme cette femme ?

— Merci, ce sera parfait, répond-elle à la proposition de Gabby.

En réalité, ce qu'elle voudrait vraiment, c'est une grande tasse de café. Gabby ne semble pas être le genre de femme à s'être autorisé la caféine lorsqu'elle était enceinte, mais parfois, la seule chose qui permet à Andrea de tenir toute la journée, c'est le café qu'elle s'accorde. Or elle n'a pas encore eu sa dose aujourd'hui.

— Et un jus de pomme dilué, est-ce que ça ferait plaisir à notre jeune homme ?

Andrea acquiesce, en repensant avec culpabilité au jus de fruits qu'elle a servi à Jack ce matin au petit déjeuner. Il ne devrait boire que de l'eau, mais il voulait son jus et elle sentait monter la crise de colère quand elle a refusé, si bien qu'elle a capitulé. Elle ne devrait pas céder autant aux caprices de son fils. Elle devrait se montrer ferme et patiente, s'assurer que Jack prend de bonnes habitudes et respecte les règles. Mais toutes ses résolutions sont passées à la trappe ces derniers mois. Avant, elle était une bien meilleure mère pour Jack. Tout en se passant une main sur les yeux, elle chasse cette pensée. Demain est un autre jour où elle essaiera de faire mieux.

Gabby prépare le thé et le dépose devant Andrea dans une tasse décorée de motifs roses complexes qui ressemblent à des tourbillons. Elle place à côté une assiette de biscuits. Elle verse du jus de pomme mélangé à de l'eau dans un robuste gobelet en plastique bleu et le tend, ainsi qu'une assiette en plastique assortie contenant deux biscuits aux pépites de chocolat, à un Jack qui dit : « Merci beaucoup, beaucoup » de son ton le plus poli. Il mange en jouant, complètement absorbé par les dinosaures.

Andrea prend un biscuit sur l'assiette blanche devant elle et mord à pleines dents dans la pâte moelleuse et les gros éclats de chocolat.

— C'est délicieux, commente-t-elle. C'est vous-même qui les faites ?

— Une fois par semaine, répond Gabby en souriant. Flynn en dévore cinq à la fois, précise-t-elle avec un petit rire. Attendez un peu et vous verrez quand ce jeune homme sera adolescent. Ils mangent sans arrêt. Je vais faire les courses, je remplis le réfrigérateur, puis je monte faire quelque chose à l'étage et quand je redescends, je le retrouve à nouveau vide.

— Je n'arrive pas à l'imaginer adolescent, avoue Andrea en terminant le biscuit et en en prenant un autre.

— Ma grand-mère avait l'habitude de répéter que les jours étaient longs, mais que les années étaient courtes, réplique Gabby, qui s'est assise avec sa propre tasse de thé, mais sans prendre de biscuit. Je n'ai eu qu'un seul enfant, ce qui, selon lui, me rend surprotectrice et trop curieuse. J'aurais aimé en avoir un autre. Vous avez beaucoup de chance.

Andrea ne peut manquer les notes mélancoliques dans la voix de Gabby et elle se dit, une fois de plus, qu'elle ne doit pas minimiser la chance qu'elle a.

— C'est une fille, dit-elle à Gabby, en tapotant son ventre et en riant lorsqu'elle reçoit un coup de pied en guise de réponse.

— Je peux ? demande sa voisine.

Elle tend une main fine, aux ongles parfaits et vernis de rose clair.

— Bien sûr, acquiesce Andrea.

Les mains de Gabby sont froides, Andrea le sent, même à travers le sweat-shirt à capuche qu'elle porte, mais Gemma donne obligeamment un coup de pied pour que Gabby perçoive sa présence.

— Quelle puissance ! s'exclame-t-elle en déployant sa main sur le ventre d'Andrea, qu'elle laisse jusqu'à ce que la jeune femme se décale légèrement.

— Elle m'empêche de dormir, ça, c'est sûr.

— Quand devez-vous accoucher ?

Gabby se rassoit et boit une gorgée de son thé, fronçant les sourcils parce qu'il est trop chaud.

— Dans cinq semaines, répond Andrea. Jack est né pile à l'heure, donc je pense qu'il en ira de même cette fois-ci.

— Vous avez de la chance. J'ai eu Flynn avec trois semaines d'avance et il a dû être hospitalisé en soins intensifs néonatals.

C'était un peu inquiétant, pourtant il est devenu intelligent et sportif, donc je me suis fait du souci pour rien. Mais maintenant, parlez-moi un peu plus de vous... On pourrait se tutoyer, non ? D'où viens-tu ? ajoute-t-elle après avoir reçu un petit signe de tête de la part d'Andrea.

Gabby prend un biscuit et le casse en deux, glissant un minuscule morceau dans sa bouche et laissant le reste dans l'assiette devant elle.

— On vivait à environ quarante minutes d'ici, à Pembroke, précise Andrea, dont la main se tend vers un autre biscuit puis se retire.

Gabby s'en aperçoit et fait glisser l'assiette vers elle.

— Sers-toi, l'encourage-t-elle.

Andrea s'exécute.

— Tu vis ici depuis longtemps ? demande-t-elle.

— Oh... assez longtemps, répond Gabby en sirotant son thé.

C'est une réponse étrangement vague, qu'Andrea trouve bizarre, mais elle n'a pas le temps d'y réfléchir davantage, car Gabby ajoute : « Vingt ans au moins... J'ai arrêté de compter » en secouant légèrement la tête.

Andrea acquiesce d'un signe de tête – elle comprend – et avale une gorgée de thé, qui sent bon mais a surtout un goût d'eau chaude. Après un moment de silence, elle demande :

— Tu as une photo de Flynn ?

Le visage de Gabby s'illumine et elle attrape son téléphone dans son étui noir très fin, posé sur la table.

— Oui, en fait, je poste beaucoup de photos de lui sur ma page Facebook. Il n'aime pas ça, plus maintenant du moins, mais je suis sa mère. Il faut bien que je trouve un peu de joie à élever un adolescent.

Gabby éclate de rire, cependant Andrea perçoit une légère tension sous-jacente.

— Les enfants, quel que soit leur âge, sont une tâche difficile, admet-elle.

À la naissance de Jack, elle a posté des photos de lui presque tous les jours, sachant que seuls ses amis et sa famille pouvaient voir sa page Facebook. Sa mère et sa sœur adoraient recevoir ces clichés. Ces derniers temps, elle a arrêté d'en poster autant et elle se dit qu'elle finira par le regretter un jour.

— Je ne sais que ça, convient Gabby, en fermant les yeux pendant une seconde, avant de prendre une profonde inspiration.

Puis elle rouvre les yeux et tourne son téléphone pour montrer une photo à Andrea.

— Regarde, c'est lui, c'est mon garçon. Tu as Facebook ? Je vais te trouver et t'envoyer une demande d'ami.

— Oui, d'accord. Mon nom est Gately.

Elle se penche un peu en avant pour regarder la photo d'un grand adolescent aux épaules larges, avec un sourire rayonnant, des cheveux bruns et de grands yeux marron.

— Il ressemble à son père, explique Gabby. Il a les cheveux et les yeux de Richard.

— Jack ressemble aussi à son père, même si je pense qu'il a ma forme de visage. En tout cas, c'est un beau garçon que tu as là.

— C'est vrai, soupire Gabby.

Elle reprend le téléphone et fait rapidement défiler les informations sur l'écran.

— Je t'ai trouvée, déclare-t-elle au bout de quelques secondes. Je t'ai envoyé la demande. Mais je suppose que tu as beaucoup à faire.

— Oui, acquiesce Andrea.

Un peu surprise par la fin abrupte de la conversation, elle comprend cependant qu'il est temps de partir. Elle ne voudrait pas abuser de l'hospitalité de sa voisine. Elle se lève péniblement et dit :

— Viens, Jack. On range les dinosaures.

— Oh, ne t'inquiète pas, je vais ranger, proteste Gabby en se levant à son tour.

— Mais je veux jouer encore, ronchonne Jack, en élevant la voix. Je veux jouer avec les dinosaures. Je fais... une grande forêt géante avec des montagnes et les...

— Jack, s'il te plaît, le coupe Andrea.

Elle serait incapable de supporter un caprice à cet instant. Gabby est si gentille. À Pembroke, elle s'entendait bien avec ses voisines et elle aimerait sentir qu'elle en a une sur laquelle elle peut compter ici aussi. Si Jack entre maintenant dans l'une de ses spectaculaires crises de colère, Gabby n'aura peut-être pas envie de les réinviter.

— Écoute-moi bien, Jack, explique Gabby, si tu es très sage et que tu vas avec maman, je te promets que tu pourras revenir quand tu voudras jouer aux dinosaures et manger des biscuits. Mais si tu cries et pleures, je devrai prendre tous les dinosaures et les donner à un autre petit garçon.

Andrea n'aime pas cette menace, mais Jack se lève immédiatement.

— D'accord, consent-il. Je peux venir demain ?

— Ta maman et moi, on en reparlera, déclare Gabby avec fermeté.

Elle les reconduit à la porte d'entrée. Jack se précipite vers le portail. La pluie fait une pause et le soleil bataille pour percer derrière les nuages.

— Merci beaucoup de ton invitation, dit Andrea, et pour les chocolats, c'était adorable.

Elle se promet de les cacher à Terry, qui ne les appréciera pas et mangera la moitié de la boîte sans les savourer. Si elle déballe encore deux cartons, elle s'autorisera à déguster l'un de ces coûteux chocolats. L'idée d'avoir quelque chose en perspective la réjouit.

— Tout le plaisir était pour moi, répond Gabby en levant son visage vers le ciel. Waouh, on dirait que le soleil va réussir à sortir aujourd'hui ! Richard est à San Diego et il dit qu'il fait presque trop chaud là-bas, en ce moment.

— Il en a de la chance, lâche Andrea. Je suis fatiguée de ce temps affreux.

— Je sais, mais comme on a fait connaissance aujourd'hui, je vais déclarer que c'est bon signe. Sache en tout cas que je suis toujours chez moi et que tu peux faire appel à moi n'importe quand. Je suis une excellente baby-sitter.

— C'est bon à savoir. Tu travailles chez toi ?

— Oh non, répond Gabby, en ponctuant sa déclaration du trille d'un petit rire. Je ne travaille pas. Je suis une mère au foyer à l'ancienne. Richard n'aurait jamais accepté que je prenne un emploi. Flynn est plus grand, maintenant, mais il a toujours besoin qu'on s'occupe de lui. Je suis à la fois chauffeur de taxi, chef cuisinier, femme de ménage... et parfois psychologue.

Andrea rougit.

— Désolée, je n'ai pas... Je veux dire, je ne travaille pas non plus en ce moment.

— Mais bien sûr que si, réplique Gabby. Même si nous ne sommes pas payées, je pense que ce que nous faisons doit être considéré comme un travail, le travail le plus difficile qui soit, et je serais ravie de t'aider de toutes les façons possibles. C'est très agréable d'avoir une voisine avec qui je peux parler. Les habitants des deux maisons qui jouxtent la nôtre sont beaucoup plus âgés et pas particulièrement amicaux.

— Oh, lâche Andrea, un peu abattue.

Elle avait prévu d'occuper son week-end en allant frapper à la porte de toutes les maisons alentour pour se présenter, mais maintenant, elle n'est plus certaine que ce soit une bonne idée.

— J'aime bien rencontrer mes voisins, dit-elle en jetant un coup d'œil aux autres maisons de la rue.

Elles ont toutes de hauts murs et des portails fermés.

— Oh, ne t'embête pas avec eux. Crois-moi, j'ai essayé, dit Gabby. Mais je suis là, donc tu n'as pas à t'inquiéter. J'ai l'impression qu'on va devenir amies. Tu as l'air d'être le genre de personne que j'apprécie.

— Merveilleux ! s'exclame Andrea.

C'est exactement ce qu'elle espérait trouver dans son nouveau quartier. L'amélioration de son humeur lui donne un regain d'énergie et elle sait que l'après-midi passera beaucoup plus facilement grâce à cette petite pause.

— Viens, Jack, dit-elle en tendant la main à son fils.

Elle salue Gabby alors qu'ils traversent la rue.

En arrivant devant sa maison, elle ouvre la porte pour laisser entrer Jack. Il part en courant vers ses propres jouets et elle se retourne pour saluer Gabby une dernière fois, mais celle-ci est rentrée chez elle. La rue est silencieuse et déserte. Alors qu'elle l'observe, une vieille berline passe lentement devant la maison. Elle est rouge et sa carrosserie est toute bosselée. Andrea, qui sent son souffle se bloquer dans sa gorge, s'empresse de rentrer et de verrouiller les deux serrures de la porte d'entrée.

Non, non, non, pense-t-elle. *Ça ne va pas recommencer.*

6
GABBY

Une fois Andrea et son fils Jack partis, elle nettoie et range les dinosaures. Puis elle monte dans la chambre de Flynn, bien qu'elle y ait déjà fait le ménage aujourd'hui et que tout soit parfaitement propre. Comme d'habitude, il avait laissé ses affaires dans le plus grand désordre : du linge partout, une serviette mouillée sur le sol et une collection d'assiettes près du lit. Elle lui demande de se charger lui-même du ménage de sa chambre, mais à vrai dire, cela ne la dérange pas de le faire. Il a beaucoup de placards, mais semble préférer le désordre. Devoir ranger sa chambre lui donne un prétexte pour y entrer, et parfois, elle s'assoit juste sur son lit un moment et pense à la façon dont les choses se passaient quand il était petit. Elle a une image très claire de Flynn au même âge que Jack. Il aimait aussi les dinosaures et s'inventer des histoires, et il l'incluait toujours dans ses jeux. Parfois, elle s'interroge – l'incluait-il vraiment ? –, mais elle se souvient alors d'avoir construit des forts avec lui, sous la table de la salle à manger, et d'avoir joué à camper dans une forêt, entourés d'ours. Tout cela semble aussi lointain que si ça n'était jamais arrivé, et elle doit faire un effort pour se rappeler le bébé qu'elle a eu, tant il est difficile de retrouver cette créature démunie dans le jeune homme costaud qu'est devenu son fils.

En jetant un coup d'œil à travers la pièce, elle s'arrête sur la bibliothèque qui contient tous les trophées de hockey de Flynn depuis qu'il a cinq ans, ainsi que ses livres, dont l'omniprésente collection des *Harry Potter* ainsi que d'autres romans relevant du fantastique. Il ne jouera pas au hockey au-delà du lycée, parce que ce n'est pas ce qu'elle veut pour lui. Il est doué, mais pas assez pour passer professionnel. Flynn ira à l'université et étudiera les sciences, son autre passion. Elle l'imagine en blouse blanche, inventant le médicament qui débarrassera le monde du cancer ou d'une autre maladie. Elle le voit monter sur scène acceptant un prix pour son travail et la remerciant de l'avoir poussé à être le meilleur possible. C'est une rêverie réconfortante, surtout quand il est aussi pénible qu'il l'a été ce matin.

« Lâche-moi et arrête de te mêler de ma vie », lui a-t-il craché en sortant de la voiture, devant le lycée.

Elle se souvient de l'époque où il criait : « Je t'aime, maman » avant de filer rejoindre ses camarades de classe. Elle a une autre idée de post : « *Quand votre enfant arrête de vous dire : "je t'aime".* »

Il n'a jamais vraiment dit qu'il voulait étudier les sciences, mais Gabby est déterminée à le voir prendre cette voie. Elle a déjà publié un article à ce sujet lorsqu'elle a parlé d'encourager son enfant à trouver sa passion. Il a juste besoin d'un petit coup de pouce pour s'orienter dans la bonne direction. La phase rebelle qu'il traverse actuellement sera sans incidence sur son choix de carrière.

— Je ne fais que te guider pour t'aider à trouver le meilleur chemin, dit-elle à haute voix, histoire de s'exercer à prononcer ces mots.

Elle les postera peut-être sur sa page Facebook en guise d'inspiration pour d'autres mamans.

Elle s'assoit sur le lit double de Flynn, qu'elle a refait avec le plus grand soin. Sa couette est bleue et verte, ses couleurs préférées. Elle se lève et prend une rapide photo de sa chambre, sous un angle flatteur, puis la poste assortie du commentaire « *Quand maman range à ta place* » et d'un émoji souriant. C'est une belle chambre, parfaite pour un adolescent. Elle s'empare rapidement de quelques livres dans la bibliothèque et les place sur le bureau – ce sont de vieux manuels scolaires, mais personne n'a besoin de le savoir –, puis elle prend un autre cliché. Elle le postera plus tard avec : « *Mon garçon travaille dur* » en guise de légende.

Les yeux rivés sur son téléphone, elle attend les likes et les commentaires sur la photo de la chambre de Flynn. Les likes ne tardent pas à arriver, mais pas les commentaires. Elle obtient plus de réactions lorsqu'elle écrit quelque chose de sincère, plutôt que de poster une photo avec une légende. Si elle veut que sa page continue à susciter des réactions, elle doit s'en tenir à des posts appropriés.

Alors qu'elle regarde sa page, elle voit qu'Andrea accepte son invitation à être amie avec elle sur Facebook.

— Oui ! s'exclame-t-elle à voix haute.

Andrea ressemble à quelqu'un qui se noie, et Gabby est là pour l'aider. Il y a bien d'autres choses dans sa vie, Gabby en est certaine, et il ne lui faudra pas longtemps pour le découvrir et se rendre indispensable. « *Attention* », entend-elle Richard lui dire, mais elle balaie ses inquiétudes d'un revers de main. Il déteste la voir agir de manière impulsive, mais il n'est pas là tandis qu'elle, si, et elle est tout à fait capable de prendre certaines décisions elle-même. « Avant de faire quelque chose, appelle-moi si je ne suis pas là. Je suis là pour toi de jour comme de nuit », lui a-t-il dit, et elle aime avoir cette assurance. Il ne voudrait pas qu'elle soit amie avec Andrea, qu'elle se retrouve dans une situation où elle pourrait laisser échapper certaines choses, mais elle apprécie Andrea et elle aime beaucoup Jack. Il lui rappelle tellement Flynn au même âge, tellement... tellement... ! Pour l'instant, elle gardera pour elle ses échanges avec Andrea, car elle sait ce qui se passe quand Richard se met en colère contre elle, quand il lui reproche de le pousser à bout. Tout en lissant ses cheveux, Gabby repousse toutes les pensées concernant le mécontentement de Richard à son égard. Il ira bien, tout ira bien dès qu'il reviendra des États-Unis.

Après un autre rapide coup d'œil à la pièce, elle décide que les murs auraient bien besoin d'être repeints, même si elle s'en tiendra au bleu clair qu'ils ont choisi depuis que Flynn est bébé. Ses souvenirs les plus chers sont ceux qu'elle a de lui dans les premières années. Ses grands yeux marron, son sourire, ses menottes potelées. Tout est différent maintenant, mais son fils l'aime toujours. Andrea a de la chance d'être sur le point de devenir mère pour la seconde fois, son amour va pouvoir se répartir entre deux enfants. Gabby aurait aimé avoir un autre bébé, mais ça ne s'est pas fait. Quand elle était petite, elle n'aurait jamais imaginé qu'avoir un enfant pouvait être si difficile.

Sa mère apparaît devant elle, les lèvres pincées et les paroles accusatrices. « *Tu crois que tu peux avoir tout ce que tu veux, n'est-ce pas, Gabrielle ?* »

— Personne ne veut entendre parler de toi, glisse Gabby en quittant la chambre de Flynn.

Elle a plus de quarante ans et elle aimerait faire sortir de sa tête une fois pour toutes la voix de sa mère de sa tête, mais cette mégère est coincée là, à juger les moindres faits et gestes de Gabby. Elle a grandi sans rien d'autre que des règles et de la réprobation, de la laideur et de la douleur. Si elle était encore en contact avec sa mère aujourd'hui et que celle-ci connaissait la vérité sur son existence, elle serait horrifiée par la manière dont vit Gabby, par les choses qui sont importantes à ses yeux et par ce qu'elle a réalisé pour s'assurer d'avoir toujours droit au meilleur. Tout en caressant la manche de son chemisier, elle se délecte de la douce sensation de la soie. Le vêtement a coûté près de trois cents dollars, mais Gabby n'a pas hésité à se l'offrir.

« *Un gaspillage stupide* », crache sa mère. Gabby redresse les épaules, relève le menton et s'éloigne de la voix. Elle se moque de ce que pense sa mère et, en fait, elle se moque aussi de ce que pensent les autres. La seule personne qui compte pour elle, c'est Richard – et Flynn, bien sûr. Elle aime son fils, si beau, qui lui apporte de la joie au quotidien.

Elle descend à la cuisine pour récupérer son ordinateur portable. Elle veut trouver tout ce qu'elle peut sur Andrea Gately. Elle aimerait savoir combien ils ont payé la maison et ce que fait son mari dans la vie. Andrea est très gentille et aussi très fatiguée, et Jack est absolument adorable. Ce sera agréable de les fréquenter aussi longtemps qu'ils habiteront dans le quartier.

Avant de s'intéresser à Andrea, elle fait défiler la page Instagram de Flynn. La plupart des adolescents de seize ans n'autorisent pas leur mère à voir leur Instagram, mais Flynn pense qu'il a affaire à un garçon de quinze ans nommé Max. Max a liké beaucoup de posts de Flynn, puis l'a suivi et, par chance, Flynn l'a suivi à son tour. Max a des problèmes, des tas de problèmes. Il déteste ses parents et se dispute tout le temps avec eux et Flynn, l'adorable Flynn, est toujours là pour le réconforter et écouter Max ressasser ses problèmes. On affirme souvent que cette génération est égoïste et manque de sens moral, mais Gabby a constaté que Flynn et ses amis faisaient de leur mieux pour être ouverts aux autres et aider quelqu'un dans le besoin. Avant de créer le profil de Max, elle a envisagé de se faire passer pour une jeune fille, mais elle a fini par renoncer : Flynn est son fils et elle ne voulait pas qu'il lui tienne des propos qu'elle ne devrait pas lire. Elle a donc opté pour Max, qui affiche juste ce qu'il faut pour s'assurer l'attention et la sympathie de Flynn et qui permet à Gabby d'accéder à la page de son fils.

Après quelques secondes de réflexion, elle écrit : « *Dure journée aujourd'hui – je ne supporte pas l'ambiance négative de la maison.* » Il ne lui faut qu'un instant pour trouver l'image parfaite qui accompagnera le commentaire : la silhouette d'un garçon vêtu d'un sweat-shirt à capuche, avec derrière lui un ciel sombre chargé de nuages d'orage. Il pourrait s'agir de Max ou de n'importe qui d'autre. C'est ça, la beauté d'Internet.

Max a pas mal d'amis sur Instagram et les commentaires ne tardent pas : ses contacts lui disent qu'ils sont là pour lui, qu'il peut se tourner vers eux. Elle adore cet alter ego et éprouve toujours un pincement d'excitation joyeuse chaque fois que des gens lui répondent. D'une certaine manière, les commentaires adressés à Max semblent différents de ceux qu'elle reçoit sur sa page Facebook, où elle doit s'ouvrir aux gens, mettre un peu son âme à nu, afin qu'on lui réponde. C'est très agréable d'être quelqu'un d'autre, d'être un garçon dont personne n'attend rien. Lorsque Gabby se sent un peu déprimée, elle peut toujours se connecter en tant que Max et recevoir les encouragements dont elle a besoin pour se remonter le moral. « *Menteuse égoïste* », murmure sa mère, obligeant Gabby à détourner le regard de l'écran alors que ses yeux se brouillent de larmes. Chaque jour de son enfance, elle a subi critiques et maltraitance. Toutes les fois où sa mère posait les yeux sur elle, Gabby percevait son mépris.

Son alter ego, Max, est également persuadé que ses parents le détestent, mais à l'époque actuelle, si différente de celle de Gabby, il peut publier des messages sur ces sentiments et être consolé par les commentaires de ses amis qui affirment que rien n'est de sa faute. Max n'a jamais publié de photo de lui où son visage serait visible, il préfère publier des silhouettes et des images de l'océan. Les bons jours, il affiche la photo d'une plage ensoleillée, des vacanciers allongés sur le sable et des enfants qui rient. Les mauvais jours, ce seront des clichés de l'océan en pleine tempête, plombé d'un ciel sombre et menaçant. Prenant une grande inspiration et chassant ses larmes d'un battement de paupières, elle cherche dans les banques d'images jusqu'à tomber sur un cliché qui lui plaît et qu'elle ajoute dans un deuxième post. Deux d'affilée afin que les followers de Max restent à ses côtés, attentifs. L'image représente l'océan à la fin d'une tempête, le soleil commence tout juste à percer de lourds nuages gris. Elle ajoute une légende : « *#merci #amis #soutien* ». Les likes affluent et Gabby sourit. Elle se sent beaucoup mieux. Il est si facile de manipuler les adolescents qui pensent tout savoir. Il est si facile de manipuler tout le monde, en fait. La plupart des gens n'imaginent pas que leurs interlocuteurs masquent beaucoup de choses sur leur vie. D'accord, peut-être prétend-on aller bien quand, en réalité les choses sont un peu difficiles, mais personne ne s'imagine que l'on puisse mentir de A à Z. Sa mère a toujours détesté qu'elle mente lorsqu'elle était enfant. « *Je vois le diable sur ta langue, Gabrielle* », crachait-elle, et elle tendait ses mains grossières pour chasser le diable de sa fille à force de coups. Gabby n'utiliserait jamais la violence physique sur un enfant, du moins l'espère-t-elle. Elle n'a jamais eu de raison de le faire jusqu'à présent.

Une fois qu'elle a liké tous les commentaires que Max a reçus, elle fait défiler la page de Flynn. Il a posté un selfie avec une jeune fille qu'elle n'a jamais vue auparavant. La demoiselle est assez jolie, mais sans rien de spécial. En dessous, Flynn a accompagné la photo d'une légende : « *#nouveauxpotes #sonpèreestflic #attention* », suivi d'une ribambelle d'émojis qui rigolent. Gabby secoue la tête et s'empare de son téléphone. Elle ne savait pas que Flynn sortait avec la fille d'un policier.

« *On a peut-être un problème* », écrit-elle à Richard.

Un policier se pencherait-il sur le garçon que fréquente sa fille ? Probablement. Richard va-t-il simplement penser qu'elle est surprotectrice et qu'elle fouine dans la vie de Flynn ? Certainement. Mais pourquoi n'a-t-elle jamais vu cette fille jusqu'à maintenant ? Quoi que Gabby cache à Flynn, elle déteste l'idée qu'il lui dissimule quoi que ce soit. Elle est sa mère et une mère est censée tout savoir sur son enfant. Jusqu'au moindre détail.

7

ANDREA

Dans sa voiture, en attendant que le feu de circulation passe au vert, Andrea prend le temps d'apprécier la chance qu'elle a. Dix jours après avoir emménagé, elle a enfin l'impression d'avoir mis de l'ordre dans sa maison, même si la moisissure rampante due à la météo humide commence vraiment à l'agacer. À part Gabby, elle n'a rencontré aucun de ses voisins. En revanche, elle a salué l'homme qui habite à côté lorsqu'elle l'a vu dans sa cour. Il lui a répondu d'un petit geste de la main, mais il n'avait pas l'air enclin à bavarder. Dans son ancien quartier, elle avait fait le tour du voisinage et s'était présentée lorsqu'ils avaient emménagé. Mais, gardant à l'esprit les paroles de Gabby sur les habitants de la rue, elle a décidé pour l'instant de s'en abstenir. Le feu passe au vert et elle redémarre, tout en repensant à Jack, ce matin, impatient d'aller à l'école, et au petit signe de la main qu'il lui a adressé tout en se précipitant dans la cour. Les choses deviennent vraiment plus faciles. Elle a trouvé un supermarché qu'elle aime bien, non loin de la maison, et Jack est heureux dans sa nouvelle école maternelle, maintenant qu'il y est allé quelques jours d'affilée.

— Il va s'adapter. Il a trois ans, lui a rappelé Terry lorsqu'elle lui a fait part de ses craintes à l'idée que leur fils quitte les amis qu'il s'était faits dans son ancienne école maternelle.

Terry a eu raison, même si Andrea a passé de longues nuits à s'inquiéter à ce sujet. Jack venait à peine de s'habituer à l'école située près de leur ancienne maison et ils le déracinaient. Elle avait envisagé de l'y conduire en voiture tous les jours, mais cela aurait signifié au moins quarante minutes de trajet chaque matin et chaque après-midi. Sa nouvelle école se trouve à cinq minutes de chez eux et elle est très agréable, depuis les jaunes et bleus joyeux de ses murs jusqu'à ses enseignants, qui ont toujours un sourire pour chaque enfant.

Par ailleurs, quand Jack est à l'école, elle abat une sacrée besogne dans la journée. Elle est consciente du temps qui passe et de la naissance de son deuxième enfant qui approche à grands pas. Autant elle brûlait d'impatience de voir Jack naître, autant cette fois elle ne demande pas mieux que de rester enceinte de Gemma le plus longtemps possible, au moins le temps de pouvoir s'installer dans une nouvelle routine. Le fait qu'aujourd'hui, elle ait réussi à s'acquitter des traditionnelles courses du lundi est un pas de plus dans la bonne direction. Sa vie lui semble remise sur les rails, et le sempiternel ciel gris a même cessé de la contrarier.

Elle s'engage dans son allée, incapable de refouler une grimace à la vue de la maison. Si le soleil se montrait, tout aurait l'air beaucoup plus beau. Il n'y a pas un seul pan de mur où la peinture ne s'écaille, et le jardin devant la maison n'est qu'un amas de mauvaises herbes gorgées d'eau où serpente un chemin de briques bancal, lui aussi saturé d'humidité.

Pense à la chance que tu as, se redit-elle, en garant la voiture avant de couper le moteur. Il lui faut plus de temps qu'elle ne le voudrait pour sortir du véhicule, tant son ventre lui pèse et l'encombre. Elle a pris plus de poids pour cette grossesse, certaine que toute la nourriture qu'elle a engloutie pour se réconforter y a contribué. Il lui est impossible de retrouver la sensation que cela fait de ne pas porter un bébé dans son ventre, de pouvoir bouger comme elle le veut, manger et boire ce qu'elle souhaite. L'allaitement lui imposera toujours des restrictions alimentaires, notamment sur les plats épicés – qu'elle adore –, mais elle a hâte de pouvoir au moins se pencher sans avoir à y réfléchir à deux fois.

Alors qu'elle sort le dernier sac de courses de la voiture, elle revoit passer devant la maison la vieille berline rouge avec une portière dépareillée. C'est la quatrième fois depuis qu'ils ont emménagé. Ce n'est pas le fruit de son imagination. La voiture passe lentement, si lentement qu'il pourrait s'agir de quelqu'un qui cherche à se garer. Le moteur du véhicule crache un nuage de fumée blanche. Sur le siège du conducteur se trouve un homme mince avec une courte barbe noire. Il a un bras posé sur la portière dont la vitre est complètement baissée malgré le froid. Ce bras est couvert de tatouages, rouges, bleus et jaunes, qui se fondent les uns aux autres pour former un motif qu'elle ne parvient pas à distinguer. Figée, son sac de provisions à la main, Andrea fixe la voiture qui avance au ralenti. Elle sent les battements rapides de son cœur.

C'est lié à Terry, elle le sait. Ça ne peut pas être une coïncidence. Chaque fois qu'elle a vu la voiture, des picotements d'anxiété lui ont démangé le cuir chevelu, mais elle les a ignorés, parce qu'elle se refuse à affronter ce que cela doit signifier. La voiture roule si lentement qu'elle avance à peine, et Andrea est pétrifiée telle une statue, même si tout tourbillonne dans son esprit.

Il peut très bien s'agir d'un artisan, suppose-t-elle, d'un charpentier qui travaille sur une maison du quartier. Mais pourquoi passer avec une telle lenteur devant sa maison ? L'homme tourne la tête pour la regarder droit dans les yeux. Il a de petites prunelles noires qui la sortent de sa torpeur. Andrea recommence à s'activer aussi vite qu'elle peut. Elle transporte le sac de courses jusqu'à la maison, ouvrant la porte d'une main et la refermant derrière elle dans un claquement sonore. Elle se calme pour tenter de prêter l'oreille au bruit de la voiture, tout en sachant qu'elle a laissé son coffre ouvert. Le bébé lui donne des coups de pied dans la vessie. Bon sang, il faut absolument qu'elle aille faire pipi. Dès qu'elle s'est débarrassée du sac dans la cuisine, elle file aux toilettes. Revenue devant la porte d'entrée, elle hésite à l'ouvrir. Elle jette un coup d'œil par le petit judas incrusté de crasse, pour essayer de voir si la voiture est toujours là, mais elle ne distingue rien à travers le verre déformant. Mais bon, il faut qu'elle finisse de décharger ses courses. Alors, prenant une profonde inspiration, elle ouvre la porte d'un coup sec et sort, la peur fusant dans ses veines.

La vieille berline est garée en face de chez elle, devant la maison de Gabby. Andrea s'immobilise, privée de volonté. Et alors qu'elle porte son regard sur le véhicule, le cœur au bord des lèvres, la portière de la berline s'ouvre pour permettre à l'homme d'en descendre. Il la referme et s'appuie sur son véhicule, dévisageant la jeune femme sans se soucier du crachin. Il s'essuie le visage d'une main et lui sourit, puis il croise les bras sur son long torse maigre. Il s'adosse plus confortablement à la carrosserie, comme pour lui signifier qu'il est tout à fait prêt à rester là toute la journée. Il tourne la tête, afin de jeter un coup d'œil à la maison de Gabby, puis son regard se porte de nouveau sur Andrea et il opine. Qui est-il et que veut-il ? Est-ce qu'il surveille Gabby ? Ou est-ce qu'il l'observe, elle ?

Andrea aimerait avoir le cran de l'affronter – de traverser la rue et de lui demander ce qu'il veut – ou bien que Gabby sorte de chez elle à cet instant, car sa voisine n'hésiterait pas à interpeller l'homme. Au cours des quelques échanges qu'elle a eus avec Gabby, Andrea ne l'a jamais vue autrement que pleine de confiance.

« Je n'accepte pas de me faire entourlouper par mon jardinier. S'il dit qu'il travaillera deux heures, je m'assure que ce soit effectivement le cas », a-t-elle expliqué à Andrea alors qu'elles discutaient de la météo et de l'effet de la pluie sur les jardins du quartier.

« La nuit dernière, le bruit de la télévision des voisins était tellement fort que je suis allée leur dire de baisser le son. Flynn avait ses devoirs à faire et ce n'était pas juste pour notre confort personnel. Ce n'est pas de notre faute si cette vieille dame est sourde », a-t-elle déclaré lorsqu'elle a traversé la rue pour demander à Andrea comment se passait leur installation.

« Je ne me serais pas laissée embringuer dans cette vente aux enchères silencieuse de l'école sans savoir exactement comment l'argent sera dépensé », a-t-elle décrété lorsqu'elle a vu Andrea tenir une boîte de chocolats qu'elle avait achetée à l'école de Jack. La conversation avait alors dévié sur les événements caritatifs organisés par l'établissement. Gabby semble avoir une opinion bien arrêtée sur tout, et elle n'hésite jamais à exposer le fond de sa pensée à Andrea.

Tous les soirs avant de se coucher, Andrea surfe sur Facebook et se retrouve immanquablement sur la page de Gabby à guetter de nouvelles publications et parfois à relire d'anciens posts où sa voisine donne des conseils à d'autres mères. Sa page fourmille de posts, depuis les conseils pratiques sur les déjeuners équilibrés et les bonnes habitudes à adopter, jusqu'aux partages plus personnels sur la difficulté d'être une femme dans le monde d'aujourd'hui, qui fait le choix de rester chez elle pour élever son ou ses enfants. Andrea trouve rassurant de savoir que quelqu'un comme Gabby vit en face de chez elle et c'est apaisant de lire les commentaires d'autres femmes qui ont aussi leurs mauvais jours.

*« Merci, j'avais vraiment besoin d'entendre ça aujourd'-
hui. Je me sens toujours jugée par tout le monde parce
que j'ai envie d'être avec mes enfants. »*

« Waouh, quelle bonne idée pour utiliser les restes ! »

« C'est merveilleux de pouvoir compter sur toi, Gabby. Tu illumines ma journée. J'aimerais que plus de gens comprennent à quel point nos journées de mères peuvent être difficiles. »

« C'était difficile aujourd'hui. Merci de me rappeler que je fais de mon mieux et que demain peut toujours être un jour meilleur. »

Gabby ne manque jamais de répondre à toutes celles qui postent, s'assurant que chacune se sente vue et entendue.

Sa voisine est tellement sûre d'elle. Andrea voudrait lui ressembler, mais son assurance a disparu en même temps que tout ce qu'elle a perdu au cours des derniers mois. Elle n'a ni le sang-froid ni l'énergie nécessaires pour affronter cet homme. Elle a trop peur de ce qu'il pourrait dire et faire. Ce n'est pas comme si elle n'était pas déjà passée par là. En dépit de la fraîcheur de ce mois d'avril, elle sent ses joues s'échauffer. Elle baisse les yeux le temps de s'approcher de son coffre toujours ouvert et examine ses paquets. Elle doit rapporter les courses à la maison. Elle sent les yeux de l'homme forer deux trous brûlants dans son dos et perçoit sa propre vulnérabilité, vu l'état avancé de sa grossesse. S'il s'en prend à elle, il lui sera impossible de s'enfuir. Elle se hâte d'attraper le reste des paquets puis referme le coffre en prenant soin de le verrouiller. Les poignées en plastique des sacs alourdis par ses achats hebdomadaires lui cisaillent les doigts. Elle en porte trop à la fois, mais il faut absolument qu'elle rentre chez elle et verrouille sa porte. Elle sent son souffle s'accélérer alors qu'elle fait les quelques pas qui la séparent de la porte d'entrée.

— Je peux vous aider ? entend-elle depuis l'autre côté de la rue.

Elle presse le pas, sans répondre, sans se retourner pour le regarder. *Non, non, non.*

Une fois à l'intérieur, elle laisse tomber les sacs dans l'entrée et se retourne pour fermer la porte. L'homme est toujours appuyé contre la voiture. Il lève une main et lui adresse un signe paresseux, ce qui fait bondir son cœur. Toute transpirante malgré l'air frais, Andrea claque la porte puis la verrouille, heureuse que Jack soit à l'école. Après quoi elle se laisse glisser sur le sol, pour tenter de se calmer.

Il faut qu'elle appelle Terry, et en même temps elle n'a aucune envie de le faire. Il faut qu'elle sache ce que veut cet homme, et en même temps elle n'a aucune envie de le savoir. Une crampe est en train de naître dans sa jambe, le bébé donne des coups de pied, écrasé par la manière dont elle s'est assise. Contrainte de se relever, elle en profite pour se retourner et jeter un œil par le judas. On dirait qu'il est toujours là, mais elle ne voit pas bien. Elle se déplace sur le côté de la porte où se trouve une petite vitre effilée, dissimulée par un rideau de mousseline blanche. Elle écarte le voilage, veillant à voir sans être vue. Il est bien là, à fumer maintenant une cigarette, tout en examinant la maison. Il souffle un panache de fumée en l'air et se gratte la barbe. Dans sa tête, elle se voit en train d'ouvrir la porte d'entrée à la volée et de crier : « *Qu'est-ce que vous faites ici ? Fichez-moi le camp !* » Mais elle n'aurait jamais le courage de faire une chose pareille. Regrettant la fin de la pluie battante qui aurait renvoyé l'homme dans sa voiture, elle se détourne.

Elle fait les cent pas dans le petit salon. L'odeur de moisissure, qu'elle n'arrive pas à chasser, fait frémir ses narines. Elle doit provenir du canapé en tissu rayé vert pâle et blanc, car une fois que les relents de moisi ont imprégné un tissu, il est presque impossible de l'en chasser. Sentant un sanglot monter dans sa gorge, Andrea retourne dans l'entrée, derrière sa fenêtre latérale. L'homme est toujours là, mais au téléphone désormais. Il se tourne pour regarder la maison de Gabby et hoche la tête avant de pivoter une nouvelle fois tout en continuant à parler. Sur un dernier hochement de tête, il fourre son téléphone dans la poche de son jean – déchiré au niveau d'un genou –, puis remonte dans sa voiture et s'en va. Andrea plaque une main sur sa bouche, sa sempiternelle nausée devient plus aiguë, l'obligeant à filer en courant dans la salle de bains, où elle reste penchée à vomir au-dessus des toilettes.

Ensuite, en sueur et secouée de légers tremblements, elle se prépare une boisson chaude et engloutit un demi-paquet de biscuits au chocolat tout en déballant ses courses. Manger est la seule chose qui lui permet de tenir les nausées à distance, mais elle mange aussi pour pouvoir se concentrer exclusivement sur le goût et la texture d'un gâteau pendant quelques minutes. Elle a pris beaucoup plus de poids avec cette grossesse et son obstétricien l'a encouragée à contrôler son alimentation.

— Votre taux de sucre se situe dans la fourchette haute par rapport à la normale et nous allons devoir vous surveiller de près.

Elle sait qu'elle aurait dû choisir une collation saine à la place des biscuits, mais elle n'en aurait pas tiré le réconfort escompté. Or en ce moment, elle a besoin de réconfort. Tout l'optimisme de ce matin s'est dissipé et elle est à nouveau confrontée à la dure réalité de son horrible situation. Elle pense à Jack et au bébé qu'elle porte. Ils doivent être protégés de ce que leur père a fait et fait probablement encore. C'est bien là le problème. Il n'a sans doute pas cessé. Cette pensée l'étourdit alors qu'elle se tient plantée au milieu de la cuisine, un sac de carottes à la main. Il continue certainement toujours de le faire. *Non, c'est faux. Il a promis et il est au travail.* Elle range les carottes dans le réfrigérateur et prend un autre biscuit.

Après avoir tout rangé et s'être un peu calmée, Andrea s'assoit sur le canapé, le temps de s'armer de courage pour une conversation avec Terry. À l'instant où elle s'apprête à appuyer sur la touche pour le joindre, son téléphone sonne – avec l'agaçante mélodie de « *Baby Shark* » que Jack l'a suppliée de choisir comme sonnerie pendant quelques semaines. C'est Terry.

— Coucou, ma chérie, comment te sens-tu ? demande-t-il avec une jovialité qui l'agace.

— J'ai pas mal de nausées aujourd'hui. Écoute, Terry… commence-t-elle.

— Désolé, mon amour, tu ne vas pas être contente, mais j'appelle pour te prévenir que j'ai un dîner avec le personnel après le travail. Les soldes vont bientôt débuter au magasin et Baz veut s'assurer qu'on est tous au point sur les réductions que nous sommes autorisés à faire. Il nous emmène dîner, juste des pizzas, mais je voulais te prévenir que j'arriverai un peu tard.

Le bébé lui donne de violents coups de pied. Andrea imagine que telle est sa réponse à la déferlante de fureur qui la submerge presque. Elle se mord la lèvre jusqu'à en avoir mal, et elle prend une grande inspiration. Si elle hurle, Terry invoquera le travail et raccrochera. Si elle s'emporte, il la trouvera ridicule et irrationnelle. Elle connaît son mari : elle doit se calmer.

— Vraiment ? lâche-t-elle sur un ton dégoulinant d'amertume.

— Ouais, on va dans le restau au coin de la rue, développe Terry d'une voix un peu moins enjouée.

— Tiens donc, fait-elle, sans plus chercher à dissimuler son désarroi.

Il y a une tache sur le canapé – probablement du chocolat –, qu'elle essaie de gratter du bout de l'ongle.

— Andrea, insiste-t-il, agacé, c'est un dîner avec le personnel. Tout le monde y va. On doit être là pour discuter des soldes. Tu veux que j'aille chercher Baz pour qu'il te le confirme ? C'est ce que tu veux ?

Il adopte un ton indigné et puéril destiné à la faire reculer.

Sept mois plus tôt, Andrea aurait répondu : « Bien sûr que non », mais sept mois plus tôt, elle n'aurait même émis le moindre doute dans un appel aussi anodin de Terry. Sauf qu'on n'est pas sept mois plus tôt, quand, installée dans sa jolie maison, elle ignorait que sa vie s'écroulait lentement mais sûrement.

Au lieu de lui demander d'aller chercher son patron pour avoir confirmation de ses propos, elle réplique :

— Quelqu'un surveille la maison, Terry.

— Certainement pas, se moque-t-il.

Pourtant elle la perçoit, cette petite étincelle d'incertitude. Il sait que c'est une possibilité. Autrement dit, il lui cache encore une fois quelque chose. La gorge nouée, elle a du mal à déglutir.

Elle replie les doigts de sa main libre et regarde ses ongles rongés.

— Et pourtant si, rétorque-t-elle. C'est une vieille voiture et je l'ai déjà vue plusieurs fois. Aujourd'hui, elle s'est garée de l'autre côté de la rue, un homme en est sorti et il m'a regardée.

— Et ensuite ? s'enquiert son mari.

Elle regrette qu'il ne soit pas là, parce qu'elle voudrait l'attraper et le secouer pour qu'il abandonne son petit ton sarcastique.

— Ensuite, il est parti.

Sentant qu'elle est à deux doigts de pleurer, elle prend une profonde inspiration. S'accrocher à ce sentiment de colère contre son mari vaut mieux que s'effondrer.

— Écoute, Andy. Écoute-moi, mon amour... tu dois juste écouter. C'était probablement un type qui se rendait dans une autre maison.

Les mots roulent sur sa langue, doux et convaincants, à mesure que Terry le vendeur entre en scène.

« Ce type saurait vendre de la glace à un Esquimau », se souvient-elle. C'est ce que Baz lui a dit la première fois qu'ils se sont rencontrés, lors d'une fête de Noël organisée pour le personnel du magasin. Éméché, Baz avait passé un bras autour des épaules de Terry. Son mari avait alors rougi de plaisir. C'était un très bon vendeur et il gagnait pas mal d'argent avec les commissions. Ils auraient dû très bien s'en sortir financièrement.

— Dans ce cas, pourquoi je l'ai vu plusieurs fois ?

Elle connaît maintenant la vérité qui se cache derrière le personnage public de son mari. Et peu importe son amour pour lui ou la noblesse de ses intentions, elle ne peut plus se laisser embobiner par ses mensonges.

Il soupire.

— Peut-être que tu es épuisée, que tu te sens mal et que tu penses l'avoir vu plusieurs fois. Je sais que tu dois faire face à beaucoup de choses, mon amour. Le déménagement n'a pas été facile.

— C'est une vieille berline rouge, avec une portière de couleur différente, comme si elle avait été remplacée sans être assortie au reste de la carrosserie. Je sais ce que j'ai vu, Terry.

Elle parle lentement, prononçant chaque mot avec soin tout en se penchant en avant sur le canapé.

— C'est peut-être un artisan qui travaille pour l'une des maisons de la rue et qui fait une pause. Les gens ont le droit de sortir de leur voiture, Andy. Imagine que tu appelles la police et que tu leur dises qu'un type t'a regardée. Ils penseront que tu es folle.

S'il y a bien un domaine où Terry excelle, c'est quand il s'agit de retourner la réalité contre elle, de la forcer à remettre en question ce qu'elle a vu et entendu. Mais cette fois-ci, elle ne cède pas si facilement.

— La police ne sait pas ce que tu as fait, Terry.

Elle passe une main sur son ventre, pour calmer le bébé qui se tortille et fait croître sa nausée.

— Tu ne vas jamais me passer ce faux pas, hein ? siffle Terry en baissant la voix parce qu'il se trouve manifestement près de quelqu'un dans le grand magasin. J'en ai marre de m'excuser. J'ai merdé, je le sais, mais je suis en train d'arranger les choses. Je ne peux pas discuter avec toi quand tu es comme ça. Il faut que j'y aille. Ma pause est terminée. Je ne serai pas à la maison pour le dîner.

Andrea garde un moment le téléphone à son oreille, même si elle sait qu'il a raccroché. Ces derniers temps, chaque fois qu'elle le confronte à la situation ou lui rappelle ses méfaits passés, il trouve un moyen de se soustraire à la conversation. Il quitte la pièce en pestant ou lui raccroche au nez. Il a fait exactement ce qu'elle avait redouté, et elle brûle de le rappeler pour lui dire qu'elle le déteste, pour lui crier qu'elle le déteste et qu'il a gâché sa vie, mais il ne décrochera tout simplement pas. C'est si facile pour lui d'être ailleurs, de travailler dans son magasin et d'être constamment distrait par les clients. Il peut mettre de côté tout ce qu'il a fait, se comporter comme si de rien n'était et se contenter d'être Terry, le charmant vendeur. Mais elle, elle est à la maison, la plupart du temps seule ou avec un enfant de trois ans pour toute compagnie. Les événements récents tournent en boucle dans son esprit, alors qu'elle essaie de s'adapter à une nouvelle maison et à un nouveau mode de vie. Toutes les femmes avec lesquelles elle était amie et qu'elle avait rencontrées après la naissance de Jack vivent à quarante minutes de chez elle – voire plus s'il y a des embouteillages – et ça fait un long trajet en voiture à ce stade de sa grossesse. Et puis, elle a du mal à digérer la honte d'avoir vendu sa maison sans pour autant avoir une bâtisse plus neuve et plus rutilante à montrer, histoire de prouver une certaine ascension sociale. Elle n'a invité personne et elle devine qu'elle fait probablement l'objet de quelques ragots. Sur la page Facebook à laquelle elles appartiennent toutes, on lui a demandé plusieurs fois des photos de sa nouvelle maison, mais elle a toujours trouvé une excuse pour ne pas en poster et on a tout bonnement fini par cesser de le lui demander. Mais ses amies savent forcément qu'elle cache quelque chose.

Arrête tout de suite. Tu te fais du mal, se réprimande-t-elle en se frottant le ventre pendant que Gemma s'apaise.

De toute façon, il est bientôt l'heure d'aller récupérer Jack à l'école maternelle. Elle soupire et se lève du canapé pour une nouvelle visite aux toilettes, avant de rejoindre sa voiture.

Elle pense avec nostalgie à sa mère et à sa sœur, qui vivent toutes deux si loin. Elles sont au courant de ce qu'elle a traversé ; elles écouteraient ses craintes sans les amoindrir. Mais elle sait par avance aussi ce que sa mère – surtout elle – lui dirait : « Viens ici. Prends Jack et viens vivre avec nous jusqu'à ce qu'il se ressaisisse. Nous veillerons sur vous. » Mais Andrea n'est pas prête à quitter Terry et elle sait qu'il manquerait à Jack au quotidien, alors elle ravale ses angoisses et son inquiétude et monte dans sa voiture pour aller chercher son petit garçon. Tout en conduisant, ses yeux sont braqués sur le rétroviseur. Comme elle aimerait pouvoir calmer son cœur qui s'emballe ! Car oui, elle s'attend toujours à entrevoir la voiture rouge.

8

GABBY

Elle passe devant la fenêtre du salon, une tasse de thé vide à la main, pour jeter un coup d'œil à son jardin devant la maison et à la rue au-delà. La berline rouge est de nouveau dans sa rue. Elle sent son cœur battre plus vite sous l'effet de l'inquiétude. En s'approchant de la fenêtre, elle remercie les stores spéciaux qui lui permettent de voir à l'extérieur, mais empêchent quiconque de glisser un œil chez elle.

La voiture avance lentement dans la rue et Gabby remarque qu'Andrea est revenue de l'endroit où elle était allée. Son coffre est ouvert et elle tient un sac de provisions tout en fixant la voiture qui se gare. Gabby se rapproche de la fenêtre, espérant apercevoir la plaque d'immatriculation du véhicule. Elle serre si fort sa tasse dans sa main qu'elle commence à avoir des crampes aux doigts.

Andrea se retourne rapidement et rentre chez elle, sans refermer son coffre. Gabby entend la porte d'entrée de sa voisine claquer. Puis, elle observe l'homme qui descend de la voiture : grand, barbe noire, un bras couvert de tatouages que dévoile le t-shirt qu'il porte malgré la météo plutôt fraîche. *Qui est-il et que veut-il ?*

Posant sa tasse de thé sur le petit guéridon à côté d'elle, sur lequel elle a installé une belle orchidée jaune dans un pot en terre cuite, elle s'approche de la fenêtre, sans pour autant remonter les stores. *Est-il là pour elle ? Est-ce que ce type cherche quelque chose ?*

Son cœur s'emballe, les muscles de son cou sont aussitôt tellement tendus qu'une douleur fulgurante traverse son crâne.

« Est-ce que tu t'imagines pouvoir continuer à prendre ce qui ne t'appartient pas et t'en sortir, Gabrielle ? » lui murmure sa mère à l'oreille. Elle a de nouveau quinze ans, un commerçant a refermé sa main musclée autour de son bras fin, le serrant fortement en attendant l'arrivée de sa mère. Sur le comptoir devant lui, il a posé la bouteille de vodka que Gabby avait cachée dans son manteau trop grand. Elle n'aimait même pas cette boisson, mais la bouteille était d'une belle nuance de bleu.

Sa mère est arrivée, le visage blême, sans maquillage, les cheveux sévèrement tirés en arrière comme elle se coiffait d'ordinaire lorsqu'elle se préparait à aller au lit à 19 heures. Elle a réglé sans rien dire le prix exorbitant de la vodka, puis elle a demandé : « Vous avez l'intention de porter plainte ? » Un léger rictus sur ses lèvres indiquait le plaisir que lui procurait l'idée de voir sa fille emmenée par la police.

Choqué, l'homme a légèrement relâché sa prise autour du bras de Gabby.

« C'est juste, je veux dire... ce n'est qu'une enfant et... vous savez... je pense qu'elle a retenu la leçon. Vous avez payé, donc tout va bien. En revanche, je ne veux plus la voir ici.

— Elle ne retient jamais aucune leçon, a répliqué sa mère en ricanant doucement. Tous les matins, quand elle se lève, elle me fait regretter de l'avoir mise au monde. »

Sans un regard pour sa fille, elle a quitté le magasin et regagné la maison, laissant Gabby rentrer seule. L'homme lui a lâché le bras, et le pire dans toute cette affaire, le pire du pire, ça a été la compassion qu'elle a vue dans ses yeux gris. Elle avait volé cet homme, ou du moins essayé de le faire, et il avait pitié d'elle. Il lui a tendu la bouteille, et elle l'a déposée dans la poubelle devant le magasin.

Une envie de vodka lui traverse maintenant le corps. Son congélateur en contient une bouteille, de la Belvedere Midnight Sabre, dont le luxueux contenant noir et bleu indique clairement le prix élevé. Elle n'aime même pas cet alcool, pourtant elle en a toujours en réserve. Il est trop tôt pour prendre un verre, trop tôt pour perdre le contrôle, surtout maintenant, avec cet homme dans la rue.

Ce ne serait pas la première fois qu'un type serait là pour la surveiller et la tourmenter de ses questions, mais celui-là n'a pas l'air d'un détective de bas étage. Habituellement, ceux-ci empruntent des véhicules qui se fondent avec le gris des routes et ils sont vêtus de costumes bon marché. L'ennui résigné que leur inspirent ses vols est peint sur leur visage. Cet homme ne leur ressemble pas.

Elle ne s'éloignera pas de la fenêtre. Doit-elle vraiment s'inquiéter ? Pendant qu'elle observe la scène, Andrea ressort et jette un coup d'œil à l'homme, avant de se détourner rapidement et de récupérer le reste de ses courses dans le coffre de sa voiture. Elle en porte trop, le poids des sacs la fait souffrir même si elle se déplace aussi vite que son corps de femme enceinte le lui permet.

— Je peux vous aider ?

Gabby entend l'homme interpeller Andrea, qui se contente de presser le pas. Elle a l'air d'avoir peur. De quoi aurait-elle peur ?

« Tout le monde cache quelque chose, lui disait Richard. C'est juste que certaines personnes le font mieux que d'autres. » L'homme répond à un appel sur son téléphone, puis remonte dans sa voiture et démarre. Les muscles de Gabby se détendent, son cœur ralentit alors qu'elle remonte le store pour lire les numéros de la plaque d'immatriculation. Elle se les répète le temps d'aller les noter. Il faut qu'elle se penche sur la question. *Quelle personne de cette rue intéresse cet homme et que veut-il ?*

9

ANDREA

Les quelques minutes de trajet jusqu'à l'école maternelle de Jack lui semblent durer une éternité : d'abord, elle se retrouve derrière un bus qui roule au ralenti, puis une ouvrière du bâtiment portant un casque rose et brandissant un panneau l'oblige à s'arrêter. Andrea patiente, tandis que la femme mâche furieusement son chewing-gum. Une immense bétonnière sort d'une maison en marche arrière et manœuvre avant de s'engager dans la circulation. Sans réfléchir, elle appuie sur la touche du tableau de bord qui lui permet d'appeler sa sœur et écoute les sonneries s'égrener en pensant : *si elle répond, je lui raconte. Si elle répond, je lui demande ce qu'elle en pense.*

— Andy ! lance Brianna en décrochant à la troisième sonnerie.

— Salut, répond-elle, en essayant d'insuffler un peu d'enthousiasme à sa voix.

— Tu m'as l'air déprimée, constate sa sœur.

Andrea a presque envie de rire de l'étrange capacité de sa sœur – son aînée de deux ans seulement – à deviner ses états d'âme. Mais en un instant, elle réalise aussi qu'elle n'avouera rien à sa sœur. Elle ne se sent pas prête à évoquer ses peurs – comme si en parler allait rendre la situation réelle. Peut-être qu'elle est victime de son imagination. Peut-être que la berline rouge et l'homme n'ont absolument rien à voir avec Terry. Il était garé devant la maison de Gabby, autrement dit, c'est peut-être lié à elle ou à son fils, ou peut-être est-ce un homme qui cherche un endroit pour prendre une pause, rien de plus.

— Non, tout va bien, je suis juste fatiguée d'être enceinte, répond-elle. Et toi, tu m'as l'air en forme pour quelqu'un qui vit à nouveau dans un motel.

— Je ne peux rien faire d'autre que recommencer de zéro. Au moins notre assurance nous le permet. Beaucoup de gens n'en ont même pas. Et on ne faisait que louer. Maintenant qu'on est prêts à devenir propriétaires, on achètera en haut d'une colline et on construira si haut qu'un tsunami ne pourra pas nous atteindre.

Andrea essaie de rire, mais elle n'y arrive pas. Toutes ses inquiétudes sur ce que Terry va vraiment faire ce soir l'empêchent de ressentir quoi que ce soit d'autre que le stress aussi terrible que pesant avec lequel elle vit depuis plus de six mois. Et au lieu du rire qu'elle tente de faire entendre, elle ne réussit qu'à sangloter.

— Oh, Andy Pandy, qu'est-ce qui ne va pas ? demande Brianna. Tu peux me le dire.

— Rien, c'est juste la fin de la grossesse, s'empresse-t-elle de répondre.

Il faut à tout prix qu'elle recouvre son calme. Sa sœur a déjà tellement à gérer en ce moment, elle n'a pas besoin d'un souci supplémentaire.

— Écoute, Bri, je suis arrivée à l'école et je dois aller chercher Jack. Je te rappelle bientôt. Bon courage pour tout réparer, ajoute-t-elle avant de conclure, au nez de sa sœur stupéfaite : Bye, je t'aime.

Elle est encore à un pâté de maisons de l'école.

Andrea ne cesse de regarder dans le rétroviseur, mais personne ne la suit, et lorsqu'elle se gare devant l'école maternelle, elle a réussi à écarter ses peurs pour pouvoir accueillir son petit garçon sans fondre en larmes. Elle entre dans l'école, salue d'un sourire les quelques mères qu'elle a rencontrées et répond à la question – « C'est pour quand, le bébé ? » – d'une autre qu'elle ne connaît pas.

— Dans trois semaines environ, déclare-t-elle en veillant à sourire largement.

— Vous allez être occupée, commente la femme, qui porte un bébé sur sa hanche et tient la main de sa fillette, élève dans la même classe que Jack.

— N'est-ce pas le cas de nous toutes ? réplique Andrea, en parvenant à ajouter un petit rire à sa remarque.

L'autre mère l'imite. *Est-ce que tu mens, toi aussi ? Est-ce que tu restes éveillée toute la nuit à te demander ce qui est arrivé à ta vie ? Si je te disais ce qui se passe vraiment dans la mienne, est-ce que tu comprendrais ?*

— Maman, maman ! crie Jack, surexcité de la voir.

Son pull rouge comporte une grosse tache noire et son visage est maculé de terre. Elle se penche pour le prendre dans ses bras, inhalant le parfum des fraises coupées qu'elle lui a données pour le déjeuner. Elle aimerait pouvoir profiter de lui, profiter de ce moment, mais elle sent qu'elle s'enlise, dévorée par l'inquiétude.

— Eddie, dans ma classe, il a eu une petite sœur, raconte-t-il. Alors moi, j'ai dit que j'allais aussi en avoir une, de petite sœur.

— Mais oui, confirme Andrea en le reposant à terre pour lui prendre la main et regagner leur voiture.

— Eddie a dit que sa grand-mère est venue le garder quand sa maman est allée à l'hôpital, mais moi, j'ai dit que c'est la cousine Patty qui va me garder, continue-t-il.

Elle perçoit comme un soupçon d'interrogation dans sa voix : il cherche à s'assurer qu'on s'occupera bien de lui.

— Tout à fait exact. La cousine Patty va venir s'occuper de toi et tu vas beaucoup t'amuser, parce qu'elle aime dessiner, peindre et fabriquer des choses, déclare Andrea.

Elle remercie Dieu pour la cousine de Terry, qui vit à quarante minutes d'ici mais qui n'attend que leur appel pour venir s'occuper de Jack quand Andrea devra partir accoucher.

— À Noël, elle m'a fabriqué un avion en papier qui a volé très haut dans les airs, jacasse Jack en grimpant dans la voiture.

— Je m'en souviens, dit Andrea.

— Mon copain Kenneth a un million de milliards de dinosaures et il m'a dit que je pourrais venir jouer chez lui, ajoute Jack pendant le trajet.

— C'est gentil de sa part, commente Andrea, les yeux rivés sur le rétroviseur.

Derrière elle, il y a une Porsche bleu métallisé, dont la carrosserie trapue brille d'un éclat qui en laisse imaginer le prix.

— Et je lui ai dit que moi aussi, j'ai un million de milliards de dinosaures, continue Jack.

— Sauf que c'est faux, objecte Andrea. Tu n'en as que trois.

Elle jette un coup d'œil à son fils dans le rétroviseur. Il promène ses doigts sur la vitre tout en parlant, une boucle brune sautille sur son front, ses joues sont légèrement rougies par l'air frais. Elle sent son cœur s'emballer. *Oui*, se dit-elle pour la énième fois, *il est vraiment facile d'aimer quelqu'un plus que sa propre vie*. Mais, quel que soit l'amour qu'elle lui porte, elle doit l'aider à devenir quelqu'un de bien, et cela implique de ne pas accepter certaines choses.

— Pourquoi as-tu menti sur le nombre de dinosaures que tu possèdes, Jack ? lui demande-t-elle, en gardant une voix ferme.

Il hausse les épaules.

— C'est juste un minuscule petit mensonge, répond-il.

Il parle exactement comme son père, en employant les mots

qu'elle lui a entendu utiliser le jour du déménagement, lorsqu'il a dit à son patron qu'il ne se sentait pas bien, et ce pour rester chez lui tout en étant payé, puisqu'il avait déjà pris tous ses jours de congé. Il ne les avait pas utilisés pour passer des vacances avec sa famille, comme Andrea le savait alors parfaitement, et en l'écoutant mentir à son patron, elle n'a pu s'empêcher de ressentir une pointe de colère, parce qu'elle a aussitôt repensé à la manière dont il avait employé ses jours de congé. Terry ne savait pas qu'elle l'écoutait et elle ignorait que Jack l'écoutait aussi. Quand elle lui en a parlé, il a répliqué : « *Arrête d'être ridicule. Ce n'est qu'un minuscule petit mensonge. Les gens font ça tout le temps.* »

Maintenant qu'elle entend ces mots sortir de la bouche de son fils et elle s'angoisse à propos des leçons qu'il a déjà retenues de son père.

— Tu ne dois pas mentir, le réprimande-t-elle sévèrement, le cœur lourd.

— D'accord, concède doucement Jack, visiblement peu convaincu.

Andrea regarde à nouveau dans le rétroviseur, exténuée. Elle est trop fatiguée pour faire la morale à son fils de trois ans. La Porsche bleue tourne et, derrière elle, la vieille berline rouge accélère un peu pour lui coller au train.

La bile lui monte dans la gorge, l'obligeant à baisser la vitre pour ne pas vomir. Elle appuie plus fort sur l'accélérateur, mais les voitures qui la précèdent l'empêchent d'avancer comme elle le voudrait. Elle a envie de hurler de peur et de frustration. Chaque kilomètre est un supplice, car ses yeux s'égarent constamment dans le rétroviseur. L'homme dans la voiture rouge ne s'en soucie guère, il tambourine des pouces sur son volant, au rythme de la chanson qu'il écoute et dont il fredonne les paroles. Andrea jette un coup d'œil autour d'elle, paniquée, dans l'espoir d'aviser une rue latérale où tourner, mais elle est coincée par la route : jusqu'au prochain feu, elle ne peut aller que tout droit. *Calme-toi, respire. Jack est dans la voiture. Calme-toi et concentre-toi.*

Enfin, ils sont parvenus au feu de signalisation et elle voit la voiture tourner à droite alors qu'elle s'engage à gauche. Elle parcourt les derniers mètres dans une terreur silencieuse qui fait battre son cœur comme un fou. Mais l'homme a disparu.

Comme s'il n'avait jamais été là.

10

GABBY

Comme d'habitude, elle se trouve devant sa maison quand Andrea revient de l'école où elle est allée chercher Jack. Le lycée se termine quarante minutes plus tard que l'école maternelle de Jack, donc chaque fois qu'Andrea rentre avec son fils, Gabby est partie récupérer Flynn.

— Je peux prendre le bus, tu sais, proteste-t-il de temps en temps.

Mais elle aime ces allers-retours, elle aime que ses journées aient un début et une fin. Qu'est-ce que les femmes qui ont des enfants adolescents sont censées faire de leur journée, sinon, lorsqu'elles ne travaillent pas ? Il y a des limites à ce qu'elle peut faire en matière de nettoyage, de rangement et de pâtisserie. Sa page Facebook lui prend aussi beaucoup de temps, mais il reste des heures creuses et elle les a en horreur. « *Le diable trouvera toujours comment employer ces mains* », grommellerait sa mère si elle la voyait s'asseoir et se contenter de lire un livre. Pour sa mère, on n'agissait bien qu'en s'occupant et, malgré tous ses efforts, Gabby a du mal à se détendre. Par ailleurs, quand ils ne sont que tous les deux dans la voiture, Flynn lui parle parfois. Il évoque alors un événement survenu au lycée sans toutefois lever les yeux de son portable, pour ne pas avoir à la regarder quand il lui annonce qu'il a raté un contrôle ou quelque chose comme ça. C'est un moyen pour elle de garder contact avec lui. Sur sa page Facebook, elle a chanté à d'autres mères les louanges d'un trajet en voiture avec un adolescent, même si ses effets ne sont plus aussi bénéfiques maintenant qu'ils sont tous en permanence sur leurs appareils.

Au lieu de monter directement dans sa voiture, Gabby attend sa voisine pour la saluer. Elle a fini par apprécier ses échanges avec Andrea et, une fois ou deux, ayant reçu un message de Flynn l'informant qu'il voulait rester sur place encore un peu pour travailler à la bibliothèque, elle a invité Andrea et son fils à prendre une tasse de thé. À ce sujet, elle a réprimandé Flynn à maintes reprises : il doit la prévenir de ses projets. Il s'est alors contenté de lever les yeux au ciel et de répliquer : « D'accord, d'accord. Oh bon sang ! Pourquoi il faut toujours que tu répètes tout mille fois ? » Gabby ne lui a pas dit que ses mots la blessent, que son mépris envers elle lui fait mal. Elle sait qu'il ne sert à rien d'en appeler à la gentillesse d'un adolescent. Il faudra attendre un peu avant qu'elle ne se manifeste. Elle ne mentionne jamais ces épisodes dans ses posts Facebook, préférant projeter une relation normale et aimante, mais elle se demande parfois si le récit des difficultés qu'elle rencontre ne serait pas utile pour les autres mères. Il est peut-être temps de commencer à avouer certaines vérités, sinon celles qui comptent sur ses conseils remettront sa parole en question. Aucune vie n'est parfaite après tout, et la perfection étalée en permanence amène les gens à supposer que vous cachez quelque chose. Gabby sait qu'elle est comme tout le monde, à savoir qu'elle a ses secrets.

Si elle n'avoue jamais qu'elle rencontre des difficultés avec Flynn, que se passera-t-il le jour où elle aura besoin d'aide ? On ne la croira pas ou on se contentera de la regarder de haut, en la jugeant.

La pluie s'est heureusement arrêtée pendant quelques minutes et le soleil se démène pour sortir. Gabby lève son visage pour profiter de la chaleur en attendant de parler à Andrea. Elle ne sera que quelques minutes en retard pour Flynn et, comme le lui a fait remarquer Richard : « Il ne disparaîtra pas si tu as cinq minutes de retard. En fait, ça lui fera du bien de ne pas te voir arriver pile à l'heure et à l'endroit qu'il souhaite. »

— Bonjour, lance-t-elle au moment où Andrea descend de voiture.

Elle se rend compte tout de suite que sa voisine n'est pas de bonne humeur.

— Bonjour, s'écrie Jack en sautillant. On a parlé des dinosaures en classe aujourd'hui et la maîtresse a dit que je savais beaucoup de choses et mon copain Kenneth a un million de dinosaures et il veut que je vienne jouer chez lui et j'ai dit...

— Ça suffit, Jack. Avance, s'il te plaît, éloigne-toi de la portière, que je puisse la fermer, le coupe Andrea.

Elle a le visage blême. Gabby remarque qu'elle porte des bottines Ugg qui ressemblent plus à des pantoufles qu'à des bottes, ainsi qu'un pantalon de survêtement ample et le sweat-shirt à capuche qu'elle semble ne jamais quitter. Ses pieds ont probablement enflé à ce stade avancé de la grossesse. Son ventre proéminent annonce à tout le monde la raison de son épuisement.

Gabby hésite un instant à dire quelque chose, mais ce sont ses voisins et elle veut les aider.

— La journée a été difficile ? demande-t-elle.

Andrea s'appuie contre la voiture, le sac à dos Hot Wheels de Jack à la main.

— Je ne me sens pas très bien, avoue-t-elle.

Gabby traverse rapidement la rue et vient se placer à côté d'elle.

— Ma pauvre, tu es bien pâlichonne en effet. Ce sont les nausées ?

Gabby sait, grâce à leurs discussions, que les nausées censées disparaître au bout de trois mois n'ont pas diminué chez Andrea.

Celle-ci acquiesce en baissant les yeux. Gabby a le sentiment que l'histoire ne s'arrête pas là, mais elle n'a pas envie de se montrer indiscrète. La berline rouge a peut-être quelque chose à voir avec le désespoir d'Andrea, et Gabby éprouve un sentiment de libération malvenu. Elle devrait se sentir mal pour son amie, et non soulagée pour elle-même. Elle est à deux doigts d'interroger Andrea sur l'homme et sa voiture avant de se raviser *in extremis*. Elles sont devenues amies avec Andrea et celle-ci se confiera si elle le souhaite.

Son téléphone émet un « bip », elle baisse les yeux, puis secoue la tête.

— J'aimerais vraiment que ce jeune homme me prévienne un peu plus tôt, soupire-t-elle.

Gabby essaie de ne pas interpréter les textos secs lui disant de venir le chercher plus tard comme le signe qu'il évite de passer du temps en sa compagnie. Elle aimerait lui dire « non » et insister pour le faire rentrer à la maison, mais il est inutile de se disputer avec lui par texto, et il ne répondra certainement pas si elle l'appelle sur son téléphone.

Andrea hoche la tête. Gabby lui a déjà fait part de la tendance qu'a Flynn à changer ses plans à la dernière minute. Elle a assorti son aveu d'une paire d'yeux levés au ciel et d'un petit rire. Andrea ne peut donc pas soupçonner à quel point Gabby trouve le comportement de son fils irritant.

— Il dit qu'avec quelques amis, ils vont réviser et casser la croûte vite fait. Ce n'est pas que ça me dérange, mais j'aurais aimé qu'il me prévienne pour que je puisse planifier ma journée en conséquence. J'avais envie d'aller voir de nouveaux meubles pour le salon, mais le magasin est à une heure de route et j'avais peur d'être en retard pour aller le récupérer.

Il ne faut surtout pas qu'Andrea aille s'imaginer qu'elle n'a rien d'autre à faire de ses journées.

— Bon, soupire Andrea, au moins, comme ça, tu as l'après-midi pour toi. Jack est plein d'énergie, vu qu'il a fait une sieste à l'école, et moi, j'ai juste envie de faire une sieste jusqu'à ce soir.

— Oh, ma pauvre chérie ! s'apitoie Gabby. Je me souviens de ce que c'était. Mais tu as de la chance aujourd'hui, puisque finalement j'ai mon après-midi de libre. Je peux garder le jeune monsieur Jack.

— Oh ! s'exclame Andrea. Je ne peux absolument pas te demander une chose pareille. Il devient très grincheux passé 16 heures et...

Elle s'arrête de parler et balaie la proposition de Gabby d'un revers de la main. Celle-ci voit bien qu'Andrea ne demande pas mieux que d'être convaincue, elle ne demande pas mieux que de passer un après-midi à dormir plutôt qu'à s'occuper d'un enfant de maternelle, et Gabby est là pour l'aider. Ça lui fait même plaisir. Gabby sait que la mère et la sœur d'Andrea vivent à l'autre bout du pays et que même ses amies habitent loin d'ici. Andrea est fondamentalement seule, ce qui la rend vulnérable.

— C'est absurde, dit-elle. J'habite en face de chez toi, tu me connais et Jack me connaît, il jouera avec mes dinosaures pendant que je m'occuperai de la gestion de mes réseaux sociaux. Ça ne me dérange pas du tout et tu pourras venir le récupérer à 17 heures, quand il sera temps de s'occuper du dîner.

— Super, les dinosaures ! s'écrie Jack. S'il te plaît, maman, s'il te plaît, je peux aller jouer chez Gabby, s'il te plaît ?

Il commence à sauter dans tous les sens, et à chacun de ses bonds, Gabby voit la faible résistance d'Andrea s'effriter un peu plus.

— S'il te plaît, s'il te plaît, s'il te plaît, s'il te plaît, chantonne Jack.

Et finalement Andrea lâche :

— OK, OK. Gabby, tu es absolument sûre ?

— Sûre et certaine. Richard n'a jamais aimé le stade de la petite enfance, mais personnellement, je l'ai toujours adoré. Et il est à New York, donc je suis libre de m'adonner à mon amour du baby-sitting, débite Gabby, incapable de s'empêcher de sourire. Cela fait tellement longtemps que je n'ai pas passé du temps avec un petit. Vraiment passé, je veux dire. Je vais en profiter à fond.

Tout un tas de possibilités nouvelles lui traversent l'esprit. Elle a hâte de s'occuper du petit garçon. Elle aurait bien proposé de le garder tous les jours depuis leur rencontre, mais Andrea aurait trouvé ce comportement étrange. Personne n'a envie de s'occuper constamment des enfants des autres, à moins d'être payé pour cela.

— Tu me sauves la vie, dit Andrea, qui se penche vers elle pour la serrer dans ses bras. Jack, tu seras bien sage avec Gabby ou tu ne seras plus autorisé à retourner jouer chez elle, tu as bien compris ? dit-elle sévèrement.

— Donne-moi la main, Jack. Je vais te donner ton goûter, dit Gabby.

Le gamin, confiant, glisse sa petite main dans la sienne.

— Tu ne m'avais pas dit que Richard était à San Diego ? demande soudain Andrea.

Gabby serre les dents.

— En effet... mais il voyage partout... Il est très, très occupé, vois-tu. Maintenant, va te reposer, jeune maman. Jack et moi, on va s'amuser un peu.

Andrea éclate de rire.

— Tu imites parfaitement bien l'accent américain, dit-elle.

Gabby sent son souffle se couper.

— J'aurais dû être comédienne à New York, renchérit-elle en souriant.

Andrea acquiesce et soupire, tout en ébouriffant la tête de Jack.

— Sois sage, lui recommande-t-elle à nouveau.

Une fois que Jack et elle ont traversé la rue, Gabby se retourne pour qu'ils saluent Andrea, laquelle leur répond par un signe de la main avant de rentrer chez elle. Gabby a envie de crier de joie.

À l'intérieur, elle installe Jack devant les dinosaures et lui donne un goûter, une pomme coupée en quartiers, à laquelle elle ajoute des biscuits – associant ainsi nourriture saine et nourriture plaisir. Jack mange tout en installant le monde des dinosaures, et pendant quelques minutes, Gabby se contente de l'observer. Elle adore la façon dont son esprit fonctionne lorsqu'il fait parler les dinosaures entre eux.

— Excusez-moi, monsieur l'Allosaure, vous voulez du thé ?

— Non... je vais te mordre, croc, croc.

Il glousse et Gabby glousse avec lui.

Elle a posé son téléphone sur la table de la cuisine et elle voit arriver un texto de Richard.

« Flynn avait l'air un peu contrarié sur la photo que tu as postée aujourd'hui. »

Flynn avait effectivement l'air contrarié, mais pas pour les raisons qu'imagine Richard. Elle a en fait pris la photo sur son Instagram. Flynn l'avait assortie d'une question : *« Qui serai-je dans dix ans ? »* La photo le représente en train de regarder l'océan, le visage plus pensif que maussade, mais elle comprend pourquoi le cliché peut être interprété dans ce sens. Elle a posté cette photo pour une raison précise : elle collait à son post sur la difficulté qu'on a à considérer son enfant avec son âge réel et non comme le petit qu'il sera toujours d'une manière ou d'une autre dans notre esprit. Elle prépare le terrain pour de futurs posts dans lesquels elle parlera un peu plus franchement de ses difficultés avec Flynn.

Gabby cherche à ignorer le texto et à se concentrer sur Jack, mais Richard s'énerve si elle ne répond pas. S'il est si inquiet pour Flynn, il devrait rentrer à la maison et être ici au lieu de se promener à l'étranger. Impossible d'avoir une relation, quelle qu'elle soit, quand on est séparés par des milliers de kilomètres.

« Il commence à en avoir assez d'être photographié. Il devient de plus en plus difficile. Hier soir, il m'a dit qu'il aimerait vivre ailleurs. »

Elle envoie le texto et attend sa réponse.

« Alors, tu as vraiment dû le contrarier. »

« Tu n'es pas là, Richard. Je sais ce que je fais. Laisse-moi tranquille. En ce moment, je garde le petit garçon de la voisine d'en face. »

« Quoi ? Pourquoi ? Pourquoi tu t'impliques comme ça ? »

« Je sais ce que je fais. »

Gabby met le téléphone en mode silencieux, sachant que Richard continuera à lui envoyer des textos, puis qu'il passera aux appels. Elle le rappellera plus tard dans la soirée et lui expliquera tout, mais en attendant, il doit se mettre dans le crâne qu'elle sait ce qu'elle fait.

Elle laisse Jack jouer pendant une heure, jusqu'à ce qu'il se lasse du jeu. Elle passe ce temps-là sur l'ordinateur, à rédiger ses futurs posts et à planifier le moment où elle les mettra en ligne sur sa page.

— Les dinosaures veulent dormir, annonce Jack.

Elle comprend qu'il en a assez. Il ne reste plus que vingt minutes avant qu'Andrea ne veuille le voir rentrer. Elle pourrait facilement trouver une émission à montrer au petit, mais ce n'est pas ce qu'elle va faire.

— Remettons-les dans leur sac pour qu'ils se reposent bien, déclare-t-elle en s'asseyant par terre à côté de lui.

Elle entreprend de ramasser les figurines en plastique. Jack l'aide, mais pas très efficacement. Quand Flynn était petit, ils chantaient la chanson du rangement et son fils était toujours très enthousiaste. Elle se souvient d'avoir écrit là-dessus, dans l'un de ses premiers posts sur la façon de gérer la chambre en désordre d'un adolescent. Aujourd'hui, son fils est bien loin de la chanson du rangement.

— Jack, dit-elle, lorsque le petit garçon finit de remettre tous les dinosaures dans leur sac en plastique, j'ai une idée géniale. Que dirais-tu d'une merveilleuse friandise ?

— Youpi ! s'écrie-t-il en se levant d'un bond.

Les jeunes enfants sont très faciles à satisfaire, très faciles à rendre heureux. Flynn est extrêmement différent de ce petit garçon et elle aimerait avoir un enfant comme Jack, de l'âge de Jack. Tout irait mieux, beaucoup mieux. Ce serait comme recommencer depuis le début, sans les pénibles toutes premières années, quand le manque de sommeil se fait sentir et qu'on a l'impression de ne rien contrôler du tout. Gabby préfère cet âge où un enfant peut au moins parler et comprendre, ne fût-ce qu'un tout petit peu. Jack a l'âge idéal.

11

ANDREA

Dès qu'elle voit Gabby fermer sa porte, Andrea se dirige vers sa chambre, après avoir déposé son sac et le sac à dos de Jack dans l'entrée.

Elle se laisse tomber sur son lit défait, sentant particulière-ment le poids de son corps encore alourdi de tous les soucis qu'elle porte sur ses épaules. *Où va Terry ce soir et que fait-il vraiment ?* Elle vérifiera plus tard qu'il est bien là où il le prétend, mais pour l'instant, il est toujours au magasin, en train de travailler. Enfin, elle le pense... elle l'espère. Elle pourrait prendre son téléphone dans son sac et vérifier, mais elle n'a pas l'énergie de se lever pour l'instant. La nausée gronde en elle, l'obligeant à ravaler sa salive. Elle a déjà vomi quatre fois aujourd'hui et elle déteste la sensation affreuse que cela lui laisse. Elle a encore un goût de bile dans la bouche bien qu'elle se soit brossé les dents.

Près de deux heures s'étendent devant elle. Une autre femme, meilleure qu'elle, utiliserait ce temps libre pour courir partout dans la maison, briquant, rangeant et préparant le dîner, mais Andrea n'en trouve pas la force. Elle se remémore les dernières semaines de sa grossesse, quand elle était enceinte de

Jack ; elle se souvient de ses allées et venues dans la maison, nettoyant tout ce qui lui passait sous la main. L'énergie qu'elle avait en elle bouillonnait et même les plus petites tâches lui procuraient de la joie.

« Tu vas te blesser », lui avait dit Terry un soir où, au retour du travail, il l'avait trouvée en haut d'une échelle, en train de nettoyer le ventilateur du plafond de leur chambre. Mais elle savait qu'elle ne risquait rien.

« Je dois employer cette dernière semaine de façon productive, avait-elle répliqué. Quand le bébé sera là, je n'aurai qu'une envie, c'est de dormir. » Elle n'avait jamais imaginé pouvoir se sentir aussi remplie de bonheur que le jour où elle avait rangé toutes les grenouillères bleues et les caleçons blancs fraîchement lavés dans la commode de la future chambre de Jack. La pièce était déjà décorée de murs crème et d'une frise en hauteur, sur tout le pourtour, représentant des animaux. Un lion géant en peluche au visage amical attendait dans un coin et un rocking-chair peint en crème avec un confortable oreiller jaune était prêt pour l'accueillir pendant qu'elle nourrirait son bébé. Aujourd'hui, le lion en peluche est dans leur box de stockage, probablement rongé de moisissures, vu le temps pluvieux, et la chambre de Gemma comporte un berceau et une commode remplie des vieux vêtements de Jack, mais rien de neuf pour elle.

Andrea déplace les oreillers sur le lit, en glisse un entre ses genoux et un autre sous son gros ventre, et elle laisse ses paupières se fermer, en essayant de ne pas penser à la nuit où sa vie a basculé, neuf mois auparavant. Mais les images affluent et elle capitule, elle les laisse venir, en même temps que ses larmes. La soirée qui avait si bien commencé lui revient en pleine figure. Elle rentrait de son cours de pilates, ragaillardie parce que cette heure – un mardi soir – loin de son fils de deux ans plein de vie, la mettait toujours de bonne humeur et la reboostait pour les jours suivants. Il y avait eu un petit problème au début du cours lorsque Marcia lui avait annoncé que sa carte de crédit avait été refusée et qu'elle devrait réessayer d'envoyer le paiement du trimestre. Cependant, Andrea était persuadée que Terry avait juste besoin de transférer un peu d'argent pour couvrir la dernière facture de la carte de crédit. En coupant le moteur de sa voiture dans leur garage, elle avait fredonné, savourant d'avance l'en-cas dont elle allait se récompenser pour ses efforts et le nouveau roman qu'elle avait l'intention de commencer. Terry aurait déjà mis Jack au lit, autrement dit les quelques heures qui la séparaient de l'heure du coucher s'étendaient luxueusement devant elle. Elle pensait à la chance qu'elle avait, heureuse d'avoir un mari si désireux de lui offrir un peu de temps libre pendant la semaine, même s'il partait tôt au travail et passait de longues journées debout dans le magasin où il travaillait.

Elle était descendue de sa voiture et avait levé la main pour appuyer sur le bouton de fermeture de la porte du garage, mais avant d'y parvenir, elle avait perçu un mouvement, un souffle d'air, une présence dans le garage.

Elle ne s'était même pas rendu compte qu'il s'agissait d'un homme jusqu'à ce qu'il ait les mains autour de sa gorge, serrant fort avant qu'elle puisse crier. Il était grand, enveloppé d'une odeur entêtante de fumée de cigarette, mais elle ne distinguait pas bien ses traits parce que l'ampoule du garage avait grillé et que Terry ne l'avait pas remplacée. Un son confus monta de sa gorge lorsque les mains rugueuses, dont les ongles cassés lui griffaient la peau, se resserrèrent encore.

Une vague de panique l'avait submergée et la peur l'empêchait de penser correctement. Des sons bizarres continuaient à sortir de sa bouche tandis que les mains se resserraient autour de son cou. Tout ce qu'elle avait trouvé à faire, ça avait été de le griffer pour qu'il lâche prise.

« Tu diras à Terry que ce n'est pas une blague, avait émis

une voix râpeuse qui avait coulé dans son oreille. On veut notre pognon. »

Et il était parti, la laissant tousser, s'étouffer et pleurer en appelant son mari. Par la suite, pendant qu'elle buvait un thé sucré et s'efforçait d'expliquer à Terry ce qui s'était passé, elle avait fait des efforts désespérés pour se persuader qu'il s'agissait d'une erreur, qu'elle s'était trouvée au mauvais endroit au mauvais moment. Mais elle avait échoué. L'homme avait indiqué le nom exact de son mari.

Terry avait refusé d'appeler la police, et il avait refusé aussi qu'elle-même appelle la police. Il avait prétendu qu'elle s'était imaginé les propos de l'homme, qu'elle n'avait pas bien entendu. Il avait affirmé que c'était une erreur et que l'homme en avait probablement après quelqu'un d'autre. Mieux valait laisser tomber et faire comme si de rien n'était. Terry était doué pour faire semblant. Jusqu'à ce qu'il se retrouve dans l'incapacité de le faire. Elle s'était forcée à oublier l'agression, pendant ces neuf mois, mais elle n'avait pas pu oublier tout ce qui s'était passé au cours des mois suivants, tout ce qui l'avait amenée à se retrouver dans cette maison.

Et maintenant, il y a un homme qui la surveille, qui surveille la maison et, une fois de plus, Terry agit comme si elle se comportait de manière irrationnelle.

Six mois après l'incident dans le garage, elle avait enfin réalisé l'ampleur des problèmes dans lesquels ils étaient plongés.

Terry était rentré à la maison avec un doigt cassé.

« Un accident du travail, avait-il déclaré pendant qu'elle s'occupait de son doigt enveloppé d'une attelle, préoccupée par l'enflure de sa main.

« On déplaçait une télévision et elle est tombée.

— J'espère que l'indemnisation des accidents du travail prendra en charge les frais. Je suppose que Baz a promis de couvrir tous les frais médicaux d'ici là, avait-elle lâché, furieuse que la sécurité de Terry soit aussi mal assurée à son travail.

— Non, c'est exclu. C'est bon, Andy, laisse tomber. Je ne veux pas faire d'histoires. »

Il s'était dirigé vers le réfrigérateur et en avait sorti une bière, bataillant pour l'ouvrir jusqu'à ce qu'elle la lui prenne des mains et l'aide. Il avait pris une longue gorgée, en homme désespérément assoiffé, ou désespérément désireux de permettre à l'alcool de l'aider à oublier. Son visage était blême, ses yeux bleus ternis par la douleur.

Elle se souvient de l'avoir vu avaler sa bière d'une traite, sans la savourer comme il le faisait habituellement. Lorsqu'il en avait pris une autre, tout avait pris sens, comme les pièces d'un puzzle s'assemblant soudain. L'incident dans le garage, les appels téléphoniques sur le téléphone de Terry à 1 heure du matin, une voiture noire qui traînait toujours dans leur rue mais n'appartenait à personne, sa carte de crédit qui avait été refusée à la caisse de l'épicerie, cette semaine-là. « Ça doit être une erreur, tu t'imagines des trucs, tu vois des choses qui n'existent pas, quelqu'un a fait un faux numéro. » Terry avait une explication pour tout, mais ce doigt cassé, c'était différent.

« Je peux t'aider, Terry, avait-elle déclaré, alors que l'effroi grandissait en elle. Mais tu dois me dire la vérité. » Elle savait alors ce que c'était : elle le savait et voulait que ce ne soit pas la vérité. Elle s'étonne aujourd'hui d'avoir réussi à refuser de voir tant de choses jusqu'à cet instant, mais c'est dans la nature humaine, suppose-t-elle. Elle ne voulait tout simplement pas savoir. Après que le doigt de Terry avait été cassé, ni l'un ni l'autre n'avait plus eu le luxe de choisir l'ignorance.

Terry avait enfin donné des explications et, à chaque mot qui sortait de sa bouche, un pan du monde d'Andrea s'écroulait.

Et maintenant, elle est enceinte, ils ont déménagé et même si Terry ne cesse de présenter la situation comme un nouveau départ, elle ne parvient pas à la voir ainsi. Cette grossesse est très différente, et pas seulement à cause des nausées. Gemma n'est pas encore arrivée que déjà, tout ce que veut Andrea, c'est dormir. Toutefois, elle sait que c'est en grande partie lié au poids de ses inquiétudes. Elle ne voit pas comment les choses pourraient s'améliorer, surtout lorsqu'elle commence à soupçonner qu'en réalité elles empirent.

Elle s'étire un peu sur le lit, les muscles de son dos se relâchent. Elle est heureuse de pouvoir se détendre, puisque c'est le lit qui supporte le poids de son bébé presque à terme.

La nuit où Terry a tout avoué plane au-dessus d'elle, tel un nuage gris de désespoir. Jack dormait et elle se souvient qu'elle portait un jean qui avait une tache rouge sur le devant. Jack et elle étaient allés à un cours d'expression artistique proposé par un organisme municipal et il lui avait touché la jambe avec de la peinture plein les mains.

« Dis-moi la vérité, avait-elle insisté, en essayant de ne pas regarder le doigt bandé et enflé de son mari, alors qu'il finissait sa deuxième bière et prenait son temps pour la mettre au recyclage.

— Tu ne... Je ne peux pas, avait-il commencé en quittant la cuisine, ce qui l'obligea à le suivre dans le salon.

— Dis-moi », avait-elle ordonné.

Puis elle avait détourné le regard, incapable de supporter son air abattu. Au lieu de le regarder, lui, elle avait fixé des yeux la tache rouge sur son jean, qui, elle le savait, se laverait facilement. Elle se souvient qu'il s'était servi un whisky avant de commencer à parler et qu'il avait rempli son verre à ras bord – ce qui l'avait choquée, car il buvait rarement plus d'une bière. Or il en avait déjà bu deux. Il avait avalé la boisson à grandes gorgées, les yeux de plus en plus larmoyants à mesure que le liquide descendait dans sa gorge. Puis il s'était laissé tomber sur le canapé et elle l'avait regardé, son cerveau tournant et retournant toutes les possibilités en attendant qu'il parle.

« J'ai parié sur un match de football aux États-Unis, avait-il expliqué. J'ai misé beaucoup d'argent et mon équipe a perdu.

— Un match de football ? Aux États-Unis ? avait-elle répété, incrédule. Mais qu'est-ce que tu y connais ? Pourquoi tu as parié là-dessus ? Combien as-tu perdu ?

— Plusieurs milliers, avait marmonné Terry en secouant la tête, consterné.

— Quoi ? s'était-elle écriée, persuadée d'avoir mal entendu.

— Des milliers, avait-il répondu, d'une voix aiguë lui aussi, tout en se levant du canapé pour commencer à faire les cent pas. Et il n'y a pas que ça... J'ai été... C'était si facile au début. Tu vois, le collier que tu portes ? »

Elle avait levé la main vers le magnifique collier en or blanc et petits éclats de diamants qu'il lui avait offert un mois auparavant, soi-disant pour fêter leur sixième anniversaire de mariage. Elle avait été bouleversée puisqu'ils n'avaient pas pour habitude de s'offrir des cadeaux.

« Oui, eh bien ? avait-elle demandé.

— Il a coûté cinq mille dollars. Je l'ai acheté après avoir gagné sur un autre match de football. »

Andrea avait touché sa peau à l'endroit où se trouvait le collier, écartant la chaîne soudain brûlante de sa gorge. « C'est très facile à faire et il y a beaucoup d'informations qui circulent sur les joueurs. Je peux les écouter ou les regarder pendant mes pauses au travail, et je me débrouillais vraiment bien, jusqu'à ce que ça ne soit plus le cas. » Il avait baissé la tête et elle avait pu voir l'intensité de sa honte. « Je suis juste content que Baz ne m'ait jamais pincé. Au moins, j'ai toujours mon travail et je travaille dur pour récupérer l'argent, je suis... » Il s'était frotté les yeux et elle avait compris qu'il essuyait ses larmes.

« Je suis vraiment désolé, Andy. Je t'ai déçue et j'ai gâché nos vies... Je ne t'en voudrais pas si tu prenais notre fils et que tu fichais le camp.

— C'est ce que tu attends de moi ? » avait-elle demandé, sous le choc.

Elle avait l'impression de devenir folle. Elle avait frotté la tache sur son jean, gratté le rouge avec la pointe d'un ongle, il fallait qu'elle fasse partir cette couleur.

« Non », avait-il lâché d'une voix rauque. Il s'était approché et agenouillé devant elle.

« Je vous aime plus que tout, Jack et toi, mais il m'arrive quelque chose... Je ne sais pas pourquoi j'ai commencé. Peut-être à cause du travail ou du fait que nous soyons une famille, et soudain, tout m'a semblé si... C'était rapide et amusant, et on ne s'amuse plus beaucoup.

— Ne t'avise pas, mais vraiment pas, de me blâmer ou de blâmer notre fils pour cette histoire, avait-elle rétorqué entre ses dents serrées, tandis que son ongle grattait la tache avec une énergie redoublée.

— Loin de moi cette idée, avait-il concédé en secouant la tête. Je suis désolé. C'est moi... ma faute. Je suis un raté et j'ai besoin d'aide. J'ai vraiment besoin d'aide.

— Ça fait combien de temps ? »

Terry avait hésité, s'était éloigné d'elle et s'était assis dans un fauteuil inclinable. Il avait laissé tomber sa tête entre ses mains et regardé ses baskets noires hors de prix. « Un long moment. On va devoir vendre la maison. Il faut que je rembourse les types auxquels j'ai emprunté de l'argent, sinon ils feront pire que me casser un doigt. » Le ventre d'Andrea s'était tordu quand elle avait imaginé ce que pouvait signifier ce « pire ».

Soudain, elle s'était précipitée dans la salle de bains, où elle avait vomi jusqu'à n'avoir plus rien dans l'estomac. Elle était enceinte de Gemma, mais elle ne le savait pas encore. Elle savait seulement que sa vie telle qu'elle la connaissait était terminée. Elle n'aurait jamais imaginé qu'une telle chose soit possible. Comme la plupart des Australiens, son père pariait une fois par an sur les courses de chevaux de la Melbourne

Cup, mais il ne misait jamais plus de cinquante dollars et il était capable de hausser les épaules et de sourire s'il perdait.

« Les jeux d'argent... » avait-elle murmuré, incapable d'assimiler la situation. Cela lui paraissait impossible. Ce n'était pas quelque chose à quoi elle se serait attendue. Au cours des années passées aux côtés de Terry, il lui était parfois arrivé de le regarder parler à d'autres femmes pendant des soirées ou à l'occasion de sorties, et elle avait ressenti une petite pointe de jalousie. Il était très beau et il avait un sourire ravageur qui illuminait son visage, si bien qu'elle était toujours sur ses gardes. Elle ne voulait surtout pas faire partie de ces femmes qui disaient : « Je ne me suis jamais doutée de rien », mais pas une seule fois il ne lui avait fourni matière à le questionner sur quoi que ce soit de ce genre. Les jeux d'argent, quels qu'ils soient, ces jeux qui signifiaient que tout était perdu, n'avaient jamais effleuré son esprit jusqu'à l'incident du garage. Un incident qu'elle s'était forcée à ignorer. Des paris sur des matchs de football américain, c'était tellement hors de son univers que cela ressemblait à une blague. Il ne lui était jamais venu à l'esprit de s'inquiéter d'une telle chose. Ses jambes lui avaient paru lourdes au sortir de la salle de bains, mais elle était retournée dans le salon, où son mari était assis, la tête entre les mains. Elle s'était laissé tomber dans un fauteuil vert pâle, avant de s'envelopper de ses bras.

« Je suis vraiment désolé, Andy. Je me rachèterai, je te le promets. » Il avait levé les yeux vers elle et s'était penché pour croiser son regard. Elle voyait qu'il avait besoin de sa compréhension, mais elle n'arrivait pas à mesurer l'étendue du problème. Ils allaient devoir vendre la maison qu'ils avaient eu tant de mal à acheter. Comment était-ce possible ?

Et maintenant, ils sont ici, dans cette horrible baraque, uniquement grâce à la générosité d'un ami de son père, et elle cache l'information à tout le monde, y compris à Gabby, qui est si gentiment en train de garder Jack.

La nuit où Terry avait avoué, la discussion avait tourné en

rond, alors qu'ils essayaient de déterminer la conduite à adopter. Finalement, elle avait insisté pour appeler son père afin qu'ils puissent bénéficier de ses conseils. Bert était un homme qui avait toujours cru aux vertus d'un dur labeur. Il possédait une entreprise qui importait et vendait des tapis et il avait travaillé dur, parfois sept jours sur sept, jusqu'à ce que sa petite affaire devienne une entreprise de bonne taille. Les parents d'Andrea n'étaient pas riches, mais ils vivaient confortablement.

« Ne l'appelle pas, s'il te plaît, avait supplié Terry. J'ai trop honte. » Mais Andrea avait insisté.

« Papa », avait-elle lancé, dès qu'il eut décroché. La voix de son père trahissait son inquiétude de celui-ci d'avoir été réveillé. En pleine confusion, elle avait éclaté en sanglots bruyants sous le regard de Terry, dont le visage s'était mué en un masque d'humiliation. Une fois calmée, elle s'était expliquée et son père avait demandé à parler à Terry, qui avait pris le téléphone et s'était éloigné. « Oui, Bert, je sais, je sais, je sais », l'avait-elle entendu dire. Elle savait que son père réprimanderait son mari, mais aussi qu'il l'écouterait et trouverait un moyen de l'aider. Le père de Terry n'avait jamais été là pour lui, et sa mère avait travaillé toute sa vie pour les élever, son frère Nick et lui.

Lorsque Terry lui avait rendu le téléphone, son père avait déclaré que, selon lui, c'était en effet une bonne chose qu'ils vendent la maison pour régler leurs dettes.

« Je sais que tu vas en souffrir, ma chérie, et j'aimerais pouvoir simplement rembourser ces hommes et te laisser vivre dedans. Mais c'est au-dessus de mes moyens. Par ailleurs, je crains que Terry ne s'arrête pas pour autant et qu'il finisse par tout perdre à cause du jeu. Le choc de la perte de la maison est terrible, mais peut-être que cela l'empêchera de continuer à se comporter de cette façon.

— Oh, papa ! » s'était-elle écriée, redoutant de l'interroger sur le montant total des pertes. Terry s'était à l'évidence confié à son père, hors de portée de ses oreilles à elle. « Comment on peut perdre la maison ? Qu'est-ce qu'on va faire ? Où on va vivre ?

— Andy Pandy, avait-il dit doucement en utilisant son surnom d'enfant, ton mari a besoin d'aide. Tu peux rester avec lui et l'aider à surmonter cette épreuve – et si je me fie à notre conversation, j'ai le sentiment qu'il veut s'en sortir –, ou tu peux revenir vivre à la maison, avec maman et moi. C'est à toi de décider. Nous avons un ami qui vient d'acheter une maison à Sydney et s'apprête à la démolir, mais elle restera vide pendant un certain temps, car il en a pour plusieurs mois avant de mener ses projets à bien. Il ne s'y installera qu'ensuite. Je peux l'appeler et lui demander de te laisser y vivre en attendant que Terry économise assez d'argent pour que vous puissiez louer quelque chose d'autre. Je dirai à mon ami que je suis prêt à lui payer un loyer. »

Andrea avait senti son visage s'enflammer de honte. « Oh ! » s'était-elle exclamée, faute de trouver les mots pour exprimer l'horreur que lui inspirait la situation : l'ami de son père allait savoir que son mari avait joué leur maison, mais elle était bien obligée d'accepter l'offre, elle le savait. L'alternative, c'était quitter Terry et emmener Jack vivre avec ses parents dans le Queensland. Toutefois, même si la colère commençait à bouillonner en elle, malgré la peur qu'elle avait pour la vie de Terry, elle l'aimait toujours. Elle n'était pas prête à tirer un trait sur son mariage.

Ils ne pouvaient se permettre beaucoup de publicité pour vendre leur maison. Ils avaient procédé discrètement et l'opération avait pris des mois. Terry allait travailler et rentrait à la maison. Il avait accepté l'application de géolocalisation et lui avait donné accès à ses cartes de crédit et à son compte bancaire. Il avait commencé à assister aux réunions des Joueurs anonymes, revenant de chaque séance du lundi soir inhabituellement silencieux, comme si sa personnalité entière avait été mise en sourdine par cette réunion d'une heure avec des personnes confrontées aux mêmes difficultés que lui.

Lorsque l'agent immobilier l'avait appelée pour lui faire part d'une offre sur la maison, sa première réaction avait été de refuser, mais elle savait qu'elle n'avait pas le choix. En préparant ses cartons, elle avait pleuré plus de larmes qu'elle ne l'aurait imaginé possible.

Elle avait mieux respiré à partir du moment où ils avaient liquidé les dettes accumulées par Terry, mais elle avait été dévastée par le peu qui leur restait. Comment était-il possible de perdre autant d'argent ?

Et depuis qu'ils ont emménagé ici, Terry s'attarde à son travail, en désactivant son application de localisation, et elle sait maintenant que quelqu'un les surveille, la maison et elle. Elle n'a même pas l'énergie de pleurer, car elle sent qu'elle recule, se referme.

La nausée arrive par vagues alors qu'elle tente de rester immobile, telle une passagère sur un bateau qui tangue.

Elle ne veut plus y penser. Elle va fermer simplement les yeux pendant dix minutes, puis elle se lèvera et profitera vraiment de son temps.

Dès qu'elle prend cette décision – s'offrir la permission de se reposer –, elle sombre dans un profond sommeil sans rêves, où tout s'efface.

Elle a la sensation que quelques minutes seulement se sont écoulées quand elle est réveillée par Terry qui la secoue brutalement.

— Andy, Andy, qu'est-ce qu'il y a ? Qu'est-ce qui se passe ? Ça va ?

Elle s'écarte de lui.

— Encore quelques minutes, marmonne-t-elle.

Elle n'a besoin que de dix minutes supplémentaires et ensuite, elle se lèvera. Elle préparera le dîner et fera au moins deux lessives si on la laisse juste dormir quelques minutes de plus.

— Andrea, crie Terry, qu'est-ce qui se passe ? Où est Jack ?

Les yeux d'Andrea s'ouvrent brusquement et elle se rend compte qu'il fait nuit. Elle se redresse aussitôt, s'essuie la bouche et tente de reprendre ses esprits.

— Je faisais... une sieste, dit-elle à son mari, qui se tient debout devant elle, éclairé par la lumière du couloir qui pénètre dans la chambre.

Il est encore vêtu de son pantalon noir et de sa chemise bleue au logo du magasin brodé sur la poche. D'habitude, il se change dès qu'il rentre à la maison. Sans doute est-il arrivé à l'instant... mais il était censé sortir dîner, non ?

— Pourquoi es-tu ici ? demande-t-elle.

— J'ai quitté le dîner plus tôt. Je t'ai appelée, appelée, appelée. J'ai dû essayer dix fois et tu n'as pas répondu. Comme tu ne fais jamais ça, je me suis inquiété.

Une partie d'Andrea savoure l'inquiétude de Terry. D'habitude, c'est toujours elle qui se fait du mouron pour lui. Gemma donne un coup de pied à sa vessie, l'obligeant à se lever du lit.

— Il faut que j'aille aux toilettes.

Terry lui attrape les épaules pour l'empêcher d'avancer et la forcer à le regarder en face.

— Andrea, il est plus de 19 heures. Je ne sais pas depuis combien de temps tu dors, mais Jack n'est pas là. Est-ce que tu me comprends ? Jack n'est pas là.

Même si son esprit est encore embrumé par le sommeil, les mots de Terry pénètrent enfin le brouillard de sa pensée.

— Jack ! s'écrie-t-elle. Il est allé jouer chez Gabby pendant quelques heures. Je devais aller le chercher à 17 heures. C'est elle qui le garde.

— Mon Dieu ! lâche Terry en secouant la tête. Ce que cette femme doit penser de nous !

— Ne va surtout pas me mettre ça sur le dos, Terry. J'étais

épuisée et j'avais juste besoin de me reposer, rétorque-t-elle en écartant ses cheveux de son visage. Si tu étais rentré à la maison, je n'aurais jamais accepté qu'elle le garde, mais tu étais parti manger une pizza, si je me fie à ce que tu m'as raconté.

— C'est bel et bien ce que je suis allé faire, hurle-t-il en agitant les mains devant son visage. Je participais à un dîner important et j'ai dû partir en plein milieu du discours de Baz qui nous exposait les soldes à venir, pour rentrer à la maison et m'assurer que tu allais bien. Et voilà que notre fils est pris en charge par une inconnue. Ce n'est pas comme si tu avais autre chose à faire de tes journées.

Andrea a envie de le gifler. En fait, elle veut vraiment tendre la main et le frapper, mais elle se contente de serrer les poings et d'enfoncer ses ongles rongés dans ses paumes pour empêcher la colère de se déchaîner.

— Il faut que j'aille aux toilettes, dit-elle lentement, en détachant chaque mot. Va chercher Jack. Excuse-nous auprès de Gabby. Vas-y, fin de l'histoire.

Terry ne l'a jamais trouvée endormie en rentrant à la maison. Même au début de cette grossesse, lorsque les nausées étaient encore plus fortes et que les hormones ravageaient son corps, pendant qu'elle préparait les cartons en prévision de la vente, elle n'a jamais laissé Jack sortir de son champ de vision. Au contraire, ce sont la peur, la colère et l'inquiétude qui lui ont servi de moteur, qui lui ont permis d'accomplir son devoir jusqu'à ce que la maison soit vendue et qu'il ne leur reste plus grand-chose pour redémarrer. Alors, peut-être parce qu'il ne l'a jamais vue dans cet état, ou peut-être parce qu'il sent qu'elle est au bord de l'explosion, Terry tourne les talons et quitte la pièce.

— Je l'emmène chercher des frites pour le dîner.

— Très bien, rétorque-t-elle.

Et elle se précipite dans la salle de bains, claquant la porte alors que son cœur s'emballe et que sa colère flamboie. Elle est furieuse contre Terry, mais aussi contre elle-même. Elle aurait dû mettre une alarme ou avoir au moins son téléphone à côté d'elle, ce qui lui aurait permis d'entendre l'appel de Terry. Et si Gabby avait eu besoin d'elle parce qu'il s'était passé quelque chose avec Jack ? Quel genre de mère confie son enfant à une tierce personne sans prendre la peine de garder son téléphone à côté d'elle ?

Au sortir des toilettes, elle s'asperge le visage d'eau froide. Dans la cuisine, elle sort des pâtes du placard. Jack n'en aura pas envie après les frites, mais il faut qu'elle mange, les nausées reviendront si elle a faim. Elle est en train de remplir une casserole d'eau quand Terry revient. Elle se retourne, prête à accueillir son fils avec effusion. Jack voulait peut-être la voir avant d'aller chercher des frites.

Mais il n'est pas avec Terry.

— Où est Jack ? demande-t-elle.

— Il n'est pas là, Andy, répond Terry dont la voix trahit une véritable peur. Toute la maison est plongée dans l'obscurité et il n'y a personne.

— Mais...

Andrea se tourne pour attraper son téléphone, malheureusement il n'est pas dans la cuisine.

— Appelle-moi pour que je trouve mon téléphone, crie-t-elle.

Terry sort son portable de sa poche et s'exécute. Andrea tend l'oreille et distingue enfin la chanson idiote de « *Baby Shark* » : le son monte de son sac près de la porte d'entrée. Elle sort son téléphone et découvre les onze appels manqués de Terry, mais aucun de Gabby.

Après avoir tapé le nom de sa voisine de ses doigts tremblants, elle attend que les sonneries s'égrènent, puis elle tombe sur la boîte vocale.

« Bonjour, vous êtes bien sur le portable de Gabby. Je tiens vraiment à avoir de vos nouvelles, alors s'il vous plaît, laissez un message. »

«Bonjour Gabby, c'est Andrea... Je suis absolument désolée, je ne me suis pas réveillée. Je ne sais pas ce qui s'est passé. Peux-tu m'appeler pour qu'on vienne chercher Jack ? »

— Rappelle-la, lui ordonne Terry en la voyant raccrocher.

Andrea s'exécute. Après cinq minutes d'appels et de messages, Terry traverse à nouveau la rue pour frapper à la porte de leur voisine et sonner. Lorsqu'il revient, il est tout pâle.

— Elle n'a pas un fils ? Il est où ?

— Il est sorti avec des amis, répond Andrea.

— Je ne comprends pas. Jack doit péter les plombs à l'heure qu'il est, ou au moins nous réclamer. C'est bientôt l'heure qu'il aille au lit, constate Terry en regardant son téléphone.

— Tu crois qu'elle nous a dénoncés à la police ou quelque chose comme ça ? demande Andrea d'une petite voix. Peut-être qu'elle pense que je suis une mauvaise mère.

Terry secoue la tête et Andrea est submergée par l'effroi.

— Oh mon Dieu ! geint-elle en sentant la nausée monter à nouveau. Et si elle a appelé les services sociaux pour leur dire que je suis une irresponsable ?

Au salon, elle s'effondre dans le canapé rayé, dont l'odeur de moisi lui irrite le nez.

Terry s'assoit à côté d'elle et lui passe un bras autour des épaules.

— Tu n'es pas une mauvaise mère ni une irresponsable, Andy. Tu t'es endormie. Je ne sais pas pourquoi elle n'a pas simplement frappé ou sonné.

— Mais peut-être qu'elle l'a fait, proteste Andrea, d'une voix que l'hystérie a fait monter d'un ton. Peut-être qu'elle l'a fait, et que je dormais si profondément que je ne l'ai pas entendue. Si ça se trouve, elle s'est mise en colère et maintenant elle est au poste de police ou quelque chose comme ça.

— D'accord, écoute, déclare Terry en se levant. Il faut qu'on réfléchisse à tout ça de façon logique. Vu qu'elle habite de l'autre côté de la rue, ce n'est pas comme si elle allait disparaître.

Elle va finir par rentrer chez elle. Je vais surveiller sa maison et j'espère que ça ne prendra pas trop longtemps.

— Est-ce qu'on ne devrait pas appeler la police ? demande Andrea. Je veux dire, il est possible qu'elle ait... enlevé Jack, non ? Est-ce qu'elle ferait cela ? Et pourquoi ?

Elle n'arrive pas à comprendre comment une chose pareille pourrait se produire. C'est un truc qui n'arrive que dans les films, ça, dans les cauchemars.

Terry se passe les mains dans les cheveux.

— Je pense qu'il vaut mieux attendre, pour la police. Parce que bon, on ne voudrait pas passer pour des fous. Patientons encore une heure et si elle n'est pas revenue, on les appelle. Tu continues à essayer de la joindre et je surveille la maison.

— D'accord, opine Andrea, heureuse qu'on lui dise quoi faire. OK.

Son téléphone à la main, elle appuie sur le nom de Gabby, écoute les sonneries, laisse un message. Appuie sur le nom de Gabby, écoute les sonneries, laisse un message. Appuie sur le nom de Gabby, écoute les sonneries, laisse un message. Elle sent qu'elle se balance d'avant en arrière sur le canapé, déglutissant compulsivement pour ne pas vomir. Le visage de son petit garçon, son sourire, son rire ne cessent de la tourmenter.

12

GABBY

Jack pleure, ses sanglots se répercutent dans la tête de Gabby.

— Je veux ma maman, ne cesse-t-il de répéter. Je veux ma maman.

Le parfait petit ange – de grands yeux bleus et un immense sourire – s'est mué en un monstre absolu en l'espace d'une demi-heure seulement. Son nez coule et sa voix est devenue aiguë maintenant qu'il stresse. Il tire de frustration sur son pull à rayures rouges et bleues et tape du pied dans ses baskets bleues assorties.

L'avantage, vu qu'ils se trouvent dans une salle d'arcade, c'est que personne ne peut l'entendre par-dessus les cloches qui sonnent, les jeux qui vrombissent et la basse assourdissante de la chanson étrange qui passe en boucle. Il reste très peu d'enfants en bas âge ici. Ils sont tous rentrés se coucher, comme il se doit quand on est aussi jeune, et seuls s'attardent des adolescents avachis devant les jeux, qui se lancent des morceaux de nourriture et rient de tout comme des hystériques. Est-ce le genre d'endroit où Flynn traîne quand il n'est pas à la maison ? Non, Flynn ne s'adonnerait jamais à des divertissements aussi stupides. C'est un garçon intelligent.

Il est près de 20 heures et Jack est manifestement trop fatigué. Elle s'accroupit à côté de lui.

— Écoute, Jack, si tu arrêtes de pleurer, si tu te tais juste une seconde, je t'achète tout ce que tu veux, absolument tout.

Elle se sent croiser les doigts presque physiquement pour que le stratagème fonctionne, alors que des lumières multicolores clignotent et qu'un sifflement retentit à un rythme effréné. Sa migraine est féroce et puissante, le sang pulse dans son crâne en même temps que la voix de sa mère. « *Quel genre d'imbécile fait une chose pareille, Gabrielle ? Toute mère digne de ce nom saurait qu'il ne faut pas faire une chose pareille. Tu es une mère horrible.* » Elle serre les poings – les mots « *tais-toi* » se répètent dans sa tête alors qu'elle essaie de faire taire la bonne femme : « *Tais-toi, tais-toi, tais-toi.* »

Son pantalon gris pâle et son haut crème sont maculés de sueur et tachés par le milk-shake que Jack a renversé sur elle pendant qu'elle le portait. La situation a très mal tourné.

Les yeux du petit garçon sont cerclés de rouge, sa détresse est évidente. Elle doit le faire sortir d'ici et aller dans un endroit calme pour qu'il puisse dormir, mais elle n'avait pas prévu la tournure que prendraient les événements et elle sait que c'est la raison pour laquelle les choses sont allées horriblement de travers. Lorsqu'elle a proposé une visite à la salle d'arcade située au milieu du grand centre commercial, il a été ravi. C'était impulsif de sa part, un écart momentané par rapport à la conduite qu'elle s'oblige d'ordinaire à adopter. Même lorsqu'il lui arrive de prendre ses petits souvenirs dans les magasins, elle planifie ça soigneusement, veillant à tout bien étudier avant d'agir. Mais cette fois-ci, elle s'est laissé guider par son cœur au lieu de sa tête, et elle le paie.

Elle a voulu voir combien de temps ça prendrait, jusqu'où elle pourrait aller. « *Les gens ne sont pas des jouets avec lesquels tu peux t'amuser, Gabrielle,* lui crache la voix de sa mère dans l'oreille. *Tout, n'importe quel geste a des conséquences.* » Gabby a envie de pleurer de frustration. Elle avait tellement voulu que cette sortie soit agréable. Pendant qu'ils roulaient jusqu'ici, sa tête était pleine d'images de Jack riant et lui tenant la main, de badauds souriant avec attendrissement au charmant duo mère-fils pendant qu'ils feraient leurs courses ensemble puis iraient à la salle d'arcade ensemble, mais ce n'est pas ainsi que les choses se sont passées.

Elle lui a acheté des frites, un milk-shake et une barre chocolatée avant qu'ils ne se dirigent vers la salle d'arcade. Et lui, il est passé d'un petit garçon raisonnablement bien élevé à une créature de cauchemar, mais la faute en revenait à tout le sucre qu'il avait ingurgité. De son côté, elle ne voyait pas d'inconvénient à ce qu'il coure dans la salle d'arcade, qu'il crie et qu'il touche à tout, qu'il commence un jeu dont il se désintéressait dans la seconde. Maintenant, l'effet du sucre s'est dissipé et il est épuisé.

Dans sa poche, son téléphone bourdonne continuellement. Elle sait que c'est Andrea qui l'appelle, mais Andrea ne l'a appelée qu'après 19 heures. Quel genre de mère est-ce là ? Elle lui a tranquillement confié Jack avant d'oublier son existence. Gabby s'attendait à recevoir un appel à l'instant où 17 heures auraient sonné, quand Andrea, venue chercher Jack, aurait trouvé porte close, et elle lui aurait alors expliqué le plaisir qu'elle avait eu à l'emmener à la salle d'arcade. Mais ça ne s'est pas passé ainsi et, devant le silence obstiné de son téléphone, elle a continué à garder l'enfant dehors. Andrea n'a aucune idée de la chance qu'elle a, avec sa fille à naître et son mari qui rentre à la maison tous les soirs. Elle ne sait pas qu'elle devrait être immensément reconnaissante. Une jalousie rancunière s'agite en Gabby devant la facilité avec laquelle Andrea a pu avoir des enfants et la rapidité avec laquelle elle a confié son enfant à une quasi-inconnue.

L'autre personne qui la contacte, c'est Richard. Elle n'aurait jamais dû lui dire ce qu'elle faisait, mais elle était emplie d'une joie immense en regardant le petit garçon courir dans la salle d'arcade, gloussant et jouant.

« *J'ai emmené Jack en ville et il s'amuse comme un fou* » a-t-elle envoyé comme texto à Richard.

« *Quoi ? Pourquoi as-tu fait ça ? C'est déjà assez grave que tu le gardes. Depuis quand tu sympathises avec des voisins ? Ramène le petit et rends-le à sa mère.* »

« *Non ! Il s'amuse. Je ne fais rien de mal.* »

« *Gabby, s'il te plaît, tu vas t'attirer des ennuis. Rentre à la maison et rédige donc un autre post sur Flynn.* »

Elle a arrêté de lire ses textos après celui-là. Flynn a seize ans et passe plus de temps à l'extérieur de la maison qu'à l'intérieur, et elle en a marre d'être seule. Jack est peut-être un moyen d'aller de l'avant. Elle veut s'impliquer dans sa vie, devenir quelqu'un vers qui il se tourne, en sachant qu'il peut lui faire confiance. Il pourrait venir chez elle et ils feraient des soirées pyjama. Ce serait comme s'il était vraiment son fils. « *Est-ce que tu es folle ? Complètement folle ?* » l'interroge la voix incrédule de sa mère.

— Je veux les Hot Wheels, les Hot Wheels, crie Jack en désignant quelques petites voitures en vente derrière le comptoir de la salle d'arcade.

L'homme qui sert les gens a un gros ventre et une épaisse barbe rousse. Il hausse les sourcils broussailleux, comme pour critiquer la façon dont Gabby élève son enfant.

— Je vais prendre ça, dit-elle en désignant les voitures du doigt.

Elle carre les épaules et redresse le menton. Qui est-il pour la juger ?

L'homme attrape le paquet et le lui tend.

— Vingt dollars, annonce-t-il.

La somme lui semble élevée pour quelques petites voitures, mais elle paie et tend le sachet à Jack.

— Je veux les ouvrir, dit-il.

— Pas maintenant, réplique-t-elle en serrant les dents. On s'en va.

Elle lui prend la main et le tire un peu pour le faire sortir de la salle d'arcade et l'éloigner de l'homme qui l'observe.

— Je veux les ouvrir maintenant, insiste Jack qui s'immobilise et tape du pied. Maintenant, je veux les ouvrir maintenant ! Je veux les ouvrir maintenant, maintenant !

Gabby s'arrête de marcher et prend une profonde inspiration, avant de s'accroupir. Elle approche son visage de celui de Jack.

— Si tu dis encore un mot, je les prends et je les jette dans la poubelle là-bas.

Elle déteste le son de sa voix. Les intonations de sa mère qui sortent de sa bouche l'énervent toujours. Elle a essayé d'être complètement différente de la femme qui l'a élevée, mais la mégère coule dans ses veines, logée en elle pour toujours, et rien de ce que fait Gabby ne parvient à la faire disparaître. « *Voilà, regarde,* entend-elle dire sa mère. *Regarde ce qui se passe. Tu penses toujours que tout sera facile, Gabrielle, mais la vie est dure, la vie est douloureuse, et on n'obtient pas ce qu'on veut.* » Gabby touche son haut de soie, se rassure en se disant que sa mère et elle sont deux personnes différentes. Elle n'est pas comme la femme qui, d'un air réprobateur, plissait ses yeux à la prunelle marron terne, pour considérer les gens qui suivaient la mode, préférant s'en tenir à ses tailleurs-pantalons en polyester parce qu'ils « se lavaient bien ». Gabby a choisi d'embrasser toute la beauté que la vie a à offrir au lieu d'en ricaner et de haïr tous ceux qui aspirent à quelque chose de différent.

Jack ouvre la bouche, et jette un coup d'œil à la poubelle métallique ronde qui se trouve à quelques pas de là, et pince les lèvres, serrant plus fort son paquet de jouets. Quand elle lui prend la main, il avance maintenant silencieusement à côté d'elle, jusqu'à ce qu'ils arrivent à la voiture. Il grimpe docilement dans son siège auto, où elle l'attache. Le siège était rangé dans le garage parce qu'on ne sait jamais quand on peut en avoir besoin. Elle n'aurait jamais emmené Jack autrement, sachant que c'était illégal. Elle est une mère responsable, un parent responsable. Elle méritait un bel après-midi avec cet enfant. Pourquoi n'a-t-il pas pu simplement se comporter comme il fallait ?

— Je veux ma maman, dit Jack doucement.

Elle entend qu'il va se remettre à pleurer.

— Bien sûr, dit-elle. On rentre à la maison tout de suite.

Elle doit le ramener chez lui, parce qu'elle n'est absolument pas préparée à quoi que ce soit qui implique un enfant, pour le moment.

Alors qu'elle sort du parking, son téléphone vibre à nouveau. Andrea commence à s'inquiéter. *Bien fait. Elle devrait en effet.* Gabby roule un peu, tout en surveillant Jack dans le rétroviseur jusqu'à ce qu'il s'endorme comme elle l'avait prévu. Puis elle s'arrête sur le bord de la route et réfléchit à la façon de gérer cette situation. D'abord, elle écoute l'un après l'autre les messages vocaux de plus en plus désespérés d'Andrea. Sur l'un des messages, elle croit entendre la voix d'un homme en arrière-plan, ce qui signifie que Terry est rentré. Évidemment. Elle n'y avait pas pensé non plus. Ça a été l'un de ces moments où elle n'a pas vraiment les idées claires. Des moments comme celui-ci l'ont tourmentée toute sa vie. Elle ressent comme une bouffée de chaleur dans tout le corps. Son esprit se vide et soudain, elle fait quelque chose qu'elle ne devrait pas. Comme la fois où elle a déclenché l'alarme incendie de l'école, ou la fois où elle est montée sans billet dans un train et a dû se cacher, ou la fois où elle a foncé avec sa voiture dans quelqu'un qui lui avait coupé la route. Une autre Gabby prend le relais et elle doit alors comprendre ce que cette intruse essayait de faire. « *Il y a quelque chose qui ne tourne vraiment pas rond chez toi.* »

— Tais-toi, murmure-t-elle, consciente de l'enfant qui dort à l'arrière.

La situation semblait si naturelle, si facile, presque comme si on lui adressait un signe. Voyant qu'Andrea ne lui téléphonait pas frénétiquement à 17 heures, elle a compris que celle-ci ne voyait pas d'inconvénient à rester plus longtemps sans son fils et Gabby avait juste envie de savoir combien de temps encore. Mais elle n'a pas pris en compte le comportement d'un enfant de trois ans trop fatigué. Elle aurait dû garder Jack chez elle jusqu'à ce qu'Andrea vienne le chercher. Ça a été une grave erreur.

Elle ne sait pas trop quoi faire ni comment se comporter. Si elle rentre maintenant, elle ne sera plus jamais autorisée à revoir Jack et Andrea ne lui reparlera probablement plus jamais non plus. Ce n'est pas ce qu'elle veut. Elle envisage de demander conseil à Richard sur la conduite à adopter, mais il va se mettre en colère. Il déteste lorsqu'elle entreprend quelque chose qui met leur vie en danger. « *Tu dois faire attention, Gabby. Tu n'aimes pas qu'on s'intéresse à toi pour de mauvaises raisons. Tout le monde ne t'aimera pas comme moi. Sois juste la mère de Flynn et tout ira bien.* » Parfois, elle les voit côte à côte – sa mère et Richard –, l'une animée d'un mépris haineux et l'autre, gentil et aimant, mais cherchant toujours à la gérer. Ils sont tous les deux autoritaires à leur manière et Gabby déteste se sentir contrôlée. Elle ne veut pas toujours se comporter comme il faut. La bonne conduite finit par la ronger et la rendre nerveuse.

Richard s'est montré assez indulgent pour le petit incident du mois dernier – le vol d'un collier à la bijouterie –, parce que c'était la première fois qu'elle se faisait prendre. Du moins le pensait-il. En fait, il se trompait, mais c'était bel et bien la première fois qu'elle n'arrivait pas à s'en sortir et qu'elle avait dû l'appeler pour lui expliquer.

« S'il te plaît, je t'en supplie, lui avait-il dit au téléphone, reste à la maison et fais ce qui doit être fait. » Lorsqu'elle a dû appeler Richard pour qu'il téléphone à la police depuis les États-Unis, elle lui a laissé entendre qu'il s'agissait de sa première tentative de vol à l'étalage cette année. Il sait qu'elle est coutumière du fait, mais elle avait promis d'arrêter. « *Tu risques tout ce pour quoi nous travaillons quand tu fais quelque chose comme ça, Gabby* », l'avait-il sermonnée au cours de leur échange de textos, après qu'elle était rentrée à la maison. Il avait expliqué à la police qu'elle était très stressée depuis la mort de sa mère. La policière s'était montrée très compréhensive et lui avait dit : « Moi aussi, j'ai perdu ma mère il y a seulement un mois. »

Gabby a réussi à verser quelques larmes, puis elle a utilisé sa carte de crédit pour payer le collier. « Je ne referai plus jamais une chose pareille », lui a-t-elle assuré. Et elle a dit vrai. Elle a été sage pendant un mois entier, mais à un moment elle sent qu'elle commence à avoir des fourmis dans les doigts. Il n'y a rien de tel que l'excitation de prendre quelque chose qui ne vous appartient pas. Il n'est pas nécessaire que ce soit un objet de valeur, car ce n'est pas le butin en soi qui compte, c'est le frisson. Il lui faut parfois tout un après-midi pour planifier un vol. Elle observe le magasin pendant quelques heures, afin de voir combien de personnes entrent et sortent, puis elle entre à son tour, déambule et achète peut-être un petit quelque chose, puis elle continue à déambuler, en observant le vigile ou les vendeurs, jusqu'à ce qu'elle empoche enfin un article et reparte lentement, le cœur cognant comme un fou et la bouche de plus en plus sèche à chaque pas qui la rapproche de la porte. Alors, une fois qu'elle est à l'air libre et sait s'en être tirée, elle éprouve un sentiment de pure extase.

Elle n'est même pas tout à fait certaine de la raison pour laquelle elle a emmené Jack hors de sa maison. Elle sait seulement qu'elle en avait envie, qu'elle en avait besoin. « *Tout tourne autour de toi, n'est-ce pas, Gabrielle*, entend-elle sa mère siffler. *Tu ne réfléchis jamais aux conséquences. Tu te contentes de valser ta vie en faisant comme si tu n'allais pas te faire prendre, mais on t'attrape à chaque fois.* » Comme elle déteste le mot « conséquences » et tout ce qu'il représente. Gabby se souvient des larmes amères qu'elle a versées sur ces mots, car sa mère avait raison. C'était une petite broutille, qui ne méritait même pas qu'on s'énerve à son sujet, mais sa mère détestait avoir honte à cause d'elle. À douze ans, Gabby avait été prise en train de tricher à un examen de mathématiques, ce à quoi elle s'était résolue uniquement parce que sa mère lui avait dit qu'elle ne se satisferait que d'un résultat parfait. Elle convoque l'image de sa mère maintenant, debout devant elle, tenant comme toujours sa canne à cause d'une jambe abîmée, qui n'avait jamais guéri après un accident survenu dans son enfance. Cette canne ne lui servait pas seulement de support. Sa mère avait alors le même âge que Gabby aujourd'hui, mais elle paraissait beaucoup plus âgée, avec son sévère carré de cheveux gris et ses tailleurs-pantalons informes. Gabby a grandi en sachant qu'elle devait être meilleure que n'importe qui d'autre pour éviter la honte liée au fait de n'avoir qu'une mère. Elle n'a jamais eu le droit de poser des questions sur son père. On n'en parlait jamais, il n'était mentionné que lorsque Gabby commettait une erreur. Sa mère répétait alors des mots que Gabby avait tant entendus qu'ils s'étaient ancrés dans sa psyché : « *Tu veux qu'ils sachent que tu es comme la crasse sous leurs chaussures ? Tu n'as pas de père. Personne pour te protéger parce qu'il ne pensait pas que tu valais la peine de rester. Il t'a jeté un coup d'œil et puis il est parti, il s'est enfui si vite que j'ai eu du mal à y croire.* » Gabby a mis longtemps à comprendre que la personne que son père avait fuie, c'était sa mère, et non pas elle, mais à ce moment-là, elle était déjà adulte, et les paroles de sa mère sur son manque de valeur s'étaient logées en elle où elles avaient eu le temps de causer des dégâts.

Sa mère travaillait dur pour les nourrir et les loger. Elle passait ses journées à nettoyer des bureaux et ses nuits à nettoyer leur petit appartement hideux au cas où la saleté oserait s'installer quelque part. Gabby a hérité de son besoin de propreté, mais elle a grandi en aspirant à de belles choses et à de beaux vêtements, à des mains douces et à des cheveux joliment coiffés. Pourtant, si elle a tout cela, la voix de sa mère n'en est pas pour autant bannie de sa tête.

Le temps passe et elle doit trouver quoi faire. L'inspiration lui vient lorsqu'elle regarde son téléphone. Rapidement, elle envoie quatre messages coup sur coup au téléphone d'Andrea.

« Coucou, Andrea. Il est 16 heures passées et Jack commence à s'agiter un peu, alors je vais l'emmener faire les courses pour lui changer les idées. J'ai un siège auto, ne t'inquiète surtout pas. J'espère que ça ne te dérange pas. Bises »

« Coucou Andrea. Je n'ai pas de nouvelles de toi, donc je suppose que tu dors. Jack et moi, on est dans les magasins et il se peut que je m'attarde encore un peu. Fais-moi savoir si cela te pose problème. Bises »

« Je suis un peu inquiète de ne pas avoir de tes nouvelles, mais je voulais juste te dire que Jack va bien et qu'il a mangé. Je serai probablement de retour avec lui vers 20 heures. Je suis plus très heureuse de le garder puisque tu avais l'air si fatiguée cet après-midi. Repose-toi. On s'entend comme larrons en foire Bises »

« Il est presque 20 heures – désolée, on est un peu en retard, mais on sera bientôt là. Jack a passé un après-midi extraordinaire. J'espère vraiment que tout va bien ? Je m'inquiète de ne pas avoir eu de tes nouvelles. Bises »

Cela doit vraiment la sidérer que ces textos ne soient pas arrivés quand elle les a envoyés. Elle s'entraîne à secouer la tête.

— Je ne comprends pas, murmure-t-elle.

Si Andrea lui demande pourquoi elle n'a pas appelé, elle peut toujours prétendre que l'idée ne lui a pas traversé l'esprit. Quelques manipulations de l'écran font passer le téléphone en mode silencieux. « *Je ne voulais pas me concentrer sur autre chose que Jack, et le temps que je le remette en marche, on était déjà sur le chemin du retour et je me suis dit qu'il valait mieux arriver ici* », s'entend-elle dire. Il y a tellement de gens qui communiquent par texto de nos jours… Peut-être qu'Andrea ne gobera pas ses mensonges, mais peut-être que si.

Elle repose son téléphone et se réengage dans le flot des voitures. Elle ne tarde pas à tourner dans leur rue. Lorsqu'elle arrive devant sa maison, elle voit Terry qui se tient, inquiet, dehors, sa tête tournant de gauche à droite dans l'espoir d'apercevoir sa voiture. Elle n'a rencontré Terry que deux fois, mais il y a quelque chose d'étrange chez ce bel homme, quelque chose d'un peu faux dans son comportement, et Gabby est bien placée pour le savoir. Elle sait reconnaître un imposteur à des kilomètres à la ronde. Andrea cache toutes sortes d'informations sur leur vie, mais c'est le lot de tout un chacun. Le monde serait un chaos total si les humains disaient tout le temps la vérité. Elle arrête la voiture dans l'allée et n'est même pas sortie de son siège que Terry se rue sur elle.

— Où étiez-vous ? crie-t-il. Où étiez-vous, bon sang ? Où est mon fils ? Jack, Jack ! crie-t-il.

Jack se réveille sur son siège et répond en criant :

— Papa, papa, j'ai des Hot Wheels, regarde, regarde !

Jack n'a que trois ans et il ne perçoit pas la panique indignée de son père. Il a dormi un peu et maintenant, il est de nouveau partant pour jouer. Sa crise dans la salle d'arcade est oubliée.

Gabby en soupire de soulagement et s'éloigne de sa voiture comme de la fureur de Terry.

— Pourquoi me criez-vous dessus ? demande-t-elle en veillant à ce que sa perplexité soit évidente. Je ne comprends pas pourquoi vous me criez dessus.

Elle laisse tomber sa voix, histoire de manifester sa détresse.

Terry ouvre la portière arrière et cherche à tâtons les loquets de la ceinture qui maintient son fils sur le siège auto.

Gabby vient se placer derrière lui.

— Laissez-moi faire, dit-elle.

Mais il ne bouge pas et, finalement, réussit à extirper Jack du siège auto. Quand il l'a dans ses bras, il grogne :

— Pour qui vous prenez-vous ? Vous ne pouvez pas emmener un enfant comme ça. Vous devriez avoir honte. Andrea est enceinte. Comment avez-vous pu ?

Avant qu'elle puisse répondre, la porte d'entrée de la maison d'Andrea s'ouvre et la lumière éclaire leur jardin négligé. Andrea sort en se déplaçant aussi vite qu'elle le peut malgré l'énorme protubérance qui la précède.

— Arrête, Terry, dit-elle. Arrête, elle a envoyé un texto... Gabby a envoyé un texto.

Jack se remet à pleurer, bouleversé par tous les cris et la confusion qui semble régner autour de lui. Andrea arrive à l'endroit où ils se trouvent, brandit son téléphone et le montre à Terry.

— Elle m'a envoyé des messages depuis le début. Elle m'en a bien envoyé, mais ils viennent juste d'arriver. Ils viennent juste d'arriver.

Gabby se mord la lèvre, assez fort pour se faire mal et pour que ses yeux se remplissent de larmes.

— Bien sûr que je t'ai écrit, dit-elle, la voix chargée d'indignation. Tu me prends pour qui ? Tu n'as pas reçu mes textos ? Andrea, s'il te plaît, dis-moi que tu as reçu mes messages. Je pensais que tu étais... Oh, mon Dieu ! Je suis terriblement désolée, bredouille-t-elle entre deux reniflements.

— Je n'avais rien reçu, jusqu'à maintenant...

Gabby entend le soulagement dans la voix de sa voisine.

— Tu devais être folle d'inquiétude, dit-elle en s'avançant pour serrer Andrea dans ses bras, mais celle-ci recule, encore méfiante et incertaine.

Choqué, Terry ne dit plus rien. Il regarde sa femme et Gabby remarque son scepticisme. Mais il peut bien argumenter autant qu'il veut : à moins de prendre son téléphone, personne ne pourra prouver qu'elle n'a pas envoyé ces textos quand elle affirme l'avoir fait. Et ni Andrea ni Terry n'auraient l'audace de s'y risquer.

— Tu aurais dû le ramener à la maison à 17 heures. Je veux dire, j'étais...

Elle s'arrête de parler.

Gabby surprend un rapide regard entre Terry et Andrea, un éclair de culpabilité, alors elle tente sa chance.

— En fait, je suis passée juste avant de partir et j'ai frappé mais personne n'a répondu. J'ai pensé que tu dormais ou que tu étais partie te promener. Et comme tu n'as pas répondu à mon message, j'en ai conclu que ma première hypothèse était la bonne : tu dormais. Je suis vraiment désolée que tu te sois inquiétée. Je viens juste d'écouter tes messages et je ne me doutais de rien. On est allés à la salle d'arcade et j'avais mis mon téléphone sur silencieux, ce dont je ne me suis souvenue qu'en quittant le parking. Bien sûr, à ce moment-là, je suis rentrée directement à la maison. Tu n'étais pas si inquiète que ça, quand même ? Il était avec moi et tu me connais, lâcha-t-elle avec un petit rire désinvolte.

Andrea lui offre un faible sourire tandis que les cris de Jack s'intensifient et qu'il se tortille dans les bras de son père. Terry rebrousse chemin, s'éloigne d'elles deux et traverse la route jusqu'à leur maison.

— Tout va bien, Andrea ? demande Gabby.

La jeune femme acquiesce, mais même son hochement de tête manque de conviction. En tout cas, Gabby n'est pas dupe.

— Le mieux à faire, c'est de mettre ce petit monsieur au lit. Il s'amusait tellement que j'ai bien peur d'avoir rechigné à l'éloigner des jeux. J'espère qu'on aura l'occasion de recommencer bientôt.

Son téléphone vibre dans sa main et elle baisse les yeux.

— Oh, et voilà mon grand homme qui veut que je vienne le chercher. Repose-toi un peu, Andrea. Tu as l'air épuisée. À très bientôt.

Elle remonte dans sa voiture et, sous le regard de sa voisine, s'éloigne et prend à droite, pour se diriger vers la maison de l'ami de Flynn, où tout le monde a maintenant mangé sa part de pizza et s'apprête à rentrer chez soi.

Les choses se sont déroulées aussi bien qu'elle pouvait l'espérer. Chacun connaît la nature fantasque des messageries. Quand elle y songe, elle est sûre de se souvenir de quelques occasions où Flynn lui a envoyé un message dont le seul résultat a été de la mettre en colère contre lui, au motif qu'il ne lui avait rien envoyé, et qu'il lui montre le message sur son téléphone. La technologie ne fonctionne pas toujours exactement comme elle est censée le faire. Rien n'est parfait.

Elle espère avoir l'occasion de s'occuper à nouveau de Jack. Elle aime beaucoup ce petit garçon, quand il ne pique pas de crise. Elle a pris quelques photos de lui aujourd'hui pendant qu'il jouait et elles sont toutes plus belles les unes que les autres. Il est tellement plus facile d'utiliser de jeunes enfants pour créer une présence sur les réseaux sociaux. Il y a des millions de vidéos partout sur Internet avec des tout-petits qui disent des choses hilarantes ou trop mignonnes. Pour en avoir regardé de nombreuses, Gabby sait que si elle avait commencé à poster quand Flynn était petit, elle aurait beaucoup, beaucoup plus de followers. De surcroît, les gens soutiennent aveuglément les mères de jeunes enfants, puisque s'occuper d'eux peut s'avérer très difficile. Une fois qu'un enfant grandit et qu'on peut le raisonner, la sympathie diminue un peu, d'autant plus quand cet enfant est en mesure de faire ses propres posts.

Tout en conduisant, elle cherche une idée pour sa prochaine publication. Elle a besoin de faire un peu bouger les choses, de dire quelques vérités. « *Mon fils adolescent me déteste.* » Ce serait un titre dramatique et un article qui ne manquerait pas d'attirer beaucoup de trafic. Une dispute avec Flynn, il y a quelque temps, à propos de sa coupe de cheveux pourrait y trouver sa place. Elle revoit son visage crispé par la colère lorsqu'il lui a lancé : « Je te déteste. » Rien que d'y penser, son cœur s'emballe. Gabby ne voulait pas qu'il coupe ses jolies boucles, mais il a insisté et Richard l'a finalement conduit chez le coiffeur, ce qui l'a dévastée. Si elle mentionne que son mari a emmené Flynn se faire couper les cheveux, elle s'attirera la sympathie de beaucoup de femmes qui se débattent avec des conjoints ayant des idées différentes sur la parentalité.

Un souvenir lui revient : elle se tient devant sa mère, une paire de ciseaux argentés légèrement rouillés pointés sur ses cheveux blonds qui lui descendent jusqu'à la taille. Sa mère lui a interdit de les couper. Ses cheveux étaient beaux et épais, mais difficiles à coiffer et sa coupe n'était pas à la mode dans son école publique locale. Ceux-ci n'étaient qu'un énième obstacle entre les autres filles et elle. Ses condisciples arboraient, elles, des franges effilées ou des boucles *beachy*. Chaque jour, à quatorze ans, elle devait tresser ses cheveux et les enrouler autour de sa tête pour qu'ils ne la gênent pas. Si elle les laissait pendre dans son dos, les garçons tiraient sur sa tresse quand ils passaient près d'elle, tout en se moquant de son côté démodé. Gabby détestait ses cheveux.

« Tu ne peux pas me dire ce que je dois faire avec mes propres cheveux », avait-elle crié tandis que sa mère la regardait avec une fureur silencieuse, puis elle avait actionné les ciseaux et taillé dans la masse de sa tignasse, regardant avec une fascination horrifiée un écheveau entier de mèches tomber sur le sol.

« Et maintenant, tu es laide, avait chuchoté sa mère, et tu es mauvaise, vu ce que tu as fait. Personne ne t'aimera jamais, jamais, ni ne voudra de toi. »

— Sur ce point, tu te trompes, dit Gabby à voix haute, tout en bannissant sa mère d'un hochement de tête alors qu'elle tourne à droite.

Sur Facebook, des milliers de femmes la suivent, l'aiment et sont ses amies, et elle a Richard qui, quoi qu'elle fasse, l'aimera toujours... N'est-ce pas ? Elle s'arrête devant une maison et gare sa voiture. Le visage de sa mère continue de flotter devant ses yeux, ce qui l'oblige à se répéter :

— Sur ce point, tu te trompes.

13

ANDREA

Les jours suivants, Andrea évite soigneusement Gabby, surveillant l'entrée de sa maison avant de monter dans sa voiture pour emmener Jack à l'école, afin de s'assurer que sa voisine n'est pas là. C'est ridicule, mais elle a besoin d'un peu d'espace. Gabby lui a envoyé un texto pour s'excuser du malentendu, mais elle a terminé ses excuses par les mots : « *J'aurais dû appeler, mais tu n'aurais probablement pas entendu le téléphone de toute façon.* »

— Il y a quelque chose de bizarre chez cette femme, commente Terry.

Andrea convient que quelque chose cloche, mais elle n'arrive pas à mettre le doigt dessus. Ce n'est pas comme si elle n'avait jamais fait l'expérience d'un texto qui arrive plusieurs heures après que son expéditeur l'a envoyé, mais quatre d'affilée, c'est quand même étrange.

Elle se trouve dans la phase de nidification de sa grossesse et déborde d'énergie, maintenant qu'il ne reste plus que quelques semaines avant la naissance de Gemma. Chaque matin, elle se réveille dans la maison froide et s'efforce de voir sa vie et sa situation sous un jour optimiste. Elle n'oublie pas de se rappeler la chance qu'elle a, de se dire notamment qu'elle est en bonne santé, que Jack et le bébé se portent bien.

Sa sœur appelle tous les jours, et parfois elle remarque que cette pluie sans fin commence à la déprimer, mais Brianna tente de paraître pleine d'entrain.

— On galère un peu toutes les deux, non ? dit Andrea à la fin d'un de leurs appels.

Et Brianna répond en riant :

— Oui, mais ça va passer et au moins, chacune de nous peut se lamenter sur l'épaule de l'autre.

Elle remercie tous les jours le ciel d'avoir les parents et la sœur qu'elle a. Et puis, ça l'aide que Terry ait commencé à se lever en même temps que Jack le matin, à allumer leur vieux chauffage et à réchauffer la maison : ça lui permet de passer un peu plus de temps au lit. Pendant que son fils est à l'école, elle nettoie, range et prépare la chambre d'enfant, s'autorisant même l'achat de quelques tenues de bébé rose vif, fortement soldées. Il est assez facile pour elle de passer ses journées à l'intérieur, car la pluie continue de tomber, violemment certains jours, en une petite bruine d'autres jours. Le jardin devant leur maison devient un champ de boue informe et elle s'efforce de ne pas le regarder, de ne pas le comparer à tous les autres jardins de leur rue. Il n'est pas à elle, après tout, et elle ne s'autorise pas à envisager le moment où elle aura son propre jardin à nouveau.

Sa vie s'installe dans une certaine routine, sans que sa légère d'anxiété ait disparu pour autant. En apparence, Terry semble respecter leur accord. Il va au travail, rentre à la maison et passe les week-ends avec Jack et elle, aidant à remettre la maison en état et à la préparer pour l'arrivée du bébé. Il s'attelle même aux petits travaux de réparation à sa portée, comme les charnières des placards de cuisine. Mais Andrea se surprend à tendre l'oreille à ce qu'il tait et à surveiller ce qu'il ne fait pas. Elle ne peut se permettre de manquer les signes indiquant qu'il a recommencé à jouer. Dans ses rêves, la voiture rouge passe devant sa maison et l'homme à la barbe noire et aux tatouages se moque d'elle, au point qu'elle se réveille certaines nuits avec un cœur qui bat à toute allure.

C'est un mardi matin, froid, mais enfin sec, qu'Andrea obtient la confirmation que son mari lui ment depuis un certain temps.

La matinée commence assez bien. Jack chantonne tout en grignotant un morceau de pain grillé : « *The wheels on the bus go round and round.* » L'arrêt de la pluie entraîne un léger optimisme chez Andrea et elle se retrouve à accompagner les vocalises de son fils.

— Vous valez le détour, vous deux. Merci pour ce concert matinal, lance Terry en débarquant dans la cuisine.

Tout juste sorti de la douche, il sent puissamment l'après-rasage qu'elle aime, car il lui évoque une promenade en forêt.

— Aujourd'hui, à l'école, c'est moi qui serai le chauffeur de bus. Alors je dirai : « Avancez vers l'arrière de mon bus », raconte Jack en prenant une dernière bouchée de sa tartine.

— Tu en as de la chance, commente son père.

Andrea se tient à côté du grille-pain, attendant que sa tranche remonte. Terry, qui se penche près d'elle pour allumer la bouilloire, lui dépose un baiser sur la joue. Le grille-pain s'arrête immédiatement de fonctionner, parce que la prise ne peut pas supporter le grille-pain et la bouilloire en simultané.

— Désolé, marmonne Terry d'un ton penaud. Je prendrai un café au travail.

Et il éteint la bouilloire pour qu'elle puisse finir de faire griller son toast.

— Qu'est-ce qui me vaut ce baiser ?

— Un homme n'a pas le droit d'embrasser sa femme ? s'esclaffe-t-il. Qu'est-ce que tu en penses, Jack ? Est-ce que papa peut embrasser maman sur la joue sans une raison précise ?

— Oui, répond Jack, aussi hilare que si Terry venait de faire une bonne blague.

— J'ai inventaire ce soir, n'oublie pas, dit-il. Je rentrerai tard.

— Je m'en souviens, répond Andrea parce que Terry lui en a effectivement parlé.

Elle est habituée aux longues soirées de travail qui accompagnent les préparatifs en vue de la clôture de l'année financière.

— Tu veux que je te prépare des œufs ?

— Non, ça va. Je vais juste manger une pomme maintenant et je prendrai un truc plus tard. Passe une bonne journée, petit monsieur, conclut-il en ébouriffant les cheveux de Jack.

Sur quoi, il attrape une pomme dans le réfrigérateur, pendant que Jack s'empresse de recoiffer ses mèches.

— Faut pas faire ça, papa, le tance-t-il sévèrement.

Andrea sourit devant le sérieux de son fils. Elle se tourne pour prendre le beurre de cacahuète sur le plan de travail et réalise que Terry a oublié son pull sur une chaise à côté de leur table de cuisine. Il va faire froid ce soir et il travaille dans l'entrepôt, où le chauffage est inexistant. Elle attrape le pull bleu et gagne rapidement la porte d'entrée, qu'elle ouvre en commençant à lui téléphoner au cas où il serait déjà dans sa voiture.

Mais Terry n'est pas dans sa voiture. Il est de l'autre côté de la rue, en pleine conversation avec l'homme au bras tatoué : l'homme qu'elle a vu surveiller la maison, l'homme qui conduit la vieille berline rouge avec une portière dépareillée. Andrea sent son cœur se bloquer dans sa gorge. Le nom de Terry meurt sur ses lèvres.

Elle reste immobile, le pull bleu serré dans sa main, tandis qu'elle regarde l'homme à la barbe noire approcher sa bouche de l'oreille de Terry et dire quelque chose, trop doucement pour qu'elle puisse distinguer les mots, mais il n'y a pas de doute : l'homme est en colère et montre les dents. Terry opine, furieux, puis l'homme l'attrape par le haut du bras. Même si elle se tient de l'autre côté de la route, Andrea voit qu'il serre fort.

— T... T..., commence-t-elle.

Sa voix n'est qu'un petit couinement jusqu'à ce qu'elle trouve enfin le courage de parler, d'appeler son mari, car il faut absolument qu'elle arrête ce qui est en train de se passer.

— Terry ! hurle-t-elle.

L'homme retire brusquement sa main du bras de Terry, puis la dévisage. Son mari se retourne.

— Tu as oublié ton pull, dit-elle en le brandissant.

Le visage rougi par la peur et l'embarras, elle regarde rapidement des deux côtés de la rue silencieuse, en espérant que personne n'observe la scène.

— Oh, oui, merci ! dit Terry qui traverse aussitôt pour venir récupérer le pull-over.

L'homme la salue d'un signe de tête et s'assoit au volant de son véhicule avant de s'éloigner dans un crissement de pneus.

— Qui c'était ? demande-t-elle.

Elle a serré les doigts autour du pull pour que Terry soit obligé de tirer dessus.

— Personne, se hâte-t-il de répondre.

— C'est l'homme qui surveillait la maison, Terry, siffle-t-elle. Ne va pas me raconter que c'est personne. Je t'ai parlé de lui et tu as prétendu que j'étais ridicule.

Terry soupire.

— C'est un électricien qui travaille deux rues plus loin. Je lui ai demandé de réparer le circuit de la cuisine pour qu'on puisse faire fonctionner la bouilloire et le grille-pain en même temps. Je voulais me renseigner pour savoir s'il existait une solution rapide et économique, mais qui soit sans danger pour les enfants.

— Pourquoi il t'a attrapé le bras dans ce cas ? demande Andrea, qui guette une preuve de mensonge sur le visage de son mari.

— Il ne m'a rien attrapé du tout. Il me parlait de l'endroit où il s'est fait tatouer pour la première fois. Maintenant, je dois vraiment y aller. Tu n'as aucune raison de t'inquiéter. Tu dois te détendre et me faire confiance, Andrea.

Il sourit, ouvre tout grand ses yeux bleus et soutient son regard pour qu'elle soit rassurée. Du moins, c'est ce qui est censé se passer, mais elle lit en lui comme elle lit en son fils, qui recourt à la même expression lorsqu'elle lui demande s'il s'est brossé les dents.

— Mais…, commence-t-elle.

Terry lui arrache le pull-over et l'embrasse, puis il monte dans sa voiture et s'empresse de démarrer. *Il ment.* Comment peut-il ne pas se rendre compte que c'est complètement évident ? Elle veut lui téléphoner et exiger de connaître la vérité, mais il ne décrochera pas. Les larmes lui montent aux yeux. Pas question de revivre ça. Baissant la tête, elle serre très fort les paupières. Jack ne doit pas la voir pleurer.

— Andrea, entend-elle, ça va ?

Elle lève les yeux et voit Gabby qui traverse la rue.

Andrea est tellement reconnaissante qu'on lui pose cette question, que quelqu'un reconnaisse sa douleur, et elle a tellement peur de l'homme et de ce que Terry a fait pour mériter la visite d'un type pareil qu'elle éclate en bruyants sanglots. Chaque petite parcelle de bonheur qu'elle a pu tirer de sa situation malheureuse au cours des derniers jours disparaît. Comment peuvent-ils en être revenus là, après tout ce que Terry leur a déjà fait subir ?

— Oh, Andrea ! Oh, ma chérie ! Qu'est-ce qui ne va pas ?

Le ton de Gabby n'est que gentillesse et sollicitude. Sa tenue est impeccable, comme d'habitude, pantalon large couleur caramel et haut noir moelleux en maille. Ses cheveux blond-blanc brillent au soleil, elle a l'air détendue et tout à fait sûre d'elle. Andrea resserre le peignoir de Terry autour d'elle, en essayant de le fermer davantage sur son gros ventre. Elle ne s'est pas encore habillée.

— Est-ce en rapport avec l'homme auquel Terry parlait ? J'ai vu plusieurs fois sa voiture et j'ai toujours trouvé ça bizarre. Est-ce qu'il le connaît ? Est-ce que Terry le connaît ?

Sa voix pétille de curiosité.

Andrea secoue la tête, s'intimant de se taire, sans quoi elle va tout déballer.

— Non... Je n'ai pas... C'est juste une mauvaise matinée, c'est tout, répond-elle, avec un léger pincement au cœur à cause de son mensonge.

En fait, c'était une bonne matinée jusqu'à ce qu'elle voie l'homme avec Terry. Maintenant, tout va mal et tout est horrible. Son monde entier baigne dans une affreuse grisaille, un millier de choses épouvantables lui traversent l'esprit.

Gabby scrute son visage de ses yeux bleus emplis d'empathie. Andrea ressent une pointe d'irritation devant cette femme dont la vie est exempte de la moindre inquiétude.

— Il faut que j'emmène Jack à l'école, dit-elle. Désolée, Gabby.

— C'est bon, c'est bon, la réconforte sa voisine en lui serrant l'épaule. Tu peux me faire confiance pour tout, tu sais. Je suis consciente que les choses ne se sont pas très bien passées quand j'ai emmené Jack et que tu t'es inquiétée, mais honnêtement, c'est la faute de la compagnie de téléphone et non de l'une ou l'autre d'entre nous. Je n'aurais jamais fait quoi que ce soit qui puisse mettre Jack en danger. Je sais ce que c'est que de paniquer quand on est mère. Crois-moi, j'ai des mauvais jours avec Flynn, je n'en parle pas à beaucoup de gens, mais il est devenu vraiment difficile, donc je sais que les matins peuvent être très pénibles. J'habite juste de l'autre côté de la rue si tu as besoin de moi.

Andrea acquiesce et adresse un petit sourire à Gabby. Elle ne veut plus être en colère contre elle à cause de ce qui s'est passé. Ça n'a été qu'une suite de malentendus et ça fait du bien d'entendre qu'elle n'est pas la seule à avoir de mauvais matins. Parfois, elle a l'impression d'être complètement isolée dans cette nouvelle banlieue. Ils ont, d'un côté, l'homme âgé pour voisin, et elle n'a même pas vu ceux qui vivent de l'autre côté. La maison de ces gens est toujours silencieuse, si l'on excepte la personne qui vient chercher le courrier et les jardiniers qui passent une fois par semaine. Andrea suppose qu'ils doivent être partis quelque part et leur envie ces longues vacances. Des jours comme aujourd'hui, elle a l'impression d'être la seule à devoir se battre pour rester positive, mais elle se rappelle que tout le monde a ses propres problèmes.

— On pourrait peut-être prendre un café après l'école aujourd'hui si tu es libre, suggère-t-elle à Gabby.

La journée et la longue soirée seule avec son fils et ses pensées s'étendent devant elle et elle préférerait avoir un peu de compagnie. Écouter Gabby parler de son propre fils et de toutes les personnes auxquelles elle donne des conseils en ligne est agréable et distrayant. Hier soir, elle a lu toute une conversation dans les commentaires sur la page Facebook de Gabby : cette dernière donnait des conseils à une femme qui soupçonnait son mari de la tromper. La conversation s'est déroulée en dessous d'un post où Gabby disait avoir été très contrariée le jour où son fils s'était fait couper les cheveux, soutenu par son mari qui l'avait emmené chez le coiffeur. Gabby s'était montrée très rassurante, très gentille dans ses commentaires, expliquant à la femme que la meilleure chose à faire était d'avoir une conversation honnête avec son mari. *« Tirer des conclusions hâtives n'est jamais utile et on a du mal ensuite à avoir une conversation rationnelle »*, a conseillé Gabby.

Un café avec sa voisine l'apaisera. Elle semble avoir réponse à tout.

— Génial ! approuve Gabby, un grand sourire aux lèvres. Flynn va faire du surf avec des amis cet après-midi, un truc qui n'attire que les adolescents par un temps pareil, mais il a une bonne combinaison de plongée. Bref, je suis libre, alors on se voit à 15 h 30 ? Viens chez moi. Je te préparerai quelque chose de délicieux pour accompagner le thé.

— Parfait, se réjouit Andrea, qui sourit elle aussi.

Elle se sent déjà apaisée.

Elle regagne sa maison, où Jack est toujours assis à la table du petit déjeuner, en train de chantonner pour lui-même.

Il est tellement innocent, tellement étranger à la tension entre sa mère et son père, et c'est dans cette ignorance qu'il devrait être autorisé à grandir. Si Terry s'est remis à jouer, elle n'a aucune idée de ce qu'ils feront, de la vie qu'ils mèneront. Elle ne peut pas trouver de travail ni se permettre de faire garder ses enfants, le cas échéant. Dehors, le tonnerre gronde. La matinée ensoleillée est terminée et la pluie va bientôt revenir. Elle s'assoit à la table de la cuisine et parvient à avaler deux tartines, à coups de mastication mécanique. Le beurre de cacahuète qu'elle adore en temps normal lui reste coincé dans la gorge.

— Va te brosser les dents, mon puceron, dit-elle à Jack.

Elle se crispe légèrement, parce que le brossage des dents est source de nombreuses batailles avec son fils et qu'elle n'est pas équipée pour s'y lancer, ce matin. Mais, délicieusement agréable, il répond : « D'accord, maman » et se lève de sa chaise pour se diriger vers la salle de bains. Andrea soupire et jette un coup d'œil à sa montre. Ils doivent partir dans dix minutes et elle ne peut pas remettre ça à plus tard. Elle n'a déjà que trop tardé. Elle s'empare de son téléphone et passe l'index sur sa photo préférée de Jack, qui lui sert d'écran d'accueil. Il est sur la balançoire d'un parc magnifiquement aménagé qui se trouvait à quelques minutes à pied de la maison où ils vivaient. La photo a été prise lors d'une rare journée ensoleillée. Le ciel était d'un bleu radieux et l'air, agréablement chaud. Elle venait de le pousser plusieurs fois pour lui donner de l'élan tandis que lui agitait furieusement les jambes, déterminé à faire fonctionner la balançoire tout seul. Lorsqu'il avait atteint son but et que la balançoire s'était élevée, il avait crié de joie, ravi de cette sensation d'envol et d'accomplissement. Elle avait alors sorti son téléphone pour prendre une photo et avait réussi à presser sur le bouton au moment parfait. D'habitude, quand elle passe une mauvaise journée, cette photo l'aide à se sentir mieux, à se projeter dans des jours meilleurs où il y aura peut-être deux enfants sur les balançoires et où elle se sentira suffisamment en sécurité pour ne se préoccuper que de prendre le cliché parfait. Mais ce matin, la photo lui donne seulement envie de pleurer, car le plaisir tranquille de ce jour-là lui semble extrêmement lointain. Elle déverrouille son téléphone et se connecte à son compte bancaire, retenant son souffle lorsqu'il s'affiche. Elle voit les chiffres précédés de signes moins, des tas de montants, petits pour qu'ils ne lui sautent pas aux yeux, mais bien présents. Moins dix dollars, moins vingt dollars, moins trente dollars. Elle commence à tout additionner et s'arrête lorsqu'elle arrive à deux cents dollars. Elle aurait dû vérifier leur compte il y a trois semaines, le jour où elle a vu la voiture pour la première fois, mais elle refusait tout simplement la vérité.

Et même en regardant les chiffres, elle a le sentiment que Terry va tout lui expliquer par un « déjeuner » par-ci ou un « café » par-là ou encore « un petit verre parce qu'il faut quand même bien que je paie ma tournée au pub de temps en temps, non ? » Ces sommes sont minimes, mais elles suggèrent un schéma. La dernière fois, lorsqu'elle avait exigé qu'il la laisse consulter leur compte en banque, elle avait maudit sa propre stupidité pour n'avoir pas demandé d'emblée son propre accès, pour n'avoir été que trop heureuse de tout laisser entre les mains de son mari. À ce moment-là, les montants étaient énormes, des centaines voire des milliers de dollars, et elle avait même vu le jour où il avait mis la maison en hypothèque. À l'époque, il avait présenté ça comme une renégociation de leur prêt hypothécaire et elle s'était contentée de signer le papier qu'il lui avait soumis. Elle a été élevée dans un foyer où ses parents avaient des rôles traditionnels. Son père gagnait l'argent et s'occupait de tout ce qui s'y rapportait. Sa mère avait un compte qu'il alimentait, mais tout le reste dépendait de lui. Après leur mariage, Andrea n'avait pas demandé mieux que de confier leurs finances à Terry. Il avait un diplôme en commerce, elle se disait donc qu'il était plus avisé qu'elle pour s'occuper de tout. Elle avait été horrifiée de voir les sommes énormes qu'il ponctionnait, et elle sait maintenant qu'il lui dira que ce qu'elle voit, ce n'est pas du tout ce qu'elle s'imagine. Pourtant, elle pense bien que si. Combien doit-il à l'homme à la barbe, ou aux gens pour qui cet homme travaille ? Elle frissonne, resserrant son peignoir autour d'elle.

— Je suis prêt, maman, annonce Jack, qui a une noisette de dentifrice sur le menton.

Andrea éteint l'écran de son téléphone pour ne plus voir la page de la banque et se lève.

— Dans ce cas, je ferais mieux de m'habiller et de t'emmener à l'école, dit-elle en souriant à son fils qui lui renvoie le sourire de Terry, le beau sourire de Terry, sans les mensonges tapis derrière.

14

GABBY

Gabby fredonne en se dirigeant vers sa cuisine. Elle va préparer quelque chose pour cet après-midi, quelque chose de sain et de délicieux. Elle attrape l'un des livres de recettes dans le placard qui flanque la cuisinière et commence à le feuilleter, lorsqu'un bout de papier en tombe.

« Maman chérie,

J'espère que tu prendras autant de plaisir à préparer tout ce qui se trouve dans ce livre que nous en prendrons tous, je le sais, à le manger.

Je t'aime,

Ben »

— C'est adorable, murmure Gabby en replaçant le mot dans le livre.

Flynn lui écrira-t-il un jour un mot comme celui-ci ? Exprimera-t-il de si beaux sentiments ? La chose ne semble guère probable en ce moment, vu comme il est pénible. Elle a l'impression que la distance qui les sépare ne cesse de croître au fil des jours. Aujourd'hui, pas plus tard que ce matin, il lui a déclaré qu'il la détestait, il a sifflé ces mots, les poings serrés. Ce n'est pas agréable à entendre, et encore en ce moment, elle sent sa peau devenir brûlante alors qu'elle revoit son visage et perçoit sa terrible colère. Elle a honte... Oui, c'est exactement ce qu'elle devrait ressentir... de la honte parce que son fils ne semble plus l'aimer ni même l'apprécier. C'est exactement ce qu'elle ressentait à l'égard de sa propre mère à seize ans, mais cela n'avait rien de nouveau chez elle : elle éprouvait les mêmes sentiments à son égard depuis des années. En grandissant, elle s'est promis de tout faire différemment lorsqu'elle serait mère. Elle ferait savoir à son enfant qu'il était aimé chaque jour de sa vie. C'est exactement ce qu'elle a fait et pourtant la voilà, mère d'un enfant qui la déteste tout autant qu'elle a détesté la sienne. C'est terriblement injuste.

Elle pose le livre de recettes, ouvert sur une page montrant une photo de biscuits aux flocons d'avoine épais et consistants... L'incident de ce matin lui revient à l'esprit. Son crime ? Lui demander de sourire pour une photo. Elle secoue la tête. Oui, c'est là son unique tort et elle est certaine que si elle publiait quelque chose là-dessus sur Facebook, nombre de ses amies prendraient fait et cause pour elle, comprenant à quel point les adolescents peuvent être capricieux. Ils sont la génération selfie et pourtant, malgré toutes les photos qu'il poste sur son Instagram, Flynn lui a refusé un simple cliché pendant le petit déjeuner de ce matin. « Allez, l'a-t-elle cajolé, en essayant de garder un ton léger.

— Je te déteste », a-t-il préféré marmonner entre ses dents, sans quitter des yeux l'écran de son téléphone.

Ses sourires ne sont plus destinés qu'à sa nouvelle petite amie. Son compte Instagram a vu se multiplier les photos d'eux deux. Sur certaines d'entre elles, Flynn la regarde avec tant d'adoration que Gabby n'a pas pu étouffer une bouffée de jalousie. Depuis combien de temps personne ne l'a plus regardée comme ça ? D'après Richard, le père policier de la nouvelle petite amie de Flynn n'a pas songé à s'intéresser au garçon avec lequel sort sa fille, c'est donc au moins un point positif. Mais elle ne peut pas partir du principe que personne ne s'intéressera jamais à son fils. Combien de temps leur reste-t-il avant que quelqu'un ne commence à poser des questions ? Gabby prend une grande inspiration et la relâche lentement, histoire de se calmer. Elle doit se concentrer sur les choses qu'elle est capable de contrôler en ce moment. Se focaliser sur ses publications et sur son fils qui la quitte à petits pas, qui s'éloigne lentement, si bien qu'elle est de moins en moins utile et désirée.

Elle se saisit d'un stylo et d'un bloc-notes à côté de la bouilloire et consigne son idée : « *Je crains que mon fils ne me déteste vraiment.* » Fermant les yeux, elle convoque tous les sentiments liés à l'incident afin de pouvoir les dépeindre avec précision à ses followers.

Soudain débordante d'idées, elle se dirige vers la table de sa cuisine où se trouve son élégant ordinateur portable noir et l'ouvre sur sa page Facebook. Tout en inspirant profondément, elle fait craquer ses articulations et commence à écrire, sachant qu'il est temps de lâcher la vérité sur certaines choses. Cela fait maintenant près de quatre mois qu'elle poste des messages et elle a l'impression de connaître certaines des personnes qui la suivent depuis le début. Elle a fait des recherches sur beaucoup d'entre elles, comme Monica, qui vit dans une jolie maison au bord de l'eau et qui est mariée à un chirurgien orthopédiste. Monica a deux paires de jumeaux, après avoir eu recours deux fois à des FIV pour concevoir ses enfants. Malgré ses deux nounous, elle est constamment débordée et recherche le soutien émotionnel de ses amies. Et puis, il y a Becky, qui vient d'hériter de l'argent de son grand-père et envisage d'en donner une grande partie. Très croyante, elle pense toujours aux autres.

Malheureusement, sa fille adolescente la traite comme un paillasson. Gabby aime beaucoup échanger avec Daniella. Daniella est une mère qui travaille et occupe un poste important en ville. Comme cela l'oblige à être absente toute la journée de chez elle, l'éducation de ses trois garçons repose principalement sur son mari et une série de nounous. Daniella exprime souvent l'idée qu'elle ne sait absolument pas ce que ses fils sont devenus. Dans ses commentaires, Gabby veille à ne jamais juger ces femmes. Chaque mère fait de son mieux. La sienne n'avait qu'une idée en tête : se débarrasser de Gabby dès qu'elle l'aurait élevée assez longtemps, mais les choses sont très différentes avec ses amies Facebook. Chacune veut sentir qu'elle s'y prend comme il faut et peu d'entre elles y parviennent. Il y a trop de femmes qui suivent les messages de Gabby pour qu'elle puisse leur parler à toutes, mais elles sont adorables et compréhensives entre elles et Gabby aime à penser que sa page est un espace d'échange serein pour tout le monde. Si tel est bien le cas, alors elle doit cesser de passer certains éléments de sa vie sous silence et de ne présenter celle-ci à autrui que sous un jour positif. Elle doit mettre son âme à nu et accepter ce qui en découlera. Elle ne dira pas toute la vérité, de peur que ses amies Facebook lui fassent remarquer qu'elle ne devrait pas publier de photos de son fils s'il n'est pas d'accord. Il n'est jamais nécessaire de dire toute la vérité.

« Aujourd'hui, mon gentil Flynn m'a dit qu'il me détestait. Je ne me souviens même pas de la raison de notre dispute, car il y a beaucoup de disputes ces derniers temps. Des disputes à propos des devoirs, du couvre-feu et de la façon dont il me parle. Il n'avait jamais dit ces mots auparavant et à l'instant où ils sont sortis, j'ai oublié tout le reste. J'ai dû avoir l'air dévastée, parce qu'il s'est aussitôt excusé et les choses semblaient s'être arrangées quand je l'ai déposé à l'école. Je sais que ces

mots ne sont pas inhabituels dans la bouche d'un enfant. Je sais, pour lire les messages que vous m'adressez, que beaucoup d'entre vous ont déjà entendu cette phrase, mais c'est une première pour moi et ça m'a fait mal. Ça m'a vraiment fait mal. Je me répète qu'il faut aimer mon enfant même dans ses pires jours, mais c'est de plus en plus difficile. Il a même menacé de fuguer. Il menaçait de fuguer quand il était petit, comme le font de nombreux enfants quand vous leur dites d'aller au lit ou de manger leurs légumes, mais c'est différent quand cette déclaration provient d'un adolescent de seize ans. Il pourrait partir s'il le voulait, et je ne pense pas que la police serait en mesure de le forcer à rentrer à la maison si elle le retrouvait. Il aura bientôt dix-sept ans, c'est presque un homme. Un homme qui déteste sa mère. J'écris ces mots parce que je pense important d'être franche à ce sujet. La maternité est une chose difficile, parfois impossible. Nous donnons, donnons et donnons encore et au lieu d'une récompense, nous recevons de la haine et de la colère. Cela peut être vraiment difficile à comprendre. C'est à ce moment-là, je pense, qu'il est important d'avoir un groupe d'amies sur lequel compter, que ce soit dans le monde réel ou en ligne, et je sais que j'en ai un. Je vous ai toutes et je peux m'appuyer sur vous dans les moments difficiles. Et vous pouvez aussi faire appel à moi. Je vous embrasse »

Elle publie le message sans photo de Flynn. Il n'y en a aucune qui soit susceptible de convenir pour son Instagram et, de toute façon, sa publication aura plus d'impact si elle n'est pas accompagnée de la photo habituelle. Adossée à sa chaise, elle attend quelques minutes que les likes et les commentaires commencent à affluer. Ses amies se montrent pleines de compassion et lui donnent leurs propres conseils. En un sens, certaines sont rassurées par ses aveux, parce qu'elle a toujours l'air de contrôler la situation, mais ce n'est pas grave. Son post précédent sur Flynn qui s'était coupé les cheveux a rencontré quelques réticences, lui aussi, mais pas trop. Pas mal de personnes pensent qu'il devrait pouvoir faire ce qu'il veut de son corps, mais beaucoup déplorent les piercings, tatouages et autres cheveux à la couleur étrange chez les adolescents. Gabby fait attention à celles qui entament leurs commentaires par : « Bon, je pense juste que... » Ce sont les bien-pensantes, et les bien-pensantes semblent vraiment vouloir aider quand tout va mal, mais à condition que vous reconnaissiez leur supériorité. Elle a facilement détourné les commentaires négatifs en s'autorisant une longue discussion avec une femme qui soupçonnait son mari de la tromper. Elle pouvait presque sentir les critiques perdre de leur importance à mesure que la discussion avançait et que de plus en plus de personnes s'y joignaient, prodiguant leurs propres conseils. Il n'est pas difficile de diriger le fil d'une discussion sur Facebook. Tout ce qu'il fallait, c'était faire en sorte que les gens continuent d'interagir et la lisent : c'est toujours l'objectif de Gabby.

Elle a l'impression que les choses ont de fortes chances d'aller de travers avec Flynn si elle ne trouve pas le moyen de se faire comprendre de son fils. Richard lui dirait de le « laisser tranquille », d'ailleurs elle en parlera dans un autre post. Il lui semble que les pères ont la capacité d'intercepter les coups qu'on se porte par la parole lors d'une dispute avec un adolescent, mais c'est peut-être propre à Richard. Il sera cependant intéressant de voir comment d'autres mères réagiront à une publication sur la facilité avec laquelle son mari semble appréhender la situation. Elle mentionnera qu'il voyage beaucoup, pour que celles qui suivent sa page sachent que, la plupart du temps, elle se débrouille toute seule.

Après vingt minutes passées à remercier les gens pour leurs commentaires et à ajouter des émojis souriants et câlinants partout, elle soupire et se lève. Retour au livre de recettes. Des biscuits à l'avoine, ce serait bien, mais peut-être que des cupcakes, ce serait mieux. Jack se réjouira de n'importe quoi, et Andrea aussi, du moment qu'elle pourra s'asseoir quelques minutes. Elle veut que tout se passe bien. Elle a commis une erreur en gardant Jack trop tard et en supposant qu'Andrea ne serait pas complètement angoissée. Elle savait que sa voisine s'inquiéterait, mais elle avait essayé d'évaluer le degré de son inquiétude. C'est une bonne chose qu'elle n'ait pas appelé la police, car cela aurait été un désastre.

« *Pourquoi tu as fait ça ? À quoi tu joues ?* » lui a écrit Richard lorsqu'elle lui a raconté ce qui s'était passé.

> « *C'est un gamin tellement adorable. Un enfant de trois ans, un vrai délice et il adore sa mère.* »

> « *Gabby, arrête. Tu dois t'arrêter. Va au bout de ton projet. Concentre-toi sur ça et sur rien d'autre.* »

Richard a raison sur ce point. Quand elle approche de la fin d'un projet, elle a tendance à vouloir précipiter les choses. Elle est censée trouver de nouveaux meubles pour le salon. Richard aime lui confier ces petites tâches pour l'occuper. Il craint qu'elle ne s'ennuie et ne retombe dans ses vieux travers, mais elle ne recommencera pas... ou pas au point de se faire prendre, du moins. Se concentrer sur Jack et Andrea est une bien meilleure façon d'employer son temps.

Ayant opté pour des cupcakes, elle rassemble tous les ingrédients, laissant son esprit tourbillonner pendant qu'elle mélange la pâte. Elle réfléchit à ce qu'elle va publier ensuite à propos de son fils. Mais elle réfléchit aussi à la scène dont elle a été témoin aujourd'hui. Chaque matin, après avoir déposé Flynn à l'école, elle passe du temps à guetter Andrea, en espérant trouver un prétexte naturel pour lui parler afin de remettre leur amitié sur les rails.

Il s'est vraiment passé quelque chose aujourd'hui entre Terry et l'homme de la rue. Gabby a vu sa voiture bien trop souvent pour que ce soit une coïncidence. Et chaque fois qu'elle la repère, sa bouche s'assèche et son cœur bat comme un fou. Elle déteste cette sensation, elle déteste être obligée de se demander si on l'observe. Qu'est-ce que l'homme demandait à Terry ? Est-ce qu'il l'interrogeait sur elle ? Si Andrea n'avait pas proposé de venir cet après-midi, Gabby aurait suggéré qu'elles se voient. Elle a besoin d'avoir des précisions sur ce qu'Andrea sait de l'homme à la voiture rouge, car... et s'il parlait d'elle ? Il aurait pu avertir Terry, mais dans ce cas, Andrea n'aurait sûrement pas accepté de venir chez elle plus tard. Richard est toujours en train d'enquêter sur cet homme, de chercher à savoir à qui appartient la voiture et comment il pourrait être lié à Gabby.

« *Je suis sûr que ça n'a rien à voir avec toi* », lui a-t-il écrit par texto. Il a toujours pensé qu'elle était trop méfiante, mais lui se trouve en sécurité aux États-Unis, à faire ce qu'il a à faire, tandis qu'elle est ici, obligée de gérer leur enfant en colère et d'essayer de trouver un moyen d'aller de l'avant.

Comme d'habitude, elle s'est cachée dès qu'elle a vu Terry sortir de la maison. Elle n'avait aucune envie de lui parler, mais avant qu'il aille où que ce soit, la voiture rouge s'est arrêtée dans un crissement de pneus, l'homme en est sorti et l'a interpellé : « Eh, mec, je peux te parler ? » Si elle avait été à la place de Terry, elle aurait tourné les talons et couru vers sa maison, mais elle a vu Terry hésiter, puis traverser la rue à pied. Dissimulée derrière sa voiture, elle n'arrivait pas à entendre ce qui se disait, mais elle a vu Terry qui hochait la tête, puis jetait un coup d'œil à sa maison. Elle est certaine de cette œillade.

Quand Andrea est sortie, Gabby s'est éloignée, ne voulant pas être surprise en train de les observer. Puis, après le départ de Terry, elle a vu là une chance d'arranger les choses avec Andrea. La pauvre avait l'air terrifiée. Mais de quoi a-t-elle peur ?

Gabby arrête de remuer la pâte, réalisant qu'elle a de plus en plus froid dans la cuisine. La matinée radieuse est terminée et le soleil a disparu derrière une armada d'épais nuages gris. L'homme pourrait être un détective privé. Ce ne serait pas la première fois qu'un de ces types viendrait la chercher.

Elle secoue la tête. Le tatoué n'a probablement rien à voir avec elle, mais plutôt avec Terry. Elle caresse brièvement l'idée que Terry est une sorte de criminel, mais la repousse. Son voisin travaille dans un magasin d'électroménager et ce n'est pas une bonne couverture pour un criminel. Quoique... Comment Gabby pourrait-elle le savoir ? La maison a manifestement été achetée avec l'argent familial. Mais alors, que faisait cet homme devant leurs maisons ?

Elle soupire, chassant toutes ses pensées négatives. Cet après-midi, elle découvrira la vérité de la bouche d'Andrea et elle avisera à ce moment-là.

Une fois la pâte prête, elle s'amuse à la répartir dans les moules à cupcakes, en choisissant des caissettes de différentes couleurs pour chaque gâteau. C'est incroyable le nombre de choses que cette maison contient, tout simplement incroyable !

En attendant que les cupcakes soient cuits pour pouvoir se lancer dans leur glaçage, elle regarde l'agenda de son téléphone. Il reste trois semaines. Elle doit faire vite maintenant.

15

ANDREA

Au début, avec Gabby, elles marchent sur des œufs. Sa voisine semble troublée, ôtant un bol de céréales et une tasse vides de la table de la cuisine, et marmonnant : « Je lui ai pourtant dit de débarrasser », alors qu'elle fait signe à Andrea de s'asseoir. La cuisine est encore en désordre depuis le petit déjeuner, avec de la vaisselle dans l'évier et des miettes sur le plan de travail, ce qui ne ressemble pas du tout à Gabby. Pendant qu'elles discutent, Andrea sent qu'elles sont trop polies l'une envers l'autre et qu'elles se concentrent sur Jack pour éviter de parler de ce qui s'est passé lorsque Gabby a emmené son fils l'autre jour.

Mais celle-ci finit par dire :

— Écoute, on peut tourner autour du pot jusqu'à ce que tu repartes, et on se sourira en montant dans nos voitures sans plus jamais vraiment se parler, ou bien on peut aborder le sujet frontalement. Je n'aurais jamais dû emmener Jack et j'en suis désolée. Depuis, je me sens tellement mal que je n'arrive pas à me concentrer sur quoi que ce soit. Ce n'était vraiment pas une bonne idée de ma part et je peux te promettre que je ne recommencerai plus jamais. Enfin, si tu me laisses encore le garder.

Elle a un petit rire qui indique clairement qu'elle ne sait pas trop à quoi s'attendre de la part d'Andrea.

Gabby a beaucoup d'amies sur Facebook et une vie bien remplie, mais il y a quelque chose dans la façon dont elle parle de son mari et de son fils qui suggère à Andrea qu'elle souffre un peu de la solitude. Peut-être Gabby et elle se ressemblent-elles plus qu'elle ne le pensait, au bout du compte.

Gabby semble avoir besoin d'être une amie pour Andrea autant qu'Andrea veut être amie avec elle, et elle en éprouve un élan d'affection pour elle.

La pluie tombe doucement à l'extérieur, au-delà de la pièce chaude où Gabby fait fonctionner le chauffage. Jack est par terre avec les dinosaures qu'il aime tant, et l'air embaume le chocolat savoureux des petits gâteaux.

— Écoute, dit Andrea, submergée par la sincérité de Gabby. J'aurais vraiment dû garder mon téléphone avec moi et mettre une alarme. C'était aussi ma faute.

Elle rougit au souvenir de sa peur et de sa honte de s'être ainsi perdue dans le sommeil.

— Dans ce cas, on pourrait peut-être passer à autre chose ? propose Gabby qui se lève pour leur resservir du thé et disposer sur un plat des cupcakes au chocolat que recouvre un épais glaçage blanc.

— Waouh ! Merci beaucoup, dit Jack quand Gabby lui en met un dans une assiette en plastique bleue qu'elle place à côté de lui sur le sol.

Andrea ressent une vague de nostalgie en pensant à sa mère, dans la cuisine de laquelle Jack était tout aussi à son aise, tout aussi heureux. Si sa mère vivait à proximité, tout serait différent.

— Tu es un jeune homme très poli, constate Gabby, avant de se tourner vers Andrea. Qu'en penses-tu ? insiste-t-elle.

Andrea se rend compte qu'elle n'a pas répondu.

— Oui, passons à autre chose.

Elle sourit, profitant d'un moment de satisfaction pendant que son fils ramasse le cupcake.

— Passons à autre chose, répète-t-elle, heureuse de mettre toute cette histoire derrière elle.

Gabby sourit et pose tout le plat de petits gâteaux devant Andrea.

— Parfait, dit-elle. J'avais d'autant plus peur de te perdre en tant qu'amie que, pour être honnête, je n'en ai pas beaucoup.

Andrea prend un cupcake dans le plat et en mange une bouchée, ses dents s'enfoncent dans le gâteau moelleux et sucré.

— C'est délicieux, commente-t-elle en le posant sur l'assiette que Gabby a placée devant elle. Mais tu dois avoir des tas d'amies : regarde tous ces gens sur Facebook qui se tournent vers toi pour te demander conseil.

Gabby prend un cupcake pour elle-même, récupère un peu de glaçage à la pointe d'un doigt et le glisse dans sa bouche.

— Mais ce ne sont pas vraiment des amies, tu sais bien, objecte-t-elle.

Il y a des larmes en préparation dans ses yeux bleus, son visage se décompose et elle baisse un peu la tête.

— Bon, reprend-elle, c'est vrai qu'elles sont là, quelque part, mais ce n'est pas comme si je pouvais m'attabler avec elles et leur parler.

Elle passe rapidement une main sur sa joue, et Andrea voit qu'elle se débarrasse furtivement d'une larme.

— Oh, Gabby, murmure Andrea en se penchant en avant, qu'est-ce qui ne va pas ?

Elle touche le bras de son amie.

Gabby soupire.

— Tu as... Je veux dire, tu ne l'as probablement pas fait, mais est-ce que tu as vu mon post sur Facebook de ce matin ?

Andrea secoue la tête.

— Non... je n'ai pas encore ouvert Facebook aujourd'hui,

admet-elle en attrapant son téléphone. Tu veux que je le lise maintenant ?

Gabby hoche lentement la tête.

Andrea est consciente que son amie l'observe pendant qu'elle ouvre son appareil, clique sur Facebook et lit.

— Oh, Gabby, dit-elle doucement en levant les yeux lorsqu'elle a terminé. Je suis tellement... Je ne savais pas, mais regarde tous les commentaires et les conseils... Il y a énormément de femmes qui veulent t'aider.

Elle essaie de sourire alors que les mots tout juste lus tournent dans son esprit : « difficile, impossible, haine, colère ». Des mots qu'elle n'aurait jamais cru Gabby capable d'utiliser pour parler de son fils.

L'intéressée soupire et balaie sa réaction d'un revers de la main.

— Je suis juste idiote, fait-elle en s'asseyant. Bien sûr que ce sont des amies et je sais qu'elles m'aideraient si j'en avais besoin, mais je me dis parfois que je leur ai caché tellement de choses qu'elles ne me croiraient pas si je leur disais à quel point ça va mal.

Faute de savoir quoi répliquer, Andrea se réfugie dans le silence d'une autre bouchée du cupcake. Le post est cru, honnête et bien différent de ce qu'elle aurait attendu de Gabby. Elle n'arrive pas à croire que cette femme, qui semble avoir une vie parfaite, entourée d'un mari et d'un fils aimants et de tout ce que l'argent peut offrir, ait en réalité autant de difficultés dans sa vie quotidienne. Andrea refoule un petit sentiment de soulagement à la pensée qu'elle n'est pas la seule dont la vie ne se déroule pas tout à fait comme prévu.

Elle est choquée par les mots que Gabby a écrits, choquée qu'elle s'ouvre à ce point et choquée de découvrir que son fils est manifestement très difficile. Il lui semble impossible que Jack en arrive un jour à la détester. Pour l'instant, il est heureux d'être avec elle chaque minute de la journée.

— Tu traverses une période compliquée, réussit-elle à chuchoter, incapable de trouver un conseil à donner à une femme qui est mère depuis bien plus longtemps qu'elle.

Gabby s'empare de son cupcake et en croque une petite bouchée en hochant la tête.

— Oui, en effet, convient-elle. J'ai posté ce message parce que c'était trop, tu sais. J'avais l'impression d'avoir perdu ton amitié et je comprenais que je le méritais probablement, mais ensuite Flynn s'est tellement mis en colère contre moi que je me suis interrogée sur ce que j'avais fait exactement de ma vie. Je veux dire, je me suis cantonnée au rôle de femme au foyer pour l'élever et maintenant il ne me supporte plus. Alors même si toutes ces femmes sur Facebook se tournent vers moi pour obtenir des conseils, j'ai l'impression d'être un imposteur. Je suis comme tout le monde, je tâtonne. Et quand j'ai posté ce message, certaines ont été assez... eh bien, grossières à propos des difficultés que je rencontre.

Elle avale sa petite bouchée de cupcake et repose le reste dans son assiette, comme si elle ne pouvait plus supporter de manger, puis tapote ses mains l'une contre l'autre pour se débarrasser de quelques miettes.

— Une femme m'a dit : « J'en conclus que vous n'avez pas réponse à tout, hein ? » J'ai supprimé le commentaire, mais il m'a blessée. Je sais qu'elle a raison – je n'ai pas toutes les réponses –, mais ce que j'ai toujours cherché à faire, c'est aider d'autres mères. Je n'ai jamais prétendu tout savoir.

Elle récupère le cupcake, le casse en deux, puis en trois. Andrea voit bien qu'elle n'a pas du tout l'intention de le manger et elle s'en veut d'avoir déjà fini le sien. Sa main s'est même portée machinalement vers un autre gâteau.

— Personne ne détient toutes les réponses, dit-elle à Gabby. Pas même les experts bardés de diplômes. Chaque mère essaie simplement de comprendre comment bien faire les choses. La mienne dit toujours que dès que tu as trouvé comment gérer ton enfant à un stade donné, celui-ci passe au suivant, et elle a raison. Du jour où j'ai compris comment faire faire deux siestes à Jack, exactement au même moment, il est passé à une seule sieste par jour. C'est frustrant pour nous toutes. J'ai du mal à imaginer les difficultés que je vais rencontrer quand il sera adolescent. J'ai déjà du mal à m'imaginer avoir deux enfants à la fois.

Gabby sourit et s'essuie les mains sur une serviette en papier bleu vif.

— Tu es adorable, dit-elle, et je t'aiderai autant que tu me le permettras. Maintenant, mange l'autre cupcake. Quand le bébé arrivera, tu n'auras presque plus de temps pour toi.

Andrea prend docilement une bouchée.

— J'aimerais pouvoir t'aider... J'aimerais savoir quelque chose qui puisse t'aider.

Gabby se lève de table et remplit sa tasse de thé.

— Richard dit que je devrais laisser notre fils grandir sans documenter chaque jour de sa vie, mais il n'a quasiment pas pris part à son éducation. Il est à San Diego et tout ce qu'il fait, c'est envoyer des textos à Flynn un jour sur deux.

— Il est de nouveau à San Diego ? s'enquiert Andrea.

— Oh, oui... je veux dire, je crois. Il voyage tellement que je ne sais jamais où il est, s'esclaffe-t-elle en retournant à la table de la cuisine. C'est facile pour les hommes, non ? Regarde Terry : il part travailler et te laisse avec Jack, et bientôt il y aura un bébé et il quittera la maison tous les matins pendant que tu devras encore t'occuper de tout.

Le cupcake est soudain pâteux dans la bouche d'Andrea, qui doit prendre une grande gorgée de thé pour le faire passer, car l'homme à la voiture rouge et l'incident de ce matin lui reviennent à l'esprit.

Elle hoche la tête.

— Oui, et parfois...

— Parfois ? insiste Gabby, en se penchant plus près, comme

si elle devinait qu'Andrea était sur le point de lui confier quelque chose.

Pendant un instant, elle est prête à lui avouer ses inquiétudes, mais elle se ravise. Elle n'a aucune idée de la confiance qu'elle peut accorder à Gabby et elle ne veut pas gâcher l'après-midi en déterrant ses soucis. Elle n'est pas encore tout à fait sûre de ce qui se passe et l'idée de parler avec une quasi-inconnue de son mariage et des problèmes que Terry et elle rencontrent ne lui paraît pas très judicieuse.

— Parfois, j'aimerais que tu ne cuisines pas si bien, lâche-t-elle faiblement à la place.

Sur quoi elle prend une grosse bouchée du cupcake.

— Oh ça, tout le monde peut le faire, nuance Gabby en se rasseyant.

Mais sa voisine a compris qu'elle avait l'intention de dire quelque chose d'autre, Andrea le voit bien. Gabby fait toutefois preuve de tact et elles passent le reste de l'après-midi à discuter des souvenirs que Gabby conserve de Flynn lorsqu'il avait le même âge que Jack et du projet qu'a Andrea de reprendre le travail un jour, lorsque les enfants seront assez grands. Au moment où Jack et elle traversent la rue pour regagner leur maison, elle est apaisée et heureuse que Gabby soit de nouveau dans sa vie. Elle s'efforce de ne penser à rien d'autre pendant sa soirée avec Jack, et elle dort profondément lorsqu'elle s'aperçoit que Terry est rentré alors qu'il grimpe dans leur lit après minuit.

— Ça y est, c'est fait ? demande-t-elle, d'une voix rendue légèrement pâteuse par le sommeil.

— Oui, bien sûr que oui, dit-il.

Elle plisse le nez : il sent l'alcool. Malgré son esprit ensommeillé, elle parvient à se dire que Baz n'apprécierait pas que son personnel boive pendant un inventaire, mais elle n'arrive pas à se réveiller assez pour lui en faire la remarque, et le lendemain matin, Terry est parti avant qu'elle ne soit parvenue à sortir du lit.

Ce soir-là, elle prépare le plat préféré de Terry pour le dîner – poulet rôti aux légumes – et lui sort même une bière du réfrigérateur pour qu'il puisse la siroter pendant qu'ils mangent.

— Une occasion spéciale ?

Son mari sourit et elle sourit à son tour, avec la sensation de commettre une imposture parce qu'à chaque bouchée qu'elle avale, elle se répète ce qu'elle va dire pour le confronter au sujet de l'argent manquant. Ils parlent de l'inventaire et des autres membres du personnel. Andrea compte les minutes qui leur restent avant que son fils ne quitte la table.

Jack poursuit les derniers petits pois dans son assiette, en leur demandant d'arrêter de s'enfuir. Lorsqu'il a terminé, il regarde sa mère avec impatience.

— C'est l'heure de l'iPad maintenant ? demande-t-il.

— Oui, ta demi-heure commence maintenant. Mais joue bien avec l'iPad sur le lit au cas où tu le ferais tomber.

Elle se lève de table et ramasse l'assiette de son fils, qu'elle dépose dans l'évier.

— Je sais, je sais, soupire Jack, en levant les yeux au ciel, ce qui fait rire ses deux parents.

Andrea reste debout à côté de l'évier, déstabilisée de sentir son cœur s'emballer. Elle redoute d'affronter son mari ou, plus vraisemblablement, ce qu'il va dire.

Lorsqu'elle entend la musique qui accompagne le jeu préféré de Jack monter depuis sa chambre, elle sort son téléphone et se connecte à leur compte bancaire, tout en prenant une grande inspiration, pour s'armer de courage avant la confrontation. Terry termine sa bière, sans se douter de ce qu'elle est en train de faire.

— Tu peux m'expliquer ces montants ? demande-t-elle, en veillant à rester calme, à garder une voix mesurée alors qu'elle lui tend le téléphone.

Elle ne veut pas qu'il parte en trombe dans la nuit, ce qu'il a déjà fait quand une discussion a tourné au vinaigre.

Il fixe l'écran puis le fait défiler en secouant la tête. Il rougit légèrement et, pendant un instant, elle pense qu'il va affirmer ne pas avoir dépensé cet argent. Au lieu de quoi, il jette le téléphone, qui atterrit dans un bruit sourd sur la table, et se lève.

— Est-ce que je n'ai plus le droit de prendre un café avec un ami, ou de déjeuner ? demande-t-il, agressif.

Il entreprend de débarrasser la table.

Andrea s'assied, il ne faut pas qu'elle reste debout, tant la tristesse lui pèse : Terry a dit exactement ce qu'elle avait prévu.

— C'est plus que ça, Terry : ça s'additionne. Dis-moi juste la vérité : est-ce que tu t'es remis à jouer ?

Elle ne le regarde pas en posant cette question, car elle est incapable de supporter la réponse.

Terry fait claquer les assiettes dans l'évier, puis prend ce qui reste de vaisselle sur la table, la rince rapidement et entreprend de la placer brutalement dans le lave-vaisselle, en faisant plus de bruit que nécessaire.

— J'en ai marre d'être fliqué comme ça, crache-t-il en lui tournant le dos dans un bruit de couteaux et de fourchettes qui s'entrechoquent. C'est moi qui travaille et qui gagne notre argent et pourtant je n'ai pas le droit de dépenser un seul centime pendant que tu restes ici à faire je ne sais quoi de toutes tes journées.

Il jette la dernière assiette dans le lave-vaisselle, en referme la porte avec fracas et sort de la cuisine avant qu'elle n'ait eu le temps de répliquer quoi que ce soit.

— Je vais mettre Jack dans son bain, puis le coucher. Tu n'as qu'à te reposer, lance-t-il sur un ton dégoulinant d'amertume.

Andrea reste à table sans rien dire, ravalant ses larmes, incapable de bouger. Ses pensées tourbillonnent et Gemma distribue de furieux coups de pied, à cause, Andrea en est sûre, de toute l'adrénaline qui afflue dans son corps. Elle meurt d'envie de ficher le camp, de disparaître, mais elle ne peut pas, parce qu'elle est enceinte et qu'elle a un fils qui a besoin d'elle.

— Maman, tu viens me faire un bisou ? crie Jack une fois que Terry l'a mis au lit.

Alors elle soulève son corps, persuadée de peser une tonne, et va embrasser son fils pour lui souhaiter bonne nuit.

Habituellement, Terry et elle regardent la télévision après le dîner, mais ce soir elle prend sa douche, se met au lit et sombre dans un profond sommeil. L'épuisement lui vole ses rêves. À un moment de la nuit, elle sent Terry se coucher lui aussi et se rapprocher d'elle.

— Je suis désolé, bébé, murmure-t-il. Je vais y aller mollo sur les cafés et les déjeuners. Je sais qu'on essaie d'économiser.

Il l'embrasse sur la joue et se détourne. Il a esquivé le vrai problème, il n'a pas répondu à sa question, mais Andrea sait que du point de vue de son mari, la discussion est close.

Les jours suivants sont typiques d'un hiver à Sydney : pluvieux et froids avec un vent glacial qui souffle dans l'après-midi. Tous les jours après l'école, Andrea se rend chez Gabby, où elle se fait dorloter pendant que Jack s'amuse.

Il est si facile d'aller la trouver, si facile d'oublier ses soucis avec Terry quand elle est chez sa voisine.

Elle passe de plus en plus de temps avec Gabby, tant elle rechigne à séjourner dans son affreuse maison et à penser à son mari, à ce qu'il fait ou ne fait pas.

Chaque fois qu'elles discutent, Gabby lui confesse un peu plus la vérité sur sa vie. Son mari Richard voyage tout le temps et lui suggère simplement de « laisser Flynn tranquille » lors-qu'ils discutent de son éducation.

« Je sais que les mères célibataires ont du mal à élever leurs enfants seules, a déclaré Gabby, mais parfois je me dis que ce serait peut-être plus facile pour moi, plutôt que d'être en couple avec quelqu'un qui n'a pas vraiment envie de discuter de son propre enfant. C'est comme s'il s'en lavait les mains jusqu'à ce que je fasse quelque chose qu'il désapprouve. Alors à ce moment-là, il pointe toutes les erreurs que j'ai commises. Et bien sûr, chaque fois qu'il rentre quelques jours à la maison, Flynn et lui se comportent comme s'ils avaient affaire à une mère névrosée. Je me remets en question tous les jours. »

Andrea ne peut que lui offrir sa sympathie et une oreille compatissante tandis que son petit garçon joue tranquillement, heureux d'être avec sa mère, heureux de manger les friandises préparées par Gabby. Andrea est sidérée que son amie ait dissimulé tant de choses. Mais même si celle-ci lui raconte tous les problèmes qu'elle rencontre avec Flynn, notamment le temps qu'il passe à jouer en ligne et ses notes qui chutent, Andrea a le sentiment qu'il y a plus que cela.

Gabby semble passer beaucoup de temps à conduire son fils partout où il a envie d'aller, et pourtant, d'après ce qu'elle lui confie, le jeune homme ne manifeste aucune reconnaissance pour tout ce qu'elle fait pour lui. Flynn a l'air très difficile à gérer et on dirait que Gabby a bien du mal à éduquer son adolescent. Chaque fois qu'elle passe un après-midi avec Gabby, Andrea regarde son fils et se réjouit qu'il soit encore petit et vraiment très attaché à sa maman. Elle écoute attentivement les paroles de Gabby, pour les conserver dans un classeur d'où elle pourra les tirer quand Jack sera plus grand. Elle ne veut pas répéter les erreurs que son amie semble avoir commises et elle ne supporterait pas que Jack devienne aussi gâté en grandissant et qu'on lui passe autant de caprices.

— Peut-être qu'il faudrait l'obliger à rester à la maison, qu'il soit puni ou quelque chose comme ça ? suggère-t-elle timidement un après-midi.

Gabby pâlit.

— Oh non ! s'écrie-t-elle. Je ne pourrais pas... Je veux dire, parfois il se met vraiment en colère et puis...

Elle s'arrête de parler.

Andrea regarde la femme qui est en train de devenir une amie proche.

— Tu as... peur de Flynn ? demande-t-elle doucement.

Gabby tressaille nerveusement.

— Bien sûr que non, bien sûr que non, répète-t-elle.

Mais Andrea n'est pas convaincue.

Si les problèmes de Gabby la détournent de ses propres soucis, ils sont cependant toujours là. Chaque jour, elle cherche des yeux l'homme à la voiture rouge, mais elle ne le voit pas. Une ou deux fois, elle a entrevu l'arrière d'un véhicule qui aurait pu être le sien, sans en être jamais tout à fait certaine. Peut-être Terry avait-il raison en affirmant qu'il travaillait dans le quartier, et peut-être son chantier est-il maintenant terminé. Même s'il lui a présenté ses excuses, Terry lui en veut toujours d'avoir émis des doutes à son encontre. Il répond à ses questions et s'enquiert de Jack, mais ils ne parlent plus de grand-chose d'autre. Leur complicité a disparu depuis plusieurs mois, mais elle pensait qu'ils avaient au moins atteint une sorte de paix. Maintenant, même cette sensation a disparu. Mais — et c'est un très grand « mais » — l'argent a cessé de sortir du compte à intervalles aussi réguliers. Peut-être qu'il s'agissait bel et bien juste de dépenses liées à un café, un déjeuner et quelques verres ? Si jamais il retire de l'argent, il lui envoie un texto laconique.

« Je me suis acheté une nouvelle paire de chaussures de travail et il faut qu'elles soient de bonne qualité pour que je puisse rester debout toute la journée. J'espère que tu es d'accord. »

Que peut-elle répondre à ça ? Il lui envoie même des textos lorsqu'il se paie quelque chose qui excède le simple sandwich au déjeuner.

« J'ai mangé un curry aujourd'hui, parce que j'avais faim. Il a coûté douze dollars. J'espère que c'est autorisé, sinon je ne prendrai plus que des sandwichs à partir de maintenant. »

Une partie d'elle veut lui dire qu'il n'a pas besoin d'envoyer ces textos, mais elle garde le silence. Ce n'est pas elle qui leur a fait perdre leur maison. Peut-être que s'il a la sensation d'être surveillé pour chaque dollar dépensé, cela l'aidera à rester à l'écart des jeux d'argent, quels qu'ils soient.

Début juin, par une froide et lumineuse journée, elle comprend enfin la véritable ampleur des problèmes de Gabby avec son fils.

Elle est encore en chemise de nuit, les cheveux vaguement retenus par une pince et le visage bouffi de sommeil, quand on sonne à sa porte. La date prévue pour son accouchement est dans une semaine et elle se sent tout le temps épuisée.

— Qui c'est ? demande Jack en tapotant sa cuillère contre le bol de céréales au lieu de manger ses Weetabix.

— Je ne sais pas. Tu finis ton petit déjeuner que je puisse t'emmener à l'école ?

— J'aime pas les Weetabix. C'est dégueulasse, marmonne-t-il.

Andrea doit ravaler son envie de crier de frustration : c'est lui qui a réclamé ces céréales il y a à peine dix minutes. Posant brutalement sa tasse de café sur le plan de travail, elle va ouvrir, non sans ralentir le pas quand elle songe que l'homme qui l'inquiète pourrait bien se tenir sur le seuil de sa maison. Pourra-t-elle un jour ouvrir une porte, scanner sa carte de crédit ou entrer dans un magasin sans s'inquiéter ? Après avoir chassé ce sentiment, elle regarde à travers le judas et se sent vraiment soulagée lorsqu'elle y aperçoit Gabby.

Elle ouvre la porte.

— Bonjour, c'est un peu tôt pour...

Elle s'interrompt quand elle voit le visage de son amie, ses yeux bleu pâle rougis, son absence de maquillage, si bien qu'Andrea remarque toutes les rides qu'elle dissimule habituellement avec tant de savoir-faire. Il est évident de voir qu'elle a pleuré, même avant qu'elle ne renifle et ne se mouche dans le tissu qu'elle tient.

— Qu'est-ce qui ne va pas ? Qu'est-ce qui se passe ? demande Andrea, paniquée.

Elle s'empresse de s'écarter du pas de la porte pour que son amie puisse entrer chez elle.

— Il est parti... Flynn est parti, bredouille-t-elle.

— Parti où ?

— Je ne sais pas, se lamente Gabby. Je pensais qu'il était sorti avec des copains de son équipe hier soir. Il m'a dit qu'ils allaient dîner et que quelqu'un le ramènerait à la maison et je... je me suis endormie. Ce matin, quand je me suis réveillée, je suis allée le chercher et il n'était pas là. Il n'est pas rentré. Il n'a pas dormi dans son lit.

Tout en parlant, Gabby déambule à pas rapides dans le petit salon, sans cesser de s'essuyer les yeux.

— Il pourrait être n'importe où, dit-elle. N'importe où.

— C'est horrible... Et il ne t'a pas envoyé de texto ?

Andrea lisse ses cheveux et les attache plus solidement, ne sachant ni quoi dire ni quoi faire pour l'aider.

Gabby secoue vigoureusement la tête.

— Mais tu as une application de traçage, n'est-ce pas ? demande Andrea.

S'il y a une mère pour avoir une application de ce genre, c'est bien Gabby.

— Oui, confirme celle-ci, dont la voix se brise.

Elle sort son téléphone pour le montrer à Andrea et ouvre l'application. Gabby y est répertoriée comme se trouvant dans leur rue, mais Flynn apparaît comme « sans réseau ou téléphone éteint ».

Andrea se sent bête d'avoir posé la question.

— Désolée, évidemment que tu avais vérifié.

— Qu'est-ce que je vais faire ? Comment je vais le retrouver ? J'ai appelé tous ses amis et aucun d'eux ne l'a vu. Le pire, le pire du pire, c'est que j'ai appelé le lycée et on m'a dit qu'il n'était pas venu hier. La personne de l'accueil venait juste d'arriver, elle m'a dit qu'ils s'apprêtaient à m'appeler à propos de cette absence injustifiée.

Gabby débite sa tirade à toute allure. Andrea comprend alors qu'elle est debout depuis des heures, à s'inquiéter pour son fils unique.

— Il faut appeler la police, déclare-t-elle.

— La police, balbutie Gabby. Oh, mon Dieu... Je... Je...

Andrea scrute son visage et note la peur brute qui y est apparue. De quoi a-t-elle peur ? La police serait certainement le premier endroit où elle irait, mais Gabby secoue la tête.

— Je... je... bégaie-t-elle.

16

GABBY

— Je... je les ai déjà appelés, balbutie Gabby.

Elle sent le rouge lui monter aux joues lorsqu'elle se souvient du ton blasé du policier qui a répondu au téléphone, comme s'il se moquait bien de la disparition de son précieux fils.

— Qu'est-ce qu'ils ont dit ?

Gabby énumère les questions qu'on lui a posées, avec des inflexions de voix aussi robotiques que celle du policier au téléphone.

— « Et quand l'avez-vous vu pour la dernière fois ? Et quel âge a-t-il, déjà ? Est-il coutumier du fait ? Est-ce qu'il vous a contactée ? Avez-vous appelé l'école ? » Je n'allais pas...

Elle s'arrête de parler.

— Tu n'allais pas faire quoi ? demande Andrea.

— Écoute, pour être honnête, répond Gabby, je lui ai dit tout ce que je savais et je ne voulais pas lui mentir, alors quand il m'a demandé... quand il m'a demandé si Flynn avait déjà fugué, j'ai dû dire la vérité, j'étais bien obligée.

Elle se passe les mains sur le visage, pour ne pas voir le regard qu'Andrea lui lance.

— Il a déjà fait ça ? demande-t-elle.

Gabby acquiesce, piteuse.

— Oui. Il revient en général au bout d'un jour ou deux. Richard lui a donné une carte de crédit pour les situations d'urgence. Et il est le seul à pouvoir suivre les activités de ce compte, mais il n'a pas répondu à mon appel. Quand Flynn finit par revenir, après un jour ou deux d'absence, il va beaucoup mieux. Mais j'ai le sentiment que c'est fini, que cette fois il ne reviendra pas.

— Assieds-toi, assieds-toi, viens, lui intime Andrea en se dirigeant vers le canapé et en lui faisant signe de la rejoindre.

Gabby comprend pourquoi son amie a besoin de s'asseoir : son ventre est énorme en cette dernière semaine de grossesse. Mais elle ne peut pas s'installer sur ce canapé. Elle regarde le petit salon autour d'elle, dont l'odeur de moisissure lui monte au nez. Andrea ne l'a jamais invitée ici et elle comprend pourquoi.

Elle ne pourrait jamais vivre dans une maison comme celle-ci, se dit-elle. Tout est sens dessus dessous et elle est sûre que ce n'est pas très propre. Quand on a assez d'argent pour acheter une maison dans cette rue, on devrait au moins pouvoir se payer une femme de ménage, non ? Et est-ce que ça aurait coûté quelque chose à Andrea de faire quelques rénovations temporaires ? Elle n'a jamais parlé de projets de travaux, mais ils devraient rénover cette maison... Oui, c'est une évidence !

Jack entre dans le salon.

— J'ai fini mes céréales, annonce-t-il. Bonjour, Gabby, je peux jouer chez toi aujourd'hui ?

— Hum...

Elle ne sait pas trop comment répondre à ce petit garçon qui lui demande juste une friandise et un peu de temps avec les jouets de sa maison. Comme cet âge est facile, simple et direct. Si un bambin a faim, tu le nourris ; s'il est fatigué, tu le couches pour une sieste ; et quoi qu'il arrive, il t'aime de tout son cœur. Les enfants de cet âge ne sont pas capables d'un dédain aussi intense que celui dont elle fait l'expérience. En observant le petit garçon, elle est submergée par le désespoir, par la nostalgie de ne plus être la mère d'un jeune enfant, mais celle d'un adolescent qui préfère se trouver n'importe où ailleurs qu'en sa compagnie. Même distraite comme elle l'est, elle pense que cela ferait une bonne idée de post un jour... un jour où tout ça sera terminé.

— Pas aujourd'hui, mon petit bout. Tu peux aller te brosser les dents pendant que je discute avec Gabby ? dit Andrea.

Elle lui indique de la main qu'il doit quitter la pièce. Jack hésite un instant.

— Si tu fais vite, tu pourras avoir dix minutes d'iPad avant de partir à l'école.

Jack pousse un petit cri, sautille de joie et décampe.

— Merci aux dieux des iPad, soupire Andrea tandis que Gabby se laisse tomber à côté d'elle sur le canapé. Enfin, peu importe que Flynn ait déjà fugué, la police doit cependant essayer de le trouver.

Gabby observe le tapis, déplaçant son regard sur les mouchetures grises, notant une tache, une petite salissure orange.

— Ils ont dit qu'ils allaient se pencher sur la question, déclare-t-elle.

— Ce qui signifie ?

— Ce qui signifie qu'ils vont l'entrer dans une base de données et attendre qu'il ressurgisse, répond Gabby, en détachant son regard du tapis.

— C'est ridicule ! s'insurge Andrea. C'est un enfant et il a disparu.

Gabby hausse les épaules, puis baisse les yeux sur son téléphone et le texto qu'elle a reçu de Flynn. Elle sait qu'elle va devoir tout avouer à Andrea. Elle n'en a pas envie, mais elle a besoin de son aide et parfois, quand on dit la vérité, toute la vérité, les gens vous font davantage confiance, sont plus enclins à vous aider. Or, elle a besoin de toute l'aide qu'elle peut obtenir. La vérité est sa plus grande arme maintenant et elle doit l'utiliser.

— Ce n'est pas... commence-t-elle d'une voix hésitante. La vérité, c'est que...

— Quoi ? demande Andrea, qui est assise, penchée en avant.

Sa main se dirige machinalement vers son ventre où, Gabby en est sûre, le bébé doit donner des coups de pied.

Elle prend une profonde inspiration.

— Il a seize ans et il a fugué, mais il n'a pas fugué juste comme ça. Je sais que ce n'est pas comme les autres fois, parce que...

Elle hésite.

— Je ne comprends pas, dit Andrea.

Gabby ouvre à contrecœur son téléphone et montre à Andrea le message que Flynn lui a adressé. Elle regarde sa voisine lire les mots acerbes écrits par son fils, tout en sachant qu'ils pousseront Andrea à la juger en tant que mère.

— J'ai reçu ce texto il y a environ vingt minutes, murmure-t-elle.

Elle n'a aucune envie de le partager, mais elle doit le faire.

« Je n'en peux plus. Être avec toi, ça m'étouffe. J'ai de l'argent de côté et la carte de crédit que papa m'a donnée. Je vais aller le retrouver, où qu'il soit aux États-Unis. Et puis je resterai avec lui. Je préfère être sans abri plutôt que continuer à vivre avec toi. »

Andrea touche l'écran du téléphone, et Gabby sait que son amie est en train de lire les réponses qu'elle a faites à Flynn.

« Ne sois pas ridicule. Tu es trop jeune. »

« Et l'école ? »

« Pourquoi tu pars maintenant ? Et ton équipe de hockey et tous tes amis ? »

« Réponds-moi, s'il te plaît, il faut qu'on parle. S'il te plaît, réponds. Flynn, s'il te plaît. »

« Je t'en supplie. S'il te plaît, ne fais pas ça. On peut résoudre le problème. S'il te plaît, ne pars pas. »

« Ne me quitte pas. »

« Flynn, je t'aime et je ferai tout ce qu'il faut pour que ça aille mieux. »

Flynn n'a répondu à aucun de ses textos.

— Mais... commence Andrea.

Gabby voit qu'elle ne comprend toujours pas, pas complètement. Elle déteste devoir tout expliquer à son amie, lui confesser l'horrible vérité sur sa vie. Puis elle songe qu'elle n'est pas la seule à avoir des secrets. Andrea cache quelque chose elle aussi. L'homme qui a parlé à Terry a peut-être un lien avec ce que cache Andrea. Peut-être sa voisine comprend-elle ce que sont les secrets.

Gabby se lève et se met à faire les cent pas dans le salon. Elle ne peut s'empêcher de se pencher pour ramasser les jouets éparpillés et les placer dans un panier à moitié rempli de blocs en plastique. Elle a besoin de s'occuper les mains.

— Richard et moi sommes divorcés, lâche-t-elle en se penchant pour ramasser un petit camion rouge, dont elle fait tourner les roues noires dans le silence qui suit cette déclaration.

— Mais tu m'as dit qu'il était...

Andrea s'interrompt et pose les deux mains sur son ventre.

Elle n'arrive pas à la regarder en face. L'énormité du mensonge demeure en suspens dans l'air.

Gabby laisse tomber le camion dans le panier et s'en va ramasser une pile de voitures Matchbox.

— Tu peux arrêter de faire ça, s'il te plaît ? lance Andrea d'une voix à la fois tranchante et irritée.

Gabby ferme brièvement les yeux, puis croise les bras.

— Je suis désolée, dit-elle. J'ai juste besoin de continuer à bouger. Je n'arrive pas à rester immobile.

Elle veut qu'Andrea se montre compréhensive plutôt que fâchée, car elle va avoir besoin de son aide.

Elle se rassied sur le canapé à côté d'elle et enfouit sa tête entre ses mains.

— Je ne voulais pas te le dire. Je ne veux le dire à personne, en fait. Je déteste qu'on ait divorcé, parce que je n'ai jamais demandé le divorce et le pire, c'est que nos plus grosses disputes, on les a eues sur la façon dont je me comportais avec Flynn. Il trouvait que j'étais trop protectrice, mais je connaissais mon petit garçon, je savais qu'il était extrêmement sensible. Richard vient d'une famille où l'on est persuadé que les garçons doivent être durs et ne pas pleurer. Ce n'est pas la façon dont je l'ai élevé. Or tout ce que Richard a fait pendant la durée de notre mariage, c'est se disputer avec moi à ce sujet. Finalement, il est parti. Je l'ai supplié de rester. Je lui ai dit que ce serait très mauvais pour Flynn, mais il s'en fichait.

— Vous avez divorcé quand ? demande Andrea de manière presque inaudible.

— Il y a un an, répond Gabby qui croise alors le regard d'Andrea. Ça a été la pire année de ma vie, mais au moins j'avais Flynn. Maintenant, je ne l'ai même plus.

— Comment va-t-il pouvoir aller aux États-Unis ? Parce que bon, il est mineur, non ?

Gabby serre les poings. Il y a trop à dire, trop à expliquer, pourtant elle doit essayer.

— Il a pris son passeport et je sais qu'il est parti depuis vingt-quatre heures au moins. Je pense qu'il organise sa fugue depuis longtemps.

— Donc tu as appelé Richard ? Même si vous êtes divorcés, il est toujours le père de Flynn, non ? Et si ton fils s'envole pour les États-Unis, il doit le retrouver et veiller sur sa sécurité.

— Oui, mais...

Gabby hésite, elle n'a aucune envie de partager cette dernière information.

— Mais quoi ? insiste Andrea.

Gabby soupire. Impossible de continuer à le cacher.

— Je ne sais pas où se trouve Richard, ni Flynn ni moi ne le savons. Quand il est parti aux États-Unis, il a tout simplement disparu. Flynn ne sait absolument pas comment le rejoindre. Il va se retrouver seul dans un pays étranger sans aucun moyen de localiser son père. Vu qu'ils échangent par textos, Richard lui dira peut-être où aller. Mais si ce n'est pas le cas ? S'il est passé à autre chose et ne veut plus de son fils ? Je dois sauver mon enfant, conclut-elle au désespoir.

— Mais... mais... bégaie Andrea. Tu m'as bien dit que tu recevais des messages de sa part. Tu m'as dit...

Elle s'interrompt et Gabby se frotte les yeux alors que ses joues s'échauffent.

Il était bien évident qu'Andrea allait l'interroger là-dessus. Elle laisse tomber sa tête sur ses jambes, comme si elle avait trop honte pour regarder son amie, et fait abstraction de la situation pour réfléchir à toute allure. Elle peut presque entendre Richard la mettre en garde : « *Ne multiplie pas trop les mensonges, sans quoi tu auras du mal à les tenir* », et sa mère d'ajouter : « *Tu es malade, complètement tordue. Tu mérites tout ce qui t'arrive.* » Gabby prend une longue inspiration, puis elle se redresse et dit à Andrea ce que celle-ci a besoin d'entendre.

— C'était un mensonge, Andrea. Je suis vraiment désolée,

mais j'avais tellement... honte. Je n'ai pas eu de nouvelles de lui depuis un an, pas un seul mot. J'ai...

Elle sent son visage se crisper et ses épaules se voûter sous le poids de l'humiliation. Andrea va-t-elle la croire ? Elle l'espère.

— J'ai un autre téléphone que j'utilise pour m'envoyer des textos, et je fais comme s'ils provenaient de lui. C'est pathétique. Je sais que c'est pathétique, mais ça m'a aidée à fonctionner, à continuer. Je programme des textos et parfois, je me réponds à moi-même avec l'autre téléphone... Je...

Elle regarde la porte d'entrée, se demandant si elle pourrait se lever et partir maintenant, partir et faire comme si elle n'avait jamais rien dit à Andrea. Elle sait qu'elle a l'air complètement déséquilibrée, le genre de personne à avoir besoin d'une aide sérieuse, mais c'est ainsi qu'elle s'est aidée elle-même... C'est ce qu'elle doit faire comprendre à Andrea.

— Je préfère imaginer qu'il est en déplacement à l'étranger et qu'il reste mon mari, admet-elle en se tournant vers Andrea. Ça ne fait de mal à personne et moi, ça m'aide, parce que parfois, je regarde les messages que je fais semblant de recevoir de lui et j'y crois, lâche-t-elle en haussant les épaules. Je me persuade que nous sommes toujours ensemble.

— C'est pour ça que tu changeais tout le temps l'endroit de ses déplacements, comprend Andrea. Tu n'en sais rien, en fait.

Elle s'éloigne, comme si la folie de Gabby risquait de la contaminer si elle s'attardait près d'elle.

Gabby tend la main et lui effleure le bras.

— Je sais que ce n'est pas réel, Andrea. Je ne suis pas folle. C'est le moyen que j'ai trouvé pour me sentir mieux et je n'aurais pas dû te mentir. J'aurais fini par t'avouer la vérité, quand j'aurais eu le sentiment de pouvoir vraiment te faire confiance. Je veux dire... ce n'est pas comme si on n'avait pas tous nos secrets. Tout le monde en a.

Gabby se relève et va se poster devant la fenêtre qui donne sur la rue qui est calme, sous un ciel gris, chargé de pluie.

— C'est lié à la honte, lâche-t-elle, sans se retourner pour regarder Andrea, mais en veillant à bien appuyer sur le mot. Je ne sais pas si tu as déjà eu honte de quelque chose, ou si tu as déjà senti que tu devais... cacher une vérité difficile à avouer, mais je ne voulais pas que quelqu'un le sache. Après le divorce, j'ai arrêté de fréquenter tous nos amis en couple, parce que je ne supportais pas la façon dont ils me regardaient.

Gabby se retourne, croise les bras pour se protéger du froid qui règne dans le salon, et dévisage Andrea.

— Je ne sais pas si tu vois de quoi je parle, ajoute-t-elle dans le but d'obtenir une réaction.

Andrea rencontre son regard, et Gabby comprend que sa voisine voit tout à fait.

— Je sais ce que c'est que la honte, murmure Andrea.

Gabby se hâte d'acquiescer.

Sa jeune amie est toujours mariée, elle a un enfant en route, mais elle cache quelque chose à tous ceux qu'elle connaît, peut-être aussi à elle-même, et c'est le genre de personne sur laquelle Gabby sait pouvoir compter pour obtenir de l'aide. Quelqu'un qui comprend que les secrets sont susceptibles d'avoir des dents, que les secrets sont susceptibles de mordre et qu'il n'est pas exclu qu'ils vous avalent, vous et votre vie entière. Gabby a envie de battre des mains, tant elle est ravie. Elle a trouvé la personne parfaite pour l'aider et, mieux encore, elle a aussi le petit garçon parfait.

17

ANDREA

Jack est silencieux sur le chemin de l'école, comme s'il percevait le trouble d'Andrea. Elle est vraiment désolée pour Gabby, toutefois elle a du mal à digérer l'énorme mensonge que sa voisine lui a servi. Si sa mémoire ne lui joue pas des tours, Gabby a insisté lourdement pour lui faire savoir que Richard se trouvait à San Diego, puis à New York, en prenant soin de le mentionner à tout bout de champ. Pourquoi ce mensonge ? Peut-être était-ce nécessaire pour que Gabby puisse nourrir son propre fantasme et continuer à croire qu'elle était mariée ? Quelle que soit la raison, Andrea se sent trahie, et elle déteste cette sensation.

Elle dépose Jack avec un baiser et adresse un petit signe de la main à sa maîtresse d'école maternelle. Elle n'a aucune idée de ce qu'elle va dire à Gabby, si elle doit l'encourager à laisser tomber ou, au contraire, si elle doit essayer de l'aider à retrouver son fils. Elle ne dira jamais à Gabby qu'à son avis, son Flynn est à la fois trop gâté et sans aucune limite. À en croire son amie, il est grossier et habitué à ce que sa mère soit à son service. Elle n'a aucune idée de la façon dont il pense pouvoir se débrouiller seul aux États-Unis, mais elle se souvient qu'à seize ans, elle croyait savoir absolument tout sur tout. Elle ne peut pas en faire part à Gabby car cela ne ferait que la paniquer davantage, mais peut-être que le garçon se rendra compte de son erreur et reviendra en rampant vers sa mère.

Elle se sent soudain abattue par la situation : elle est trop avancée dans sa grossesse, trop fatiguée et trop préoccupée par sa propre vie pour s'impliquer dans toute cette histoire. Mais si elle n'essaie pas au moins d'aider son amie, qu'est-ce que cela dit de la personne qu'elle est ?

Il serait tentant de ne pas rentrer chez elle, et de tout simplement s'offrir une tasse de café, tranquillement, même si Gabby l'attend. Que peut-elle faire pour l'aider de toute façon ?

En tournant au coin de la rue, elle jette un coup d'œil dans son rétroviseur et sursaute en découvrant la berline rouge à la portière dépareillée. Son cœur s'emballe. Alors elle accélère, dans l'espoir de semer son conducteur, mais la voiture n'a aucun mal à la suivre. Que veut ce type ? Pourquoi la suit-il ? Détachant ses yeux de la route, elle appuie sur le bouton du numéro de Terry sur son tableau de bord.

— S'il te plaît, réponds, murmure-t-elle.

Un soulagement maladif emplit son corps lorsqu'il décroche.

— C'est le bébé ? demande-t-il aussitôt, vu qu'elle est toute proche du terme.

— Non, crie-t-elle, il me suit, Terry. L'homme dans la voiture rouge. Il est derrière moi maintenant. Qu'est-ce qu'il veut ? Pourquoi fait-il ça ?

— Calme-toi, calme-toi, d'accord ? Reste concentrée sur ta conduite. Il ne te suit pas, tu dois bien le comprendre. Il n'a rien à voir avec nous.

— Pas avec nous, avec *moi*, crie-t-elle en sentant sa gorge s'irriter.

— Andy, tu vas te faire du mal, proteste-t-il d'une voix à

peine plus forte qu'un murmure car il est manifestement au magasin. Attends !

Elle entend son souffle dans l'appareil, le temps qu'il trouve un endroit où il pourra parler.

— Tu es encore loin de la maison ?

Sa voix est revenue au volume normal.

— J'y suis presque, répond-elle, au bord des larmes.

— Reste calme. S'il te plaît, inspire lentement et reste calme. Il ne te suit pas. C'est ton imagination qui transforme une voiture derrière toi en quelque chose qu'elle n'est pas.

— Je sais quand quelqu'un me suit, Terry, crache-t-elle.

Elle est furieuse de devoir continuer à essayer de le convaincre alors qu'il sait exactement ce qui se passe et qu'il ne fait que la mener en bateau, une fois de plus.

— Dis-moi la vérité, exige-t-elle. Tu as recommencé ? Est-ce que tu as recommencé ? Est-ce que tu assistes seulement à tes réunions du lundi soir ?

Elle ne veut pas prononcer le mot, pour éviter que cela devienne réel, tout comme les conséquences qui en découlent.

— Non, grogne-t-il d'une voix basse et furieuse, je t'ai dit que je ne recommencerais pas, et je n'ai pas recommencé, mais chaque fois que tu m'accuses, je me dis, à quoi bon m'abstenir si c'est pour me faire accuser de toute façon ? Et oui, je vais aux réunions, où on n'arrête pas de répéter qu'il faut s'entourer de gens qui nous soutiennent et nous aident à aller mieux. Sauf que moi, je ne me sens pas vraiment soutenu quand tu m'accuses de quelque chose tous les deux jours.

Andrea jette un nouveau coup d'œil dans son rétroviseur, puis lève les yeux lorsque le feu qu'elle est en train de franchir passe au rouge. Elle freine brusquement, emplissant l'air d'un terrifiant crissement. Elle se prépare à l'impact, mais rien ne vient.

— Andrea ! hurle Terry. Andrea, répète-t-il, ça va ? Qu'est-ce qui s'est passé ?

Elle prend une profonde inspiration qui se bloque dans sa gorge avant de se transformer en sanglots. Elle ne veut pas regarder derrière elle alors que des picotements de peur dansent le long de son corps en sueur. Elle aurait pu se tuer, elle aurait pu tuer quelqu'un. Elle doit se ressaisir. Il faut qu'elle ne prenne aucun risque pour Jack, et pour le bébé qui s'agite et donne de furieux coups de pied dans son ventre.

— Ça va, hoquette-t-elle en essayant de refouler ses larmes.

— OK, s'il te plaît, calme-toi. S'il te plaît, Andy. Je t'aime et je ne veux pas te perdre. Il faut que tu te détendes et que tu me fasses confiance.

L'inquiétude de Terry transparaît dans sa façon de parler. Le feu passe au vert et elle redémarre lentement. Ses yeux dévient vers le rétroviseur : la voiture derrière elle est un gros utilitaire noir, dont la benne est remplie d'échafaudages. A-t-elle seulement vu la voiture rouge ?

— Il est parti, dit-elle.

— Tu vois, fait Terry, triomphant. C'est un électricien qui travaille dans le quartier. Il ne te suit pas, Andy. Personne ne te suit.

En se garant dans son allée, Andrea secoue la tête, même si Terry ne peut pas la voir.

— Je ne te crois pas, dit-elle d'une voix adoucie par le désespoir.

— Je ne sais pas comment t'aider sur ce point, répond-il. Je ne me suis pas remis à jouer. Pas du tout, et si tu choisis de croire que j'ai recommencé, c'est ton problème. Maintenant, je dois retourner au travail. J'aurai mon téléphone avec moi au cas où l'accouchement commencerait, mais je te demande de te calmer. Tu t'imagines des trucs, rien de plus.

Il met fin à l'appel sans lui dire au revoir, et Andrea reste un moment dans le silence. Est-elle en train d'aggraver la situation avec ses accusations ? Devrait-elle essayer de le soutenir davantage ? Pour l'instant, elle a l'impression d'être une mauvaise épouse, une mauvaise mère et une mauvaise amie, qui ne veut même pas essayer d'aider quelqu'un en train d'affronter le traumatisme de la fugue d'un enfant.

Elle sort de sa voiture, n'aspirant plus qu'à une seule chose : un peu de temps seule pour assimiler ce qu'elle a vu. Est-il possible que cet homme à sa poursuite et que cette conversation inamicale entre Terry et lui ne soient rien d'autre que le fruit de son imagination ? Elle ne pense pas, non, mais que faire ? L'homme ne l'a pas menacée et, si elle va trouver la police, on lui répondra qu'il est libre de circuler dans la banlieue. Pire, si elle va trouver la police et que cet homme a quelque chose à voir avec Terry, alors elle risque d'aggraver encore les ennuis de son mari.

Elle s'extirpe lentement de son véhicule et, avant même d'avoir claqué la portière, elle remarque Gabby, les yeux rougis, un mouchoir en papier froissé dans une main. Ses cheveux normalement bien coiffés sont tirés en arrière, mais des mèches s'échappent ici et là.

— J'ai un service à te demander, dit Gabby. Un très grand service.

18

GABBY

Andrea a l'air fatiguée, usée par la grossesse. Gabby sait que son amie lui en veut d'avoir menti sur son mariage, mais elle n'aurait jamais pensé devoir avouer la vérité. Un divorce est tellement honteux. Le visage de sa mère avec son air réprobateur se profile dans son esprit chaque fois qu'elle songe à sa triste situation. Peut-être pourrait-elle expliquer ça à Andrea, si son amie est toujours en colère. Elle comprendrait sûrement. Gabby ment encore au sujet de ce qui se passe avec Richard, mais c'est un mensonge auquel elle doit continuer à se tenir.

— Quoi ? demande Andrea, le visage sombre.

Gabby perçoit un changement chez la jeune femme et ce n'est pas bon.

— Viens prendre une tasse de thé, propose-t-elle. Mettons-nous à l'abri du froid et je t'expliquerai. S'il te plaît, ne me déteste pas, Andrea. Je sais que j'ai menti, mais c'était... je ne peux pas m'en empêcher. Je déteste mon statut de divorcée. Quoi qu'il en soit, tout ça n'a plus d'importance. Tout ce qui compte, c'est que je retrouve Flynn. Je n'ai aucune idée de l'endroit où il est parti, aux États-Unis, et je dois aller le chercher, mais je n'ai pas...

— Tu n'as pas quoi ? insiste Andrea.

Le vent qui se lève rabat ses cheveux bruns sur son visage et fait frissonner Gabby dans son pull-over trop fin.

— S'il te plaît, viens. Je t'en prie, supplie-t-elle.

Andrea hoche la tête à contrecœur et la suit dans sa maison bien chauffée où l'air embaume les biscuits.

— Je fais des pâtisseries quand je suis inquiète, explique Gabby. J'en ai cuit toute la nuit pendant que j'essayais de décider ce que j'allais faire.

Elle ne peut manquer le regard de dédain qu'Andrea lui lance.

— Je pensais que tu t'étais endormie et que tu ne t'étais rendu compte de sa fugue que ce matin, lâche-t-elle d'un ton las.

— Eh bien... Je me suis levée très tôt, à 5 heures, alors bon, j'ai eu l'impression d'avoir été... Je veux dire qu'il fait encore tellement noir le matin et... Écoute, je suis épuisée, Andrea. La moitié du temps, je ne sais pas ce que je raconte. Je suis morte de trouille et je me tourmente pour lui. Il se croit adulte, prêt pour affronter le monde, mais ce n'est pas le cas. Pas du tout.

Elle remplit la bouilloire qui était déjà presque pleine et découpe une part de gâteau au chocolat, bien qu'il soit trop tôt pour manger quelque chose d'aussi riche.

Cela n'était pas censé se passer comme ça.

Andrea s'enfonce dans une chaise de cuisine et soupire.

— Quel service voulais-tu me demander, Gabby ?

Elle place le morceau de gâteau devant sa jeune amie et, pour la première fois depuis qu'elles ont commencé à passer du temps ensemble, Andrea ne saute pas immédiatement sur la sucrerie. Au lieu de cela, les bras croisés et posés sur son ventre, elle attend en silence que Gabby parle.

Un changement fondamental s'est opéré dans leur relation. Andrea était en admiration devant sa voisine lorsqu'elles se sont rencontrées la première fois, Gabby s'en est bien rendu compte.

Aujourd'hui, elle la considère avec méfiance. Aurait-elle dû lui dire la vérité sur Richard dès le début ?

— Je dois aller aux États-Unis pour retrouver mon fils, déclare Gabby en s'asseyant.

Elle s'empare d'une fourchette pour attaquer sa propre part de gâteau. Le glaçage, épais et riche, lui reste en travers de la gorge, si bien qu'elle doit s'y reprendre à deux fois pour l'avaler.

— Je comprends, lâche Andrea.

Sa voix est plus douce maintenant que l'enfant perdu de Gabby est au centre de la conversation.

— Mais je n'ai pas l'argent qu'il faut pour ça.

Gabby pose sa fourchette, son regard se porte sur la nappe dorée et elle y remarque une petite tache de quelque chose... Du café peut-être. Elle serre les poings, résistant à l'envie de se lever et d'attraper un chiffon humide pour la faire disparaître.

Lorsqu'elle relève la tête, elle se rend compte qu'Andrea ouvre de grands yeux incrédules.

— Je ne... commence-t-elle.

Gabby se penche en avant, elle a besoin qu'Andrea l'écoute.

— Richard m'a laissée sans rien. Enfin, pas sans rien du tout, mais avec très peu. J'avais de quoi payer le loyer pour un an et cette année est presque terminée. Il m'a dit de trouver un travail. Il met de l'argent sur un compte que Flynn peut utiliser avec sa propre carte de crédit, mais Richard ne nous parle jamais... Je veux dire, pas au téléphone. Flynn et lui s'envoient parfois des textos, je crois, mais il a cessé de me tenir au courant. Seul Flynn peut accéder à son compte. Avant, j'en connaissais le mot de passe, mais il l'a changé il y a quelques mois. Il s'imagine que son père l'aime, parce qu'il lui envoie de l'argent, mais je sais que Richard n'aime que lui-même. Mon fils va...

Gabby entend sa voix dérailler et elle déglutit, détournant son regard de celui d'Andrea pour le porter vers le petit jardin à l'arrière de sa maison... à l'arrière de cette maison qui ne lui appartient pas.

— Gabby, je ne comprends rien à toute cette histoire, lâche Andrea en secouant la tête, l'air complètement désorientée.

— J'allais... commence Gabby, qui se sent rougir en pensant qu'elle est trop vieille pour mener une existence aussi précaire. J'aurais dû trouver un emploi, mais Flynn était trop malheureux quand Richard est parti. Tant que j'ai eu accès à l'argent qu'il envoyait pour son fils, tout allait bien, mais Flynn est devenu difficile et maintenant je n'ai plus rien. J'espérais transformer mes conseils aux autres mamans en un blog ou un site Web qui me permettrait de gagner de l'argent, mais c'est trop tard maintenant. Je n'ai rien et je dois me rendre aux États-Unis. Autrement dit, le service dont j'ai besoin, c'est de l'argent, Andrea. Les billets coûtent cher et il me faut de l'argent pour vivre et pour voyager afin de le récupérer. Je vais avoir besoin d'aide pour le trouver, un détective privé ou ce genre de professionnel. Je n'en sais rien. Tout ce que je sais, c'est que je n'ai pas d'argent et que je n'ai aucun moyen de retrouver mon fils, qui a fugué dans l'espoir d'aller vivre avec un père qui ne veut pas le voir.

Gabby ne peut empêcher les larmes de couler. Toute cette situation est horrible, absolument horrible. Elle se lève d'un bond de sa chaise et attrape un mouchoir en papier dans une boîte posée sur le plan de travail de la cuisine. Elle se mouche et se rassied, ravalant la boule qui s'est formée dans sa gorge tout en essayant d'arrêter ses larmes.

— Combien ? demande Andrea. De combien as-tu besoin ?

Gabby croise son regard.

— Environ dix mille dollars. Mais je te rembourserai, je te le promets. Dès que j'aurai retrouvé mon fils, je l'obligerai à débloquer l'argent de son père et je te rembourserai.

Un rire étonné s'échappe de la bouche de son amie, si étrange qu'il choque Gabby.

— Qu'est-ce qui te fait penser que je dispose d'une somme pareille ? demande Andrea, visiblement stupéfaite.

— Tu... la maison... Je veux dire, je sais qu'elle est en

mauvais état, mais je sais aussi combien elle a coûté : des millions, répond Gabby.

Un sentiment d'effroi rampant la fait frissonner.

Andrea secoue la tête et se lève de sa chaise.

— Ce n'est pas ma maison, Gabby. Elle appartient à un ami de mon père qui nous laisse y vivre contre un loyer symbolique, dont s'acquitte mon père d'ailleurs. Un arrangement de quelques mois, afin qu'on puisse se remettre sur pied. Je n'ai pas un sou.

— Je ne comprends pas, bredouille Gabby.

Même si elle n'arrive pas à analyser la situation, elle sait qu'Andrea dit la vérité. Avouer que l'on traverse ce genre de passe est humiliant. Les joues d'Andrea sont rouges d'embarras. Gabby, qui est plutôt douée pour déceler quand on lui ment, le voit bien : Andrea dit vraiment la vérité. Elle se maudit d'avoir été assez stupide pour ne pas l'avoir compris plus tôt. Elle aurait dû faire le rapprochement.

— Qu'est-ce que tu entends par « se remettre sur pied » ?

— Terry est accro aux jeux d'argent... J'aimerais dire « était », au passé, mais... je ne sais pas.

Andrea secoue légèrement la tête en regardant la part de gâteau intacte dans l'assiette devant elle. Gabby entend et voit à quel point cette jeune femme souffre de devoir lui exposer sa situation. Elle se souvient de l'homme dans la voiture rouge et de la façon dont il s'est adressé à Terry. C'était après le mari d'Andrea qu'il en avait et pas après elle. Le soulagement se mêle à la frustration. Personne ne la cherche, mais sa voisine n'a pas un sou à lui donner. C'est bien dommage. Dix mille dollars n'auraient été que le début de ce qu'elle s'apprêtait à lui demander.

— Il prétend qu'il a arrêté, continue Andrea en regardant par la fenêtre de la cuisine, mais je ne suis pas certaine de pouvoir le croire.

— Qu'est-ce que je vais faire ? lâche Gabby en baissant les yeux sur la table de la cuisine.

Elle frotte la tache de café. Elle est désolée pour Andrea, mais ses propres préoccupations sont plus importantes pour l'instant.

— Je ne sais pas, répond Andrea. Je n'en ai vraiment aucune idée.

Gabby sent son estomac se contracter et se plaque une main sur la bouche.

— Je vais vomir, balbutie-t-elle, avant de sortir de la cuisine en courant.

Elle se précipite dans la salle de bains, dont elle ferme la porte à clé, et tente de respirer profondément.

« *Espèce d'idiote,* entend-elle sa mère. *Espèce de stupide idiote. Tu ne te prépares jamais au pire et le pire arrive toujours. Toujours.* »

Qu'est-ce qu'elle va faire maintenant ? Où va-t-elle trouver l'argent ? Son esprit envisage une idée après l'autre. Elle trouvera une solution. Elle y parvient toujours.

19

ANDREA

Assise dans la cuisine de Gabby, à regarder la pluie fine tomber par la fenêtre, Andrea ne sait pas si elle doit partir ou non. Dans son ventre, Gemma se tortille et donne des coups de pied. Elle n'arrive pas à croire qu'elle a prononcé ces mots à haute voix devant quelqu'un d'autre que ses parents et sa sœur. Et Gabby a à peine réagi quand elle lui a révélé la vérité sur sa vie. Elle a toujours imaginé que si quelqu'un apprenait ce qui s'était passé, Terry et elle seraient tout autant fuis que pris en pitié. Il a été assez facile d'invoquer l'épuisement lié au déménagement et, en raison de sa grossesse, d'éviter de voir les couples que Terry et elle avaient l'habitude de fréquenter. Elle leur a laissé croire qu'ils déménageaient dans une banlieue de meilleur standing et dans une plus grande maison, parce que ça roulait pour eux, au lieu de révéler la vérité. Peut-être aurait-elle dû simplement présenter la situation sous son véritable jour. Peut-être que les gens auraient mieux accepté l'échec de Terry qu'elle ne le redoutait. Chacun a ses secrets. Gabby a caché énormément de choses et maintenant elle en souffre. Andrea envisage brièvement d'appeler ses parents et de leur demander l'argent dont Gabby a besoin, mais son père n'accepterait jamais. C'est une somme énorme, et même si Andrea l'avait sur son compte en banque, elle ne la prêterait pas à quelqu'un qu'elle connaît depuis si peu de temps. Un tel montant permettrait de payer au moins six mois de loyer pour une maison. Autrement dit, si elle l'avait en sa possession, c'est à cela qu'elle l'emploierait.

Gabby revient de la salle de bains. Andrea remarque le léger voile de transpiration sur son visage, signe qu'elle a probablement vomi.

— Ça va ? demande-t-elle.

— Ça va aller, répond Gabby, en se dirigeant vers la bouilloire pour se préparer une tasse de thé à la menthe.

Andrea regarde en silence sa voisine s'asseoir et prendre une gorgée de sa boisson avant de soupirer.

— Je suis désolée. Je n'aurais pas dû te demander de l'argent. Je ne sais même pas où Flynn se trouve. Qu'est-ce que j'imaginais : parcourir tous les États-Unis à sa recherche ?

— Tu es désespérée. C'est compréhensible.

— Tu as beaucoup de chance avec Jack, d'en être encore au stade de l'école maternelle. J'aimerais y être encore, moi aussi.

Andrea hoche la tête, éprouvant un moment de gratitude en songeant que son petit garçon est en sécurité à l'école et qu'il courra vers elle, tout joyeux, lorsqu'elle viendra le récupérer. Gabby lui a menti sur beaucoup de choses, mais Andrea ment aussi à ceux qui font partie de sa vie. Elle n'est pas meilleure que son amie, cependant celle-ci subit aujourd'hui les terribles conséquences de ses mensonges et elle veut l'aider. Vraiment.

— Si la police ne t'est pas d'une grande utilité, peut-être qu'un message sur Internet t'aidera à le retrouver, suggère-t-elle en ouvrant son téléphone et en tapant « enfant disparu aide ». Regarde, il y a des tas de sites Internet où tu peux poster des photos d'enfants et d'adultes disparus. Peut-être que quelqu'un la verra et pourra te renseigner sur l'endroit où il se trouve. Comme ça au moins, tu sauras où aller.

— Il me détestera si sa photo apparaît sur un site comme

celui-là, objecte Gabby en secouant la tête. Il me détestera à mort.

Ses épaules se voûtent tandis qu'elle s'affaisse sous le poids du mépris de son fils, les yeux brillants de larmes qu'elle s'efforce de retenir.

— Mais si cela signifie le retrouver ? C'est sûrement...

— Non, la coupe Gabby. Non, je dois penser à un autre moyen. Tu n'as aucune idée de la situation. C'est mon seul enfant et je n'ai rien fait de ma vie à part l'élever. Maintenant qu'il s'est enfui, ça signifie que j'ai échoué dans le seul domaine où j'étais censée être bonne. Jack pense que tu es parfaite, et Flynn était du même avis, mais maintenant, rien de ce que je fais ne lui convient, j'enchaîne les erreurs. Je ne peux plus m'en autoriser une seule.

Les larmes de Gabby coulent sans qu'elle les arrête, ruisselant sur son menton et brisant le cœur d'Andrea. Elle tend silencieusement à Gabby un nouveau mouchoir en papier provenant d'une boîte posée sur la table et la regarde se tamponner le visage.

— J'aimerais pouvoir... commence-t-elle, cherchant désespérément quelque chose de réconfortant à dire.

— Je suis désolée, Andrea, la coupe à nouveau Gabby. Je pense que j'ai besoin d'un peu de temps pour y voir plus clair dans ma tête.

Elle se lève et Andrea comprend qu'il est temps de partir.

Gabby la raccompagne jusqu'à sa porte d'entrée. Juste avant d'en franchir le seuil, Andrea se penche pour serrer Gabby dans ses bras de façon impulsive.

— Je ferai tout ce que je peux pour t'aider. Tiens-moi au courant. Je regrette de ne pas avoir d'argent à te prêter. Vraiment.

Gabby lui adresse un petit sourire.

— Je sais, et je te remercie d'être mon amie. Je suis bien

consciente de t'avoir caché beaucoup de choses, mais... au fond, on s'est un peu menti toutes les deux.

Andrea acquiesce et quitte Gabby pour traverser la rue, l'esprit en ébullition.

Chez elle, Andrea regarde les posts que sa voisine a écrits sur Flynn, en prêtant une attention particulière aux photos.

Si quelque chose de ce genre lui arrivait, elle n'hésiterait pas à remuer Internet de fond en comble pour essayer de retrouver son enfant. Elle voudrait que le monde entier se lance à sa recherche.

Gabby a été très gentille avec elle et, même si ses mensonges ont mis Andrea en colère, il faut reconnaître que dissimuler l'échec total de sa vie est presque devenu un sport de nos jours. Instagram et Facebook sont remplis de gens « parfaits » menant une existence « parfaite ».

Elle se rend dans sa cuisine et commence à ranger la vaisselle dans le lave-vaisselle. Si elle avait l'argent, le donnerait-elle à Gabby ? Peut-être, peut-être pas. Il y a une foultitude d'individus de par le monde pour qui dix mille dollars ne signifient rien, mais pour Andrea, c'est plus que ce qu'elle peut imaginer avoir un jour. Et pour Gabby, c'est un moyen de retrouver son fils. Elle se plaît à penser qu'elle trouverait le moyen de donner au moins un peu d'argent à Gabby, si elle en avait.

Andrea interrompt son ménage et se laisse tomber sur une chaise de cuisine. Bon sang, qu'elle aimerait s'allonger dans son lit et goûter au soulagement bienheureux d'une sieste ! La maison est tellement en pagaille, malgré le rangement qu'elle vient de faire. Jack peut mettre une pièce sens dessus dessous en quelques minutes et, ces jours-ci, elle laisse le désordre s'installer au lieu de le résorber au fur et à mesure. Elle est devenue une piètre femme d'intérieur. Et si l'on en croit Terry, une mauvaise épouse. En plus, tout ce stress n'est pas bon pour le bébé, par conséquent elle coche aussi la case « mauvaise mère ».

Elle déteste devoir ajouter « mauvaise amie » à cette liste. Il y a sûrement quelque chose qu'elle pourrait entreprendre pour aider Gabby, quelque chose qui ferait la différence. Elle ferme les yeux et imagine un instant sa voisine la remerciant de l'avoir aidée à faire rentrer son fils au bercail. Ce serait tellement formidable de sentir qu'elle a accompli une bonne action. Il est terrible d'entendre quelqu'un considérer qu'il n'a commis que des erreurs. Aucune mère n'est parfaite et, quels que soient les torts supposés de Gabby envers son fils, elle ne mérite pas de le perdre pour toujours. Il doit bien y avoir un moyen de le retrouver, pour qu'ils puissent essayer de recoller les morceaux de leur relation.

Son téléphone posé devant elle sur la table clignote pour lui annoncer la réception d'un courriel de l'école maternelle à propos d'une journée « Déguisement ». Son écran, en s'allumant, lui montre la photo de Jack… et soudain, elle a une illumination, l'idée d'un moyen pour aider son amie.

Gabby affirme que son fils la détestera si sa photo apparaît sur les sites Internet dédiés à la recherche des personnes disparues. Mais peut-être ne détestera-t-il pas sa mère si ce n'est pas elle qui a posté sa photo.

En supposant que ça marche, Gabby lui sera reconnaissante et, même si Flynn, au lieu de rentrer à la maison, appelle pour reprocher à sa mère d'avoir posté une photo de lui sur tel site Internet, au moins Gabby saura-t-elle qu'il est sain et sauf. Et elle pourra toujours rejeter la faute sur Andrea. Celle-ci sourit. Quelle idée géniale ! Elle copie donc une photo de Flynn datant d'une semaine et entreprend de la poster sur autant de sites que possible, en prenant soin de préciser qu'il se trouve aux États-Unis sans qu'on sache où et d'indiquer son nom à elle, tout en encourageant les gens à contacter la police.

Peut-être que quelqu'un, quelque part, saura quelque chose, et au moins, comme ça, elle aura été utile.

Il ne lui reste que deux ou trois heures avant d'aller chercher Jack à l'école. Elle se prépare donc une tartine gratinée au fromage, garnie de tranches de tomates. Elle n'a jamais vraiment aimé les tomates jusqu'à cette grossesse, mais maintenant elle les adore.

Après avoir mangé, elle s'allonge un court instant sur le canapé, en veillant à régler deux alarmes pour ne pas manquer l'heure. La berline rouge s'immisce dans ses rêves et, même endormie, elle se demande si Terry lui dit la vérité.

En se réveillant juste avant les deux alarmes, elle est saisie par une contraction qui lui coupe le souffle. Elle attend une ou deux minutes, en respirant lentement et en prêtant attention à ses sensations, mais la douleur disparaît et elle se lève, soulagée. Elle n'est pas prête à ce que le bébé arrive avant qu'elle ne soit organisée. Il vaudrait mieux que le travail commence lorsque Terry est à la maison, afin qu'il puisse s'arranger pour que sa cousine Patricia vienne garder Jack. La jeune femme, qui a toujours aimé Jack, s'est proposée pour être là à l'arrivée du bébé, dès qu'elle a appris la nouvelle grossesse d'Andrea.

Elle se sent très seule, à ce point éloignée de sa propre famille et de ses amis.

— Reste là où tu es jusqu'à ce que j'aie organisé la venue de la cousine Patty, intime-t-elle au bébé.

Puis elle se lève et monte en voiture pour aller chercher Jack. Le trajet est paisible, sans berline rouge à l'horizon.

— J'ai eu la meilleure des plus super journées, s'écrie Jack dès qu'il l'aperçoit.

Il se précipite vers elle et tend les bras pour qu'elle puisse le soulever. Elle sait qu'elle ne devrait probablement pas le faire, mais tant pis. Il lui raconte qu'il a construit un château dans le bac à sable et qu'il a trouvé son nom caché dans trois objets aujourd'hui. C'est un petit jeu auquel se livre sa maîtresse pour préparer les enfants à l'apprentissage de la lecture.

— J'ai mangé mon sandwich et mon fruit, mais y a des crackers qui sont tombés par terre et Mlle Lange a dit que je ne pouvais pas les manger. Alors je voudrais bien des crackers quand on rentrera à la maison, babille Jack sur le trajet.

— Très bien, répond-elle. J'ai des biscuits pour toi.

Une contraction se déclenche, si forte qu'elle halète.

— Qu'est-ce qu'il y a, maman ? demande Jack.

— Rien, mon chéri, rien.

Elle s'efforce de respirer malgré la douleur. *Pas maintenant, pas encore. J'ai besoin de plus de temps.*

Lorsqu'elle se gare dans son allée, la douleur a de nouveau disparu et elle baisse les yeux sur son téléphone. Combien de temps s'est écoulé entre les deux contractions ? En sortant de la voiture, elle se demande si elle a seulement ressenti quelque chose, mais alors qu'elle ramasse le sac de Jack, une autre douleur la saisit, la projette presque sur les genoux, et elle gémit.

— Maman ? dit Jack.

Sa petite voix inquiète est bien sonore dans son oreille.

— Andrea, entend-elle. Ça va ? L'accouchement a commencé ?

C'est Gabby qui a surgi à ses côtés et l'aide à rester droite.

Andrea respire lentement pendant que la douleur reflue.

— Je ne sais pas. Je ne sais pas. Il est un peu tôt, mais c'est possible... C'est possible. Il faut que j'envoie un texto à Terry pour qu'il appelle sa cousine.

— OK, laisse-moi t'aider, donne-moi tes clés, que je puisse déverrouiller ta porte d'entrée. Viens, Jack, on va dans ta maison. Allez, il fait froid dehors.

Andrea lui tend les clés qu'elle serrait dans sa main. La Gabby dévastée de ce matin a disparu, sa voix est pleine d'assurance et directive. Andrea la laisse ouvrir la porte de sa maison, puis elle s'affale sur le canapé. Elle entend Gabby parler à Jack, lui dire de se laver les mains pendant qu'elle lui prépare un goûter. Sa cuisine est encore en désordre depuis ce matin, mais elle ne va pas s'en soucier maintenant. Elle appelle Terry et tombe malheureusement sur sa messagerie, si bien qu'elle est obligée de rappeler sans relâche. Pourquoi ne répond-il pas ?

En désespoir de cause, elle compose le numéro du magasin.

— Wilson Electronics, Baz à l'appareil. Que puis-je faire pour vous ?

Elle se sent toujours un peu déstabilisée lorsqu'elle parle à Baz, comme si elle risquait de révéler par inadvertance les vices de Terry et de le faire renvoyer.

— Oh, dit-elle en se sentant rougir. Bonjour Baz, je suis vraiment désolée de te déranger. Je cherchais juste Terry... Je voulais...

— Terry n'est pas venu aujourd'hui, l'interrompt Baz, dont le ton passe en une seconde de manager amical à patron à bout. Il s'est fait porter pâle. Il n'est pas malade ? Il m'a dit qu'il avait un gros rhume.

— Je... Je... bégaie Andrea.

Puis faute de savoir quoi ajouter, elle raccroche.

Gabby a quitté la cuisine pour venir la retrouver dans le salon.

— Jack joue sur son iPad. J'espère que ça ne te dérange pas. J'ai pensé que tu aurais besoin de quelques minutes pour appeler tout le monde.

— Je n'arrive pas à joindre Terry, bredouille Andrea.

Un millier de pensées se bousculent dans son esprit. Où est-il ? Que fait-il ? Comment peut-il lui infliger ça maintenant ? Il sait qu'elle est sur le point d'accoucher.

Elle vérifie l'application, mais Terry a désactivé sa localisation. Ce matin, quand ils se sont parlé, il a menti sur l'endroit où il se trouvait. Il a menti et balayé d'un revers de la main ses inquiétudes concernant l'homme à la berline rouge. Elle n'arrive même pas à réfléchir à la manière de gérer la situation. Elle a soudain très chaud et relève son haut, car elle a besoin de sentir un peu d'air sur sa peau.

— Dis-moi ce que je peux faire, dit Gabby.

Andrea se mord la lèvre, cherchant à mettre de l'ordre dans ses pensées.

— Je dois me rendre à l'hôpital au cas où le travail aurait commencé, mais j'ai aussi besoin de quelqu'un pour rester avec Jack pendant que j'essaie de joindre Patricia.

— Je peux rester avec lui et je t'appelle un Uber. À moins que je ne te conduise moi-même là-bas... C'est comme tu veux, déclare Gabby.

Andrea est tellement heureuse de la présence de Gabby qu'elle a envie de pleurer, mais elle ne doit surtout pas s'effondrer maintenant.

— Je vais appeler un Uber, déclare-t-elle en se levant lentement. Et toi, tu restes avec Jack et tu racontes à Terry ce qui s'est passé quand il rentrera à la maison. S'il rentre à la maison, ajoute-t-elle doucement après réflexion.

Tout ce qu'elle redoutait est en train de se produire, ses pires cauchemars se réalisent. Elle n'a personne pour l'aider et son mari est parti dilapider le peu d'argent qu'ils ont au lieu d'être ici pour lui donner la sensation que les choses sont sous contrôle.

— Oh, Andrea, ma chérie ! Je suis vraiment désolée, mais ne t'inquiète pas. Tout va bien se passer. Tu iras là où tu dois aller et je m'occuperai de tout.

Andrea sait que la seule façon de ne pas fondre en larmes, c'est de continuer à agir, alors elle commande son Uber et va chercher dans sa chambre le sac qu'elle a préparé pour son séjour à l'hôpital. Elle s'arrête seulement pour embrasser Jack, lui recommander d'être gentil avec Gabby et de faire tout ce qu'elle lui demandera. Elle pense brièvement à ce que son amie doit affronter en ce moment, à la perte qu'elle essaie de surmonter, mais il est hors de question de mettre la vie de son bébé en danger. La dernière fois où elle a laissé Jack avec Gabby lui revient à l'esprit, mais la mésaventure ne se reproduira pas. Elles se connaissent mieux maintenant, et Andrea aura son téléphone à portée de main. Et puis, ce n'est pas comme si elle avait le choix. Son mari ne répond pas au téléphone.

Dans l'Uber, elle appelle Patricia, qui ne répond pas non plus. Elle lui envoie donc un texto, sachant que la cousine de son mari est au travail, dans la maison de retraite dont elle est responsable des activités. Pendant tout le trajet jusqu'à l'hôpital, elle compose, encore et encore, le numéro de Terry.

Il leur faut vingt minutes pour atteindre la maternité et c'est seulement une fois sur place, à l'intérieur du bâtiment, qu'elle se rend compte qu'elle n'a pas ressenti la moindre douleur. Elle s'est tellement concentrée sur l'envoi de messages et sur ses tentatives infructueuses pour appeler Terry qu'elle n'a pas remarqué l'absence de contractions. Le travail avait-il bien commencé ? Elle a entendu dire que le stress extrême pouvait parfois entraver un accouchement. Or elle est très stressée en ce moment.

Elle songe tout bonnement à faire demi-tour et à rentrer chez elle, mais alors qu'elle pénètre dans la salle d'attente des urgences, une infirmière s'approche d'elle.

— Que puis-je pour vous ? Qu'est-ce qui vous amène ici aujourd'hui ? demande-t-elle en regardant le ventre d'Andrea.

— Je ne suis pas sûre... C'est peut-être le début de l'accouchement, mais je n'en suis pas certaine.

— Mieux vaut vérifier, répond l'infirmière.

Andrea voit s'envoler la perspective de rentrer chez elle.

Les services d'urgence sont plus ou moins débordés en fonction des heures de la journée. Elle remarque un grand nombre de mères avec des enfants en âge scolaire, assises sur des chaises de plastique gris. On la prend immédiatement en charge et on l'emmène dans une petite pièce meublée en tout et pour tout d'une chaise et d'un tensiomètre, où la gentille infirmière à la voix réconfortante et au chignon bien net va s'occuper d'elle.

— Commençons par prendre votre tension.

Andrea imagine quels sommets va atteindre la sienne, avec son cœur qui s'emballe quand elle envisage tous les endroits où peut bien se trouver son mari et ce qu'il est en train d'y faire.

20

GABBY

Elle se sent mieux une fois qu'Andrea est en sécurité dans l'Uber et en route pour l'hôpital. Toutes les pensées concernant Flynn et ce qu'elle va devoir faire pour retrouver son fils disparaissent pendant quelques minutes. Mais une fois qu'Andrea est partie et qu'elle regarde Jack glousser de plaisir chaque fois qu'il parvient à deviner la première lettre d'un mot simple sur le jeu de son iPad, la disparition de son fils la consume à nouveau.

Andrea n'a pas d'argent et ne peut absolument pas l'aider. Elle s'est complètement trompée sur sa situation. Mais sa page Facebook est toujours en activité. Elle n'est pas quelqu'un qui traverse la vie avec seulement un plan A. Elle a déjà toute une flopée d'idées qui mijotent dans sa tête.

Assise sur le canapé d'Andrea qui sent le moisi, elle ouvre son téléphone et télécharge un message qu'elle a préparé, après l'avoir écrit et réécrit ce matin jusqu'à en être satisfaite : elle avait trouvé le ton juste pour lui permettre d'obtenir l'aide dont elle a besoin.

« Ce sera probablement mon dernier post sur cette page.

Je sais, je n'ai partagé que récemment les difficultés que je rencontrais avec mon fils, mais en vérité, les choses sont difficiles depuis longtemps. Les adolescents peuvent être compliqués. Ils sont à la merci de leurs hormones et de leur besoin d'indépendance alors qu'ils ne sont pas tout à fait prêts. Ils repoussent les limites et vous cherchent des noises sur tout. Mais pour la plupart des parents, il est facile de voir une lumière au bout du tunnel. Ils sortent de l'étape difficile, comme je l'ai lu et comme, j'en suis sûre, vous l'avez lu à plusieurs reprises. Mais pour moi, il n'y a pas de lumière. Il n'y a pas de fin à cette situation, parce que mon fils, mon beau garçon, m'a quittée. Il a fugué pour aller retrouver son père, même s'il sait que celui-ci ne s'intéresse pas à lui. Je vous ai caché notre divorce, parce que j'avais honte. Mais aussi pénible que soit un divorce, ce n'est rien comparé à ma douleur actuelle, celle d'avoir perdu Flynn. Il a quitté l'Australie pour les États-Unis et je n'ai aucune idée de l'endroit où il est allé ni de la façon de le faire revenir. La seule chose dont je sois certaine, c'est que si je parviens à me rendre aux États-Unis, si je parviens à prendre un avion et à m'y rendre, j'aurai une chance de le trouver et je le supplierai de revenir à la maison. Malheureusement, je n'ai pas l'argent nécessaire pour entreprendre un tel voyage. Tout ce que j'ai, je l'ai donné à mon enfant, et je n'ai pas de quoi me payer un simple billet d'avion. Alors, même si j'ai juré de ne jamais faire une chose pareille, je vous demande votre aide. J'ai créé une page GoFundMe. Je sais que tout le monde a des soucis financiers de nos jours. Je sais que nous avons tous nos problèmes, mais même quelques dollars m'aideront. Je vous serai éternellement reconnaissante pour tout ce que vous pourrez me donner. »

Gabby hésite un instant avant d'ajouter le lien vers la page qu'elle a créée à contrecœur ce matin, après sa conversation avec Andrea. Où est-elle censée trouver l'argent, sinon ? Des milliers de femmes la suivent. Si chacune donne ne serait-ce que dix dollars, elle pourra prendre un vol et avoir un peu d'argent pour financer ses recherches. Les gens seront sûrement heureux de consentir même une maigre obole. L'équivalent du prix d'un café lui serait utile. Elle y réfléchit, puis ajoute cette pensée au post. Lorsqu'on utilise le prix d'un café comme unité de mesure, la plupart des gens se sentent gênés de ne pas donner.

Prenant une profonde inspiration, elle télécharge le message, sachant qu'on ne tardera pas à la juger – les verdicts seront aussi vite énoncés qu'impitoyables –, mais sachant aussi qu'il y aura des bonnes âmes prêtes à l'aider – parce qu'il y a toujours des bonnes âmes prêtes à aider.

Il lui a fallu des heures pour se convaincre qu'elle devait le faire. Mais elle n'a plus le choix. Elle a besoin de cet argent et elle doit retrouver Flynn. Elle imagine son fils errant dans un aéroport sans savoir où aller ni quoi faire, les yeux mouillés de larmes alors qu'il cherche à masquer son état de confusion, et son cœur se brise pour lui. Si seulement elle l'avait laissé en paix quand il le lui a demandé. Elle publiera un autre message de cette teneur si elle ne parvient pas à obtenir suffisamment de dons sur la page GoFundMe, après ce premier message.

Le premier commentaire provient d'une femme de Melbourne :

> *« Je suis vraiment désolée d'apprendre ce qui vous est arrivé. Je ne peux vous donner que dix dollars, mais j'espère que cela vous aidera. »*

Gabby clique sur « cœur » pour que la femme sache à quel point elle lui est reconnaissante, puis un autre commentaire arrive, et un autre, et un autre encore. Les montants sont tous petits, quelques dollars, mais elle a des milliers de followers et chaque petit geste compte. Elle clique sur la page GoFundMe et regarde le montant augmenter, atteignant déjà trois cents dollars.

Les trolls se manifestent aussi.

« Vous ne demandez de l'aide aux autres que pour nettoyer le désordre que vous avez créé. »

« Tu disais toujours à tout le monde ce qu'il fallait faire... Comment osais-tu donner des conseils alors que ta propre vie était un merdier pareil ? »

« Vous êtes un imposteur en tant que mère et en tant que personne. »

La dernière remarque la fait grimacer, mais elle regarde la page à nouveau et les chiffres continuent d'augmenter. Quelques messages de colère, ça n'est pas bien cher payé. Elle a fixé le montant dont elle a besoin à cinq mille dollars. C'est tout ce qu'il lui faut vraiment pour commencer.

— J'ai fini mon jeu, et maintenant, qu'est-ce que je fais ? demande Jack.

Gabby sourit au petit garçon alors qu'une idée émerge dans son esprit, une idée d'une telle perfection qu'elle a envie de rire devant son génie.

— Viens chez moi, tu pourras jouer avec les dinosaures, propose-t-elle.

Jack la suit joyeusement de l'autre côté de la rue, où il est bientôt distrait par les dinosaures et le monde qu'il crée pour qu'ils puissent évoluer.

Assise à la table de sa cuisine, elle l'observe pendant qu'elle fait ce qu'elle a à faire, à mesure que son plan prend forme. Une demi-heure plus tard, elle est prête.

— Il est l'heure de ranger, annonce-t-elle à Jack.

— Mais qu'est-ce que je peux faire maintenant ? demande-t-il en rassemblant les dinosaures à contrecœur.

— Maintenant, toi et moi, on va vivre une merveilleuse aventure, tous les deux, répond-elle.

Le sourire de Jack est le seul signe dont elle a besoin pour savoir que c'est la chose à faire.

Est-ce cela qu'elle avait en tête depuis le début ? Probablement. Elle travaille dans ce sens depuis qu'elle a rencontré Andrea, sans même en être consciente.

Richard lui en voudra, dans la vraie vie cette fois, mais elle s'en moque. Cela ne ressemble à rien de ce qu'elle a déjà fait, mais elle éprouve le besoin d'accomplir un geste radical, spectaculaire. « *Toi, toi, toi, tu ne penses qu'à toi – égoïste, fille diabolique.* » Elle ressent une douleur dans le dos, à l'endroit où la canne s'est abattue et lui a fracturé une côte. Une policière l'avait ramenée chez elle.

Sa mère avait ouvert la porte, affichant déjà un masque sinistre, car elle devinait que sa fille avait, une fois de plus, commis quelque acte honteux. Cette fois, elle avait essayé de voler une voiture. Geste idiot, puisqu'elle n'avait que les notions de conduite les plus élémentaires, mais elle cherchait un moyen de ficher le camp. Évidemment, elle s'était fait prendre au moment où elle brisait la vitre arrière côté passager à l'aide d'une brique. Elle peut sourire avec indulgence de l'adolescente ridicule qu'elle était, mais celle-ci était aussi rongée par un besoin terrible et désespéré de s'enfuir.

Sa mère l'avait envoyée dans sa chambre et s'était entretenue avec la policière, convenant de veiller à ce que sa fille se rende au tribunal pour les faits qui lui étaient reprochés. Et puis la femme qui l'avait mise au monde était entrée dans sa chambre et l'en avait extirpée pour la jeter à terre et déchaîner sa fureur sur elle. Elle avait jugé plus sage de rester inerte jusqu'à ce que tout soit terminé.

Elle avait quinze ans à l'époque. Alors elle avait attendu que sa mère soit endormie pour se glisser hors du petit appartement dans l'air chaud, Dieu merci, de la nuit d'été. Son corps entier la faisait souffrir et toute respiration trop profonde lui paraissait impossible. Elle n'avait emporté qu'un sac à dos et la certitude de ne plus jamais rentrer chez elle. Gagner un autre État à pied devait suffire. Cela n'avait pas été facile, mais Richard l'avait aidée. S'il y a quelqu'un sur qui elle a toujours pu compter, c'est bien Richard. Son amour pour elle ne changera ni ne s'éteindra jamais. Même s'il se met en colère, s'il la sermonne sur l'erreur qu'elle est déterminée à commettre, il finira par lui pardonner. Comme à chaque fois.

Flynn s'est enfui, mais Flynn a seize ans, c'est presque un adulte. Jack n'a que trois ans, il est doux et adorable. Les photos seront superbes.

21

ANDREA

Deux heures plus tard, Andrea est sur le chemin du retour, son téléphone serré dans la main alors qu'elle essaie sans relâche de contacter Terry. Tout le monde à l'hôpital s'est montré gentil, prévenant et patient, depuis la première infirmière qui a pris tous les renseignements la concernant et vérifié sa tension artérielle – qui s'est avérée très élevée – jusqu'à l'obstétricienne en chef qui est venue dès qu'elle a pu et a examiné Andrea. Heureusement, alors qu'elle était allongée sur un lit étroit et qu'elle tentait de calmer son esprit, sa tension artérielle a suffisamment baissé pour que plus personne n'ait de crainte à l'idée de la renvoyer chez elle. Elle s'est tournée vers Facebook pour essayer de se distraire et a vu le message de Gabby à propos de son fils : l'appel à l'aide, honnête et ouvert de son amie, lui a brisé le cœur. Malgré tout ce que Gabby traverse, elle aide Andrea en s'occupant de Jack. Bien que sachant n'avoir pas beaucoup d'argent à dépenser, Andrea a cliqué sur le lien et fait un don de dix dollars pour avoir au moins l'impression d'avoir contribué.

Heureusement, le bébé va bien. Ses contractions n'étaient que des « fausses » et sa tension artérielle a diminué suffisamment vite pour qu'on l'autorise à repartir, non sans lui avoir conseillé d'appeler son médecin demain matin, afin de prendre rendez-vous.

« Je ne peux pas être hospitalisée maintenant. Je n'ai personne pour s'occuper de mon fils », leur a-t-elle expliqué.

Cependant, la vérité dévastatrice de ces mots lui a donné envie d'être admise à l'hôpital. Terry ne répond pas au téléphone et il n'est pas au travail.

« Il ne s'est rien passé de ce genre avec votre premier enfant ? a demandé la jeune obstétricienne aux yeux noirs.

— J'ai eu une fausse alerte, mais à cinq semaines de l'accouchement, donc j'ai vraiment cru qu'il y avait un problème, à ce moment-là. Je ne savais pas à quoi m'attendre. Là, comme je ne suis plus qu'à une semaine, j'ai pensé que ça avait sans doute commencé.

— Oui, c'est ce que j'aurais pensé, moi aussi, mais votre col n'est pas du tout dilaté et le bébé n'est toujours pas en position. Cela peut arriver très vite, mais je pense que vous avez encore quelques jours devant vous. Ce n'est pas une science exacte, néanmoins si, une fois rentrée, vous surélevez vos pieds, ce sera sans doute une bonne chose. Je vais faire quelques tests avant de vous renvoyer chez vous, juste pour m'assurer que tout va bien. Pouvons-nous contacter quelqu'un pour vous ? »

Allongée sur son lit dur tout imprégné d'odeur médicale, Andrea a fixé le plafond en secouant la tête, pour ne pas se mettre à pleurer.

« D'accord, ça ne devrait plus être très long, l'a rassurée le médecin en lui touchant doucement la main, comme si elle comprenait un peu la peur et l'inquiétude d'Andrea. »

Pourtant, elle n'avait aucune idée de tout ce à quoi Andrea était confrontée et de l'ampleur de ses angoisses.

Andrea s'est soumise en silence aux analyses de sang et

d'urine, sans cesser de songer à son mari introuvable et de tenir sa colère sous cloche afin que sa tension artérielle ne remonte pas. Elle a remercié Dieu pour la présence de Gabby à ses côtés et elle a envoyé un texto à Patricia, l'informant qu'il s'agissait d'une fausse alerte. Patricia lui a répondu d'un pouce levé et d'un message :

> *« J'ai hâte de passer du temps avec ton petit bout d'homme. Si je ne réponds pas immédiatement, voici le numéro de la réception de la maison de retraite. Ils pour- ront toujours me joindre. Bises »*

Devant un si gentil message, Andrea a eu toutes les peines du monde à ne pas pleurer. Ce n'est pas elle qui aurait dû envoyer un message à Patricia.

Il est plus de 18 heures lorsqu'elle prend enfin le chemin du retour et envoie un texto à Gabby pour la prévenir. Elle ne reçoit aucune réponse. Si seulement son amie pouvait avoir fait manger Jack. La perspective d'être obligée de faire quoi que ce soit d'autre à part se glisser dans son lit est accablante. Terry n'a toujours pas répondu au téléphone.

— Vous allez arriver à descendre de voiture ? lui demande le chauffeur d'Uber en se garant devant sa maison plongée dans l'obscurité.

— Ça va, je vous remercie, répond-elle en attrapant son sac et en remontant son allée aussi vite que possible.

Elle veut être à l'intérieur, à l'abri du froid et loin du visage inquiet de ce chauffeur. Tout le monde semble se faire du souci pour elle, sauf l'homme censé être aux petits soins à son égard. Son mari reste injoignable.

Elle allume les lumières en traversant la maison et range son sac pour la maternité dans l'armoire de sa chambre, prêt à être ressorti lorsque le vrai travail commencera. Cela fait des semaines qu'elle l'a préparé. Gabby ne répond toujours pas.

Andrea aimerait bien prendre une douche et boire quelque chose de chaud, mais ce n'est pas sympathique pour Gabby de laisser Jack plus longtemps sous sa surveillance.

Elle s'immobilise un instant, le temps de fermer les yeux et de prendre une profonde inspiration. *Je peux y arriver. Je suis prête. Je vais chercher Jack et j'appellerai mes parents pour qu'ils viennent à Sydney demain et qu'ils soient là le jour de l'accouchement. Je vais y arriver et tout se passera bien.*

Dans le salon, elle allume le radiateur afin de réchauffer la maison, puis, le téléphone toujours serré dans une main, elle ouvre la porte d'entrée tout en allumant la lumière extérieure. Aussitôt giflée par le vent d'automne, elle songe à faire demi-tour pour prendre son manteau, mais y renonce.

Elle se tient devant sa porte d'entrée, ses clés à la main, lorsque la voiture, la berline rouge avec une porte dépareillée, déboule dans la rue et s'arrête dans un hurlement de freins devant sa maison, troublant le silence et emplissant l'air d'une odeur de caoutchouc brûlé. La lumière du lampadaire vacille comme s'il venait d'être dérangé et elle serre ses clés, le cœur battant à tout rompre.

Le vent qui souffle autour de la maison éparpille les feuilles mortes détrempées tandis que la voiture tourne en ralentissant devant sa maison. Le vrombissement du moteur émet des notes menaçantes dans l'obscurité. Le pouls d'Andrea bat jusque dans sa gorge, l'empêchant d'avaler.

La portière arrière, côté passager, s'ouvre. Figée sur place, les muscles crispés, elle plisse les yeux pour tenter de voir à l'intérieur.

Terry descend du véhicule, mais il s'affale sur la chaussée. La portière encore ouverte, la voiture fonce dans la nuit, laissant derrière elle l'odeur de pneu torturé et son mari à terre.

Elle ne peut pas bouger, elle ne parvient même pas à penser à ce qu'il faut faire, et à l'intérieur de son corps, le bébé donne des coups de pied frénétiques.

Terry ne bouge pas et les mots « il est mort » s'imposent à son esprit. Elle commence à se diriger vers lui, serrant les clés si fort qu'elles lui entaillent la peau. Alors qu'elle arrive à sa hauteur, il gémit et se déplie, en levant la tête vers elle. Ses deux yeux sont boursouflés et cernés d'ecchymoses bleu-noir que la lueur jaune du réverbère met en évidence.

Elle regarde autour d'elle, soulagée de ne voir personne d'autre dans la rue, soulagée qu'ils soient seuls alors qu'elle se débat pour trouver quelque chose à dire, quelque chose à faire.

Leurs regards se croisent et il se lève, péniblement, pour avancer vers elle d'un pas douloureux et mal assuré. Elle recule d'autant.

— J'ai merdé, lâche-t-il d'une voix rauque. J'ai merdé dans les grandes largeurs.

Tout ce qui l'inquiétait, toutes ses peurs dansent autour d'elle au gré du vent. Le voilà, maintenant, le pire des scénarios. Pas seulement un homme dans un garage, pas seulement une maison à vendre, pas seulement un problème dont elle ignorait tout, mais bien pire. Parce que cette fois, ils n'ont plus rien à vendre et aucun moyen de s'en sortir, et même si Terry le savait, même s'il le comprenait, il a recommencé. Chaque matin, il a embrassé son fils et laissé sa famille dans une maison qui n'était la leur que parce que quelqu'un d'autre en payait le loyer pour eux. Il a pris l'argent qu'il gagnait et l'a joué, tournant en rond dans un stupide cercle vicieux. Au cours de ces semaines, il a probablement touché la commission d'une vente importante et ne le lui a pas dit. Et au lieu de mettre l'argent de côté pour un futur loyer, il l'a gaspillé. Il a prélevé de petites sommes sur leur compte, encore et encore, en espérant qu'elle ne s'en apercevrait pas et en lui criant dessus quand elle l'a remarqué. Et puis, quand il n'a plus rien eu pour alimenter son addiction, il s'est adressé au genre de personnes qui vous tabassent et vous pètent les doigts. Il a emprunté des sommes qu'il ne peut pas rembourser, parfaitement conscient de ce qu'ils risquent de lui faire subir, tout ça pour l'euphorie d'une victoire lors d'un match de football. Maintenant, sa vie est en danger… et, par voie de conséquence, celle d'Andrea aussi. Ainsi que celle de Jack. Une horrible pensée lui vient à l'esprit, l'espace d'une fraction de seconde : *je regrette qu'ils ne t'aient pas tué.*

Il baisse la tête, accablé par la honte. Elle ne le réconfortera pas et ne fera aucun effort pour se montrer compréhensive.

— Jack est avec Gabby, dit-elle. Je suis allée… Jack est avec Gabby. Il faut que j'aille le chercher.

Elle s'empresse de traverser la rue, laissant son mari debout dans la cour. Chez Gabby, toutes les lumières sont allumées et, lorsqu'elle approche, elle se rend compte que la porte d'entrée est ouverte.

— Gabby ? lance-t-elle. C'est Andrea… Gabby ?

Le froid s'engouffre par la porte ouverte, si bien que l'atmosphère est glaciale. Quoique de manière subtile, la maison de Gabby est différente, mais Andrea n'arrive pas à savoir en quoi. Tout est toujours à sa place et pourtant rien n'est pareil.

Elle continue à déambuler dans la maison silencieuse, puis retient son souffle lorsqu'elle arrive dans le salon.

De petits détails lui sautent aux yeux, comme le paysage accroché de travers, la porte du buffet ouverte et une assiette fracassée à côté, sur le sol, le fauteuil déplacé. Toutes les photographies dans leur cadre argenté ont disparu, absolument toutes. Elle traverse le salon. Sur le sol, près du canapé, elle voit les fameux cadres argentés empilés, dont la vitre a été fissurée ou brisée et qui ne contiennent plus aucune photo. Des éclats de verre jonchent le tapis bleu.

Si l'on fait abstraction de ce désordre, la maison ressemble à une toile vierge, comme si personne ne vivait ici à part les meubles.

La poitrine d'Andrea se serre, les battements de son cœur s'accélèrent alors qu'elle se dirige vers la cuisine : le chaos y règne en maître. Toutes les portes des placards sont ouvertes, suggérant que quelqu'un a cherché quelque chose. Dans l'évier, il y a une tasse cassée et le gobelet en plastique bleu que Gabby donnait toujours à Jack pour qu'il boive. Andrea examine le gobelet, sûre d'avoir repéré une tache rouge sang sur la tasse. Une chaise de cuisine est renversée sur le côté et la nappe dorée gît en un tas par terre. Baissant les yeux, elle aperçoit un dinosaure, puis un autre et encore un autre ; tous éparpillés. Que s'est-il passé ici ?

— Gabby, appelle-t-elle en se dirigeant vers l'escalier. Gabby !

Ses appels sont maintenant frénétiques, son cœur tambourine dans sa poitrine alors qu'elle s'élance dans l'escalier à la moquette bleue.

— Gabby... Jack, Jack, Jack !

La maison est vide. Dans la chambre principale, tous les placards sont ouverts, mais contiennent encore leurs vêtements. En s'approchant, Andrea essaie de voir si elle reconnaît l'une des tenues de Gabby : rien ne lui semble familier. Il y a aussi des vêtements d'homme, apparemment, mais ce n'est pas possible puisque Richard n'a jamais vécu ici.

Elle se dirige rapidement vers la deuxième chambre, puis vers la troisième. L'une d'elles doit être celle de Flynn, mais elles sont désertes. Elle n'arrive pas à croire que ça soit en train de se reproduire. Sentant la bile lui monter aux lèvres, elle cherche en hâte les toilettes, ouvrant les portes à la volée, faute de savoir où elles se trouvent. Elle tombe d'abord sur une armoire à linge, puis un bureau à l'étage avant de trouver la pièce voulue. Elle tombe à genoux et vomit jusqu'à ce qu'il ne reste plus rien dans son estomac. Où est son fils ? Où est-il ?

En se relevant lentement sur des jambes tremblantes, le visage couvert de sueur, Andrea se dirige vers le lavabo et se rince la bouche. Dans le miroir du placard, elle voit une femme complètement perdue, aux cheveux gras et aux lèvres bleuies. Engourdie par la peur, elle n'arrive pas à bouger. Sans réfléchir, elle ouvre le placard : le meuble ne contient rien de bien diffé-rent de sa propre armoire à pharmacie, mais sur l'étagère du haut se trouve une petite boîte de pilules qu'elle attrape pour en lire l'étiquette.

« BEN JAMESON : DEUX PAR JOUR JUSQU'À LA FIN DE LA BOÎTE. »

Il ne reste plus qu'une pilule dans le paquet. Qui que soit ce Ben, il a manifestement oublié de prendre la dernière et n'a pas jeté le sachet. Mais qui est Ben ? Si Gabby loue cette maison, tout comme elle-même loue la sienne, pourquoi les propriétaires ont-ils laissé des choses en partant ?

— Andy !

Elle entend Terry appeler d'en bas et sort de la salle de bains pour s'engager prudemment dans l'escalier. Tout en elle s'agite et se tord, en pleine tourmente. Son mari a l'air aussi mal en point qu'elle.

— Qu'est-ce qui s'est passé ici ? bredouille-t-il. J'ai lu, j'ai reçu... tous tes messages. Je ne comprends pas : où est Jack ?

— Il faut qu'on appelle la police, répond Andrea. Je crois que Gabby l'a enlevé et je ne...

Elle commence à pleurer, mais se mord la lèvre pour arrêter ses larmes.

— Je ne sais pas qui elle est vraiment ni ce qui se passe. Où étais-tu, Terry ? Où as-tu passé la journée ?

Elle perd finalement son combat contre elle-même et s'ef-fondre sur la dernière marche, la tête entre ses mains, tandis qu'elle laisse échapper le cri viscéral qui monte dans sa gorge. Elle est épuisée et faible, et n'a aucune idée de la manière de s'y prendre pour retrouver son fils. Terry lui touche l'épaule, pose sa main dessus pendant qu'elle pleure, et il ne cesse de répéter :

— Je suis tellement désolé, tellement désolé. Je leur ai dit que je trouverais l'argent. Ils ont dit qu'ils vous laisseraient tranquilles, Jack et toi, si je leur donnais l'argent, mais j'ai...

Au bout de quelques minutes, Andrea serre les poings et se lève en reniflant.

— Il faut qu'on appelle la police. Soit Gabby l'a enlevé, soit il est entre les mains des hommes à qui tu dois de l'argent. Il faut qu'on le trouve. On a besoin de la police.

— Ils vont me tuer, Andy. Si je raconte à quelqu'un qu'ils m'ont enlevé aujourd'hui, ils me feront la peau.

Ses yeux bleus s'écarquillent de terreur.

Une vague de fureur gronde en elle. Levant la main, Andrea gifle son mari en pleine face, puis martèle son torse, son bras et toutes les autres parties de son corps qu'elle peut atteindre. Sa peur et l'adrénaline la poussent à faire quelque chose dont elle ne se serait jamais crue capable.

— Je m'en fous, je m'en fous, je m'en fous, hurle-t-elle. Mon bébé, mon bébé a disparu à cause de toi !

— S'il te plaît, Andy, s'il te plaît. Je suis désolé, je suis désolé, bégaie-t-il en se couvrant le visage de ses mains.

Elle s'arrête pour reprendre son souffle tandis que le bébé dans son ventre s'agite furieusement, comme pour tenter de s'échapper. Quel genre d'enfant sera cette petite fille ? Quel genre de personnalité naîtra de tout le stress, de la peur et de la tristesse dont Andy l'a nourrie ?

Elle recule, s'éloigne de Terry et serre les dents. Ses mots sortent dans un sifflement étranglé.

— Je m'en fous, répète-t-elle. Je m'en contrefous.

En cet instant, elle souhaite qu'il meure. Elle échangerait sans hésiter sa vie contre celle de Jack, mais elle sait qu'il n'en va pas de même pour Terry. Sinon, il n'aurait jamais fait ce qu'il a fait, il n'aurait jamais mis sa famille en danger comme ça.

Abandonnant son mari dans le vestibule de Gabby, elle traverse la route jusqu'à sa maison et trouve son téléphone dans son sac. Ses doigts composent immédiatement le numéro de secours de la police.

— Mon fils a été kidnappé, dit-elle à l'homme qui répond au téléphone. Il n'a que trois ans et il a été kidnappé.

Puis, elle reste plantée dans sa maison dont elle n'a pas refermé la porte, à regarder Terry traverser la rue clopin-clopant. Téléphone collé à l'oreille, il cherche sans doute à savoir si ceux à qui il doit de l'argent ont kidnappé son fils. L'air de la nuit est glacial. D'épais nuages dissimulent les étoiles et seule la lumière voilée des lampadaires permet de distinguer quelque chose.

Andrea répond à toutes les questions qu'on lui pose jusqu'à ce que l'homme déclare :

— Une équipe est en route.

Elle peut alors raccrocher et se laisser tomber sur le canapé pour attendre. Elle est nauséeuse et épuisée, vaincue par tout ce qui s'est passé dans sa vie, pas seulement aujourd'hui, mais au cours des neuf derniers mois : elle aimerait fermer les yeux et ne plus jamais se réveiller.

Que fera-t-elle si Jack ne revient jamais ? Si son petit garçon aux yeux bleus ne s'assied plus jamais à la table du petit déjeuner, pour lui chanter la chanson qu'il a inventée ce matin à propos des dinosaures ? Que fera-t-elle alors ?

22

GABBY

Dans sa poche se trouve le courriel qu'elle a imprimé, contenant toutes les informations recueillies sur la berline rouge. Quand le courriel est arrivé, au moment où elle prenait sa décision concernant Jack, au moment où elle a su ce qu'elle allait faire, elle l'a considéré comme un signe de l'univers pour lui confirmer qu'elle faisait ce qu'il fallait.

Elle l'a imprimé et relu à plusieurs reprises pendant que Jack jouait une dernière fois avec les dinosaures, et qu'elle-même s'asseyait une dernière fois à la table de la cuisine, quoiqu'elle se soit bien gardée d'informer le petit qu'il s'agissait d'une dernière fois.

Lorsqu'il a accepté l'aventure en tapant des mains de joie, ils sont retournés ensemble de l'autre côté de la rue, jusqu'à la maison d'Andrea. Ensemble, Jack et elle ont choisi assez de vêtements pour remplir son sac à dos Hot Wheels et il a aussi attrapé son tigre en peluche sur son lit, parce que Gabby avait déclaré : « Les tigres adorent les aventures. » De retour chez elle, elle lui a donné un goûter équilibré pour qu'il n'ait pas faim. Elle ne savait pas si l'hôpital allait garder Andrea longtemps. Si sa voisine était en train d'accoucher, cela durerait une éternité, mais s'il s'agissait d'une fausse alerte, elle risquait de revenir d'une minute à l'autre.

« *J'attends juste de voir le médecin : c'est peut-être une fausse alerte,* l'a alors prévenue Andrea par texto. *Merci beaucoup d'être restée avec lui. Terry devrait bientôt rentrer et on ne va probablement plus me garder très longtemps.* »

« *Je t'en prie, ne te stresse pas. Il est chez moi et tout va bien. Tu peux compter sur moi. Assure-toi simplement que le bébé est en forme* », a-t-elle répondu, sachant dès lors qu'elle devait agir rapidement. Terry pouvait revenir à tout moment, puisque l'après-midi touchait à sa fin et que la soirée n'allait pas tarder à commencer. C'est à ce moment-là que Gabby a appelé le taxi et préparé la petite valise qu'elle emporte avec elle dans tous ses déplacements.

La berline rouge appartient à un criminel répertorié qui travaille comme collecteur de dettes pour des gens très méchants. Si elle avait été en possession de cette information ce matin, elle n'aurait jamais demandé de l'argent à Andrea, mais elle ne savait pas alors exactement qui était l'homme à la voiture rouge : c'est précisément pour cela qu'elle a demandé de l'aide à Richard. Quoi qu'il en soit, elle est assez heureuse de la façon dont les choses ont tourné. Son mensonge à Andrea, à savoir qu'elle n'était plus en contact avec Richard, était nécessaire. Cet « abandon » a donné d'elle une image plus pathétique, celle d'une personne ayant vraiment besoin d'aide, mais d'ici quelques heures, il ne sera plus nécessaire de mentir à Andrea.

Dans le taxi, Jack fouille joyeusement dans le petit sac de dinosaures qu'elle lui a permis de choisir, en lui promettant : « On reviendra chercher le reste plus tard. »

Le chauffeur de taxi a eu la gentillesse de veiller sur le gamin pendant qu'elle retournait dans la maison pour « récupérer quelques affaires », alors qu'en réalité, elle semait le désordre derrière elle pour qu'ils s'interrogent sur ce qui avait bien pu se passer et qu'ils suspectent un lien avec les dettes de

Terry. C'était parfait, si parfait qu'elle se surprenait à sourire, incapable de contenir sa joie. L'univers voulait qu'elle ait Jack. Sinon, pourquoi tout se serait-il si merveilleusement emboîté ? C'était la seule explication possible. Elle souriait en brisant les cadres photo, non sans avoir retiré au préalable celles de Flynn.

Il est toujours satisfaisant de laisser du désordre. Toute personne qui loue sa maison sur Airbnb doit savoir que certains locataires sont susceptibles de laisser l'endroit sens dessus dessous. C'est une première pour elle, mais elle doit accréditer l'intervention d'individus malfaisants.

Ce sera le premier endroit que la police fouillera quand on la fera venir, parce qu'elle sera immanquablement appelée.

— Où on va ? demande Jack qui fronce ses petits sourcils.

— À l'aéroport, répond Gabby. On va dans le Queensland, où il y a du soleil et où il fait chaud. On va prendre l'avion pour la Gold Coast, parce que c'est un endroit avec beaucoup d'hôtels et de plages.

Elle aime l'idée de la Gold Coast, où elle pourra facilement se fondre parmi tous les touristes. Ils seront difficiles à trouver là-bas. Des rangées d'hôtels et d'immeubles d'habitation bordent la plage, des gens arrivent et repartent tout le temps. La police aura bien du mal à repérer une femme accompagnée d'un jeune enfant dans une ville qui grouille en permanence de jeunes familles en vacances. Elle n'y est allée qu'une seule fois, et pour quelques jours, juste après son arrivée en Australie, mais il y avait trop de monde, trop de bruit, et dans chaque restaurant où elle est entrée, il fallait supporter un enfant qui piquait une crise de nerfs ou une tablée d'adolescents un peu ivres. Bref, l'endroit idéal pour disparaître.

— Et maman ? demande-t-il en faisant monter et descendre un dinosaure sur la poignée de sa portière.

Dehors, le ciel s'assombrit tandis que le vent fouette les arbres sur leur chemin. Gabby hasarde un coup d'œil au chauffeur de taxi, qui la fixe dans le rétroviseur. Elle aimerait vraiment que Jack se taise, mais il mérite une réponse à sa question. Elle parle fort et distinctement, en s'assurant que l'homme silencieux au volant entende bien sa réponse.

— Tu sais que maman va avoir un bébé, une petite sœur pour toi ?

— Mm-mm, acquiesce Jack.

Il fait s'affronter deux dinosaures.

— Ce qu'il y a de super chouette, c'est que le bébé est en train d'arriver en ce moment. Maman est allée à l'hôpital et papa est avec elle. Alors je leur ai dit que je m'occuperai de toi pendant quelques jours, jusqu'à ce qu'ils puissent rentrer à la maison. Et j'ai pensé que les dinosaures et toi, vous aimeriez faire un petit voyage pour voir les plages du Queensland.

— Mais maman a dit que quand elle aurait le bébé, cousine Patty viendrait faire des dessins avec moi et qu'elle resterait à la maison. Patty fait les dessins les plus super de toute la famille, affirme-t-il, très sûr de lui.

— Cousine Patty a dû travailler, s'empresse de répliquer Gabby.

Elle n'a pas tenu compte du fait que Jack était au courant des dispositions prises pour l'arrivée du bébé.

Elle risque un autre coup d'œil dans le rétroviseur et sent sa peau se hérisser quand elle remarque la façon dont l'homme la dévisage. Une forte odeur de pin flotte dans le taxi, diffusée par l'arbre désodorisant accroché au rétroviseur. Gabby plisse le nez. Elle déteste cette odeur. Ça lui rappelle la salle de bains qu'elle partageait avec sa mère, quand elle était petite. Sa mère y pulvérisait généreusement un désinfectant à l'odeur de pin et tout ce à quoi elle parvient à penser quand elle sent cette odeur horriblement familière, c'est aux nuits qu'elle a passées dans la rue après avoir fugué, alors qu'elle essayait de trouver comment s'en sortir. À l'époque, elle a dû utiliser des toilettes insalubres, jusqu'à ce que Richard la retrouve. Elle ne pense pas qu'elle aurait survécu sans lui. En revanche, elle est capable de survivre sans lui maintenant. Elle n'en a pas envie, mais elle s'y résoudra s'il le faut. *Je ne suis plus cette jeune fille-là. Je suis adulte maintenant, je suis responsable et j'ai tout sous contrôle*, se rappelle-t-elle. Elle aimerait que le taxi roule plus vite, car elle veut arriver à l'aéroport et monter dans l'avion avant même qu'Andrea ou Terry ne rentrent chez eux.

— Je peux avoir un milkshake ? demande Jack. Comme la dernière fois.

Et elle a envie de fêter ça, parce que l'homme la quitte des yeux et se concentre sur la route, ayant manifestement décidé qu'elle est une nounou légitime.

— Bien sûr, mon chéri, dit-elle avec indulgence.

Elle s'autorise un instant à penser à Andrea, mais celle-ci est enceinte et dans quelques jours, peut-être même quelques heures, elle aura un autre enfant. Jack sera mieux avec Gabby. Elle a besoin d'un peu de temps seule avec lui pour réfléchir à la manière dont tout cela va fonctionner. Une fois qu'ils seront dans le Queensland, elle lui teindra sans doute les cheveux pour modifier un peu son apparence. Elle sourit. Qu'elle est audacieuse et courageuse ! C'est un grand pas en avant. Un enfant qui a fugué suscite un peu de sympathie, mais pas assez. Un enfant malade, en revanche, verra affluer beaucoup, beaucoup de dons. Elle ne fera pas de mal à Jack, bien sûr que non, mais les gens sur Internet sont très crédules. Le cœur sur la main, ils sont facilement disposés à aider autrui. Gabby n'a jamais voulu aider personne d'autre qu'elle-même.

« *Tu es égoïste et méchante* », entend-elle cracher sa mère, mais c'est sa mère qui était méchante. C'est à cause de sa mère si Gabby s'est sentie rabaissée. C'est tellement triste qu'elle ait reçu plus d'amour de la part d'inconnus sur Internet qu'elle n'en a jamais obtenu de sa propre mère. Elle sera une mère bien différente pour Jack. Avec elle, il se sentira digne et choyé, et même si elle déforme un peu la réalité dans ses posts Facebook à propos de sa maladie, il se sentira quand même aimé chaque jour.

— Je vous dépose au terminal Virgin ? demande le chauffeur de taxi.

Gabby a déjà réservé leurs billets. Elle est contente d'avoir emporté une valise et le sac à dos du petit garçon, car voyager sans bagages avec un enfant en bas âge aurait paru suspect.

— Oui, merci, répond-elle au chauffeur qui les dépose devant l'entrée du terminal en question.

Jack et elle descendent du taxi, puis elle attend patiemment que le chauffeur sorte la valise de son coffre. Elle le paie en liquide, en veillant à ne lui laisser qu'un petit pourboire. Les chauffeurs de taxi se souviennent de ceux qui laissent de généreux pourboires, et elle ne veut pas que cet homme se souvienne d'elle. Elle a utilisé un faux nom lors de la réservation, un nom pour lequel elle a un permis de conduire. Janet Jones prend l'avion avec son fils Jack – parce qu'elle ne doit surtout pas changer le prénom de l'enfant. Janet et Jack Jones : on ne peut pas faire plus ordinaire. Elle porte son grand manteau avec le col relevé pour se persuader qu'elle a fait le maximum pour ne pas être repérée.

— Viens, petit monsieur, dit-elle en tendant la main à Jack. Commençons notre aventure.

— Youpi ! s'écrie Jack qui, sac sur le dos, serre bien fort la pochette contenant ses dinosaures.

Il est si facile, si gentil, si différent d'un adolescent lunatique de seize ans, que Gabby se sent submergée d'une vague de pur bonheur. Que Flynn reste donc avec son père ! Gabby repart de zéro et, cette fois-ci, elle va faire les choses correctement.

À l'aéroport, une fois l'enregistrement terminé et leurs cartes d'embarquement en main, elle offre à Jack un hamburger et des frites, en s'assurant qu'il mange suffisamment pour ne pas être affamé trop vite. Elle lui achète également une barre chocolatée, mais le prévient qu'il n'aura le droit de la manger que dans l'avion, car elle ne veut pas qu'il soit surexcité par le sucre avant d'être à bord. Alors qu'elle se dirige vers la porte d'embarquement, son téléphone vibre dans sa poche.

« Salut, je n'ai pas reçu de nouvelles de toi – tout va bien ? »

Le texto accélère les battements de son cœur, parce qu'elle ne lui a pas fait part de ses projets et qu'elle ne veut pas le faire tout de suite. Mais Richard déteste qu'elle ne le tienne pas au courant, comme il aime à le répéter. Il ne lui faut qu'une minute pour taper un texto et l'envoyer. Une fois qu'il l'aura lu, il comprendra certainement que c'est une bonne décision pour eux deux. C'est un nouveau départ et une nouvelle vie. Il sera heureux pour elle, pour eux deux, elle en est sûre.

Elle n'attend pas longtemps le texto que lui envoie Richard en retour, mais ce n'est pas du tout la réaction qu'elle espérait, pas du tout.

« OH MON DIEU ! QU'EST-CE QUE TU AS FAIT ? »

Gabby fait claquer sa langue et efface le message. Elle n'a pas besoin qu'il la gronde. C'est elle, la mère, pas lui, et elle sait ce qu'elle fait.

À travers les vitres de l'aire de restauration de l'aéroport, elle constate que la nuit est déjà tombée, alors que la soirée vient à peine de commencer. Elle est sûre que la lumière sera différente dans le Queensland. L'air sera plus chaud, le ciel plus bleu et elle sera mère d'un jeune enfant.

Le haut-parleur annonce leur vol. Gabby s'accroche à leurs cartes d'embarquement, étourdie par l'excitation comme une écolière qui part pour la première fois en voyage. Sa vie entière est sur le point de changer de la manière la plus merveilleuse qui soit.

— Viens, Jack, on va monter dans l'avion, dit-elle en lui tendant la main. En route pour l'aventure !

Il se lève et glisse sa petite main dans la sienne.

— En route pour l'aventure ! s'écrie-t-il tout joyeux.

23

ANDREA

Incapable de rester assise, Andrea se lève et commence à faire les cent pas dans le salon, tandis que Terry se tient près du canapé, les mains enfoncées dans les poches.

— Je n'y crois pas, marmonne-t-elle encore et encore, incapable d'assimiler ce qui s'est passé.

Cela ne fait que quelques minutes qu'elle a appelé la police, pourtant elle a l'impression que des heures se sont écoulées. Andrea sent que son fils s'éloigne un peu plus d'elle à chaque seconde qui passe.

— S'il te plaît, ne leur parle pas de ce qui m'est arrivé aujourd'hui, supplie soudain Terry.

Andrea arrête de faire les cent pas et secoue la tête.

— Et si Gabby et Jack ont été enlevés par celui à qui tu dois de l'argent ? réplique-t-elle tout en essayant de contenir sa colère.

— Ce n'est pas le cas, insiste Terry en croisant les bras. Je dis ça comme ça, mais ils m'ont accordé deux jours de plus... avant de...

Il s'arrête de parler.

— Avant de *quoi* ? crie-t-elle en lui montrant le poing.

Avant de s'en prendre à ton enfant ? De tuer ta femme ? Avant qu'ils fassent quoi, Terry ? Comment tu as pu replonger comme ça ? Quel genre de type met sa famille en danger de cette façon ? Qui es-tu pour nous faire un truc pareil, à moi, à nous ?

Elle veut enrouler les mains autour du cou de son mari et serrer jusqu'à ce que la vie quitte ses yeux. La haine qu'elle ressent pour lui est sombre et cruelle et elle la sent qui prend possession de son corps.

— Ils ne feraient pas ça. Ils ne kidnapperaient pas un enfant. Ils me l'ont dit et je pense que je peux...

— NE ME DIS PAS QUE TU PEUX LEUR FAIRE CONFIANCE ! rugit-elle.

Terry recule contre le mur, comme projeté par la force de sa fureur.

L'heure n'est plus à la conversation : la police arrive dans leur allée, sans sirène, mais avec des gyrophares qui envoient des lumières bleues et rouges dans la cour sombre et à travers la fenêtre. Après avoir adressé une dernière furieuse grimace à Terry, Andrea ouvre la porte d'entrée.

Une femme et deux policiers en uniforme sortent de leur véhicule et se dirigent vers elle.

— Lieutenant Abigail Eddison, déclare la femme en tendant la main à Andrea.

Terry recule dans le salon. L'inspectrice est une grande femme mince aux yeux bleus profonds, au nez droit et aux cheveux gris qu'elle porte attachés en un chignon austère.

— Pourquoi ne pas me dire ce qui s'est passé ? dit-elle à Andrea après avoir jeté un rapide coup d'œil à Terry.

Ils sont maintenant tous à l'intérieur de la maison.

— Je pensais... commence Andrea.

Puis elle explique ses fausses contractions et sa course jusqu'à l'hôpital tandis que l'inspectrice acquiesce et prend des notes sur un petit calepin.

— Et où étiez-vous, monsieur ? demande l'inspectrice une fois qu'Andrea a cessé de parler.

— Pas là, lâche Andrea avec amertume. Il ne répondait pas au téléphone.

Le regard de l'inspectrice se porte à nouveau sur Terry, puis elle note autre chose.

— Bien, dit-elle. Si vous pouviez tous les deux rester ici pendant que nous jetons un rapide coup d'œil de l'autre côté de la route. Liv, tu peux passer cette maison en revue pendant ce temps, s'il te plaît ? ordonne-t-elle à la policière qui l'accompagne.

— Il n'est pas ici, intervient Terry.

— Ce n'est que la procédure, réplique la dénommée Liv. Si vous pouviez vous asseoir, je n'en ai pas pour longtemps.

Elle sourit, mais cette mimique – rien de plus qu'un mouvement rapide de la bouche – ne contient pas un soupçon de sincérité. Parce qu'il n'y a pas de quoi sourire.

Alors que la police fouille leur maison et celle de Gabby, Andrea garde les yeux rivés sur l'horloge de son téléphone portable. *Une minute, deux minutes, trois minutes, quelle distance peuvent-ils parcourir en trois minutes ?*

Finalement, l'inspectrice et les policiers sont de retour dans leur salon et Andrea prend une grande inspiration lorsque l'inspectrice commence à l'interroger.

— Depuis combien de temps connaissez-vous votre voisine ? demande-t-elle.

— Seulement quelques semaines, répond Andrea.

Une culpabilité maladive et rampante éteint les flammes de sa fureur envers Terry. Comment a-t-elle pu laisser Jack avec Gabby ?

— Ce n'est pas quelqu'un de mauvais. Je pense… je me demande si elle n'a pas été kidnappée avec Jack.

— Kidnappée par qui ? s'enquiert l'inspectrice.

Andrea se tourne vers Terry.

— Pourquoi tu ne répondrais pas, Terry ? Tu pourrais peut-être montrer à l'inspectrice tes autres bleus, parce que je suis sûre que tu en as.

L'inspectrice a très certainement déjà noté ses yeux au beurre noir. Elle a donc probablement deviné qu'il y avait anguille sous roche.

Le visage de Terry vire au verdâtre. Il serre les poings et prend une longue inspiration, puis Andrea l'écoute tout confesser, sans rien dissimuler, espère-t-elle. Le visage de l'inspectrice demeure impassible, elle hoche de temps en temps la tête tout en continuant à prendre des notes.

Andrea voudrait éprouver de la compassion pour Terry alors qu'il bafouille pendant ses explications, mais tout ce qui compte pour elle, c'est qu'il dise la vérité.

Hormis un léger haussement de sourcils, l'inspectrice ne réagit pas au récit de Terry concernant ses paris sportifs sur des matchs de foot, et Andrea est un peu réconfortée par le calme de cette femme. Elle connaît visiblement ce genre de situation, et cela signifie qu'elle sait comment procéder, comment retrouver le fils d'Andrea. Tout ce qui compte maintenant, c'est de localiser Jack et de le ramener sain et sauf chez lui.

— Mais je l'ai dit à ma femme, raconte Terry. Je lui ai dit que ces gens-là ne sont pas du genre à kidnapper des enfants. J'ai été avec eux toute la journée... Ils m'ont intercepté avant que j'arrive au travail et m'ont obligé à appeler Baz. Ils m'ont gardé... (Il soupire.) Ils... ils m'ont fait savoir que j'avais deux jours pour les rembourser et je leur ai dit que j'allais emprunter la somme à mon beau-père. Il a l'argent et j'ai promis de l'obtenir.

Andrea imagine Terry assis dans un bâtiment abandonné, roué de coups par ses ravisseurs avant qu'il promette de se procurer l'argent. Elle aimerait compatir pour ce qu'il a vécu aujourd'hui, mais elle ne parvient pas à trouver en elle une once d'empathie à l'égard de son imprudent mari.

— Et s'ils ne t'ont pas cru ? demande-t-elle, écœurée.

Elle est assise dans le fauteuil à bascule qu'elle a laissé au salon en attendant qu'ils aient fini de construire le lit à barreaux dans la future chambre de Gemma. Elle adore ce fauteuil, fait de bois couleur miel avec un coussin rembourré bleu et jaune que sa mère a confectionné pour elle et lui a envoyé. C'est sur ce fauteuil qu'elle a nourri Jack, en regardant la nuit devenir l'aube lorsqu'il était bébé, et elle s'y est imaginée de nombreuses heures, somnolente, mais heureuse, avec Gemma. Même assise, elle sent des débuts de contractions traverser son corps, supportables cela dit, et puis elle ne peut pas donner naissance à ce bébé tant que son fils n'est pas rentré à la maison. Ce n'est pas envisageable. D'ailleurs, il s'agit probablement d'autres fausses contractions, le moyen qu'a trouvé son corps pour la prévenir de se préparer. D'une certaine façon, elle accueille volontiers la douleur qui la traverse, car elle a besoin de ressentir autre chose que de la peur, de la culpabilité et même de la honte maintenant que l'inspectrice interroge Terry. Cette femme se demande peut-être comment Andrea a pu épouser quelqu'un comme lui, ou du moins rester mariée avec lui. Elle passe ses mains sur son ventre. Les paroles d'une berceuse lui trottent dans la tête : elle cherche à se calmer et à calmer son enfant à naître en ravivant le souvenir de Terry, à côté d'elle, pendant qu'elle était en train d'accoucher de Jack. Il lui avait tenu la main pendant que les contractions s'intensifiaient, lui avait caressé les cheveux, sans cesser de lui murmurer : « Je t'aime... Tu peux le faire... Tu es stupéfiante... Tu es incroyable. » Elle s'était accrochée à ces mots, puisant sa force dans la confiance qu'il lui témoignait quand le moment était venu de pousser.

Terry la regarde. Dans ses yeux bleus, elle voit une douleur d'une profondeur à laquelle elle aimerait pouvoir répondre. Elle regrette de ne rien ressentir pour lui en dehors de cette colère féroce et haineuse, mais son fils a disparu, son petit garçon, et elle ne sait pas comment elle pourra vivre sans lui.

— Et vous ne pensez pas que Gabby, votre voisine, puisse avoir enlevé votre fils comme le suggère votre mari ? lui demande maintenant l'inspectrice.

Andrea secoue la tête.

— Vous avez vu la maison, dit-elle. Pourquoi Gabby aurait-elle fait une chose pareille à sa... Bon, ce n'est pas sa maison, mais c'est là qu'elle vit, alors pourquoi y aurait-elle mis un tel désordre ?

L'inspectrice acquiesce.

— Oui... c'est un point sur lequel nous devons réfléchir. J'ai lancé une alerte Enlèvement pour Jack, donc tout le pays est maintenant à sa recherche.

Andrea hoche la tête. Les larmes roulent et tombent sur sa poitrine. Elle n'arrive pas à croire qu'elle est en train de vivre ce cauchemar surréaliste.

On frappe à la porte et l'un des policiers déclare :

— C'est probablement la police scientifique. Je vais les conduire de l'autre côté de la rue, pour qu'ils commencent.

Et il se dirige vers la porte. Mais ce n'est pas un autre policier qui se tient sur le seuil. Non, c'est un homme aux cheveux gris-brun et aux yeux noisette, grand et bien bâti. Il est vêtu d'un costume gris foncé coûteux et d'une chemise gris clair. Sa cravate jaune apporte une touche de couleur à cette lugubre soirée. On dirait un avocat ou un banquier, du moins quelqu'un qui travaille en ville.

— Excusez-moi, dit-il. Je cherche Andrea Gately.

— Oui, dit l'inspectrice en se levant de la chaise de cuisine sur laquelle elle était assise. Et vous êtes ?

— Je m'appelle Richard Burrell, dit l'homme.

— Que puis-je faire pour vous, monsieur Burrell ? demande l'inspectrice.

Andrea sent son corps se crisper. Pendant quelques secondes, elle ne comprend pas pourquoi, puis elle se souvient de la seule photo que Gabby lui a montrée, celle d'un homme, sur son téléphone. « C'est mon mari », avait-elle dit avant de faire défiler rapidement l'image pour arriver à un autre cliché de son fils. Andrea n'a vu la photo que brièvement, mais elle le reconnaît maintenant. Elle se lève lentement et se dirige vers lui.

— Richard, vous êtes Richard, dit-elle.

— Oui, acquiesce-t-il, et vous êtes...

— Vous êtes l'ex-mari de Gabby, l'interrompt-elle. Mais je croyais que vous viviez aux États-Unis ?

— Pas du tout, répond l'homme en se passant les mains dans les cheveux, ce qui dérange le bel ordonnancement de sa coiffure. Enfin, non, je ne vis pas aux États-Unis, mais je ne suis pas non plus son ex-mari.

Il a un fort accent américain et l'air fatigué.

Les mots demeurent en suspens. Andrea les entend, mais elle n'est pas sûre de les avoir entendus correctement. Comment est-ce possible ? Elle se couvre les deux oreilles de ses mains et appuie dessus un moment, certaine que le problème vient de son ouïe.

— Quoi ? dit-elle enfin.

— Je ne suis pas son ex-mari, répète lentement Richard, comme s'il pensait qu'elle avait du mal à le comprendre.

Elle a bel et bien l'impression que c'est le cas, parce que comment est-ce possible, sinon ?

— Mais elle m'a dit que vous étiez divorcés. Que Flynn s'était enfui pour essayer de vous retrouver...

Le timbre de sa voix est strident et désespéré. Comment un autre mensonge est-il possible ?

— C'est... c'est compliqué, lâche l'homme.

Il se passe à nouveau les mains dans les cheveux. Son malaise est évident. Il secoue la tête, puis rajuste sa cravate pourtant déjà droite.

— Je peux entrer pour vous expliquer ? Il y a tellement de choses à raconter...

— Ouais, mec, entre, entre donc, assieds-toi, lance Terry en désignant le canapé.

Avec son front plissé par la confusion, il ressemble tellement à son fils que ce détail brise une fois de plus le cœur d'Andrea.

L'homme entre et l'un des policiers referme la porte derrière lui. Il s'assied sur le canapé, les mains sur les genoux, le rouge aux joues. Andrea s'efforce de respirer lentement tandis que l'effroi s'empare de son corps. Elle se lève, mais une nouvelle douleur fuse à travers son corps. Elle serre les poings pour s'empêcher de gémir, puis elle va se placer derrière le rocking-chair dont elle agrippe fermement le dossier. Elle se concentre, le temps que la vague de douleur reflue.

— Peut-être voudriez-vous nous expliquer ce qui est si compliqué, monsieur Burrell, dit l'inspectrice d'une voix grave teintée de scepticisme.

— Je suis son frère, déclare l'homme, légèrement essoufflé. Je suis son frère, et Flynn n'existe pas. Non, il n'existe pas.

24

GABBY

Elle se sent mieux une fois qu'ils sont bien installés dans l'avion et que Jack a été choyé par l'hôtesse de l'air. Elle lui a apporté un livre de coloriage rempli d'images d'animaux australiens et quelques crayons, tout en lui promettant une friandise une fois que l'avion aura décollé.

Gabby pense à la première fois qu'elle a vu Sydney depuis le hublot d'un avion. C'était il y a seulement huit mois. Elle avait admiré l'Opéra pendant que l'avion entamait ses manœuvres d'atterrissage et elle avait eu l'impression d'être enfin dans un endroit où elle pourrait rester toujours. Elle avait habité ici ou là, avant de trouver une maison où elle pourrait rester six mois. Puis elle avait emménagé et amené Flynn avec elle, l'adorable Flynn avec ses trophées de hockey et son large sourire. Elle aimait vraiment Flynn. Dès qu'elle avait vu son profil Instagram, elle avait su qu'il était parfait. En dépit de ses craintes d'avoir du mal à prendre l'accent australien, elle s'était rapidement adaptée et maintenant, elle ne voit plus comment elle pourrait parler autrement.

Elle a éteint son téléphone, car elle ne veut absolument pas entendre parler de qui que ce soit. Elle a juste besoin d'aller dans le Queensland ; là-bas, elle mettra au point un plan et appellera Richard. Une fois qu'ils auront discuté, il comprendra. En fait, elle peut vraiment tout lui expliquer. Avec Jack, elle sera en mesure d'avoir une page Facebook internationale. Peu importe qui ses posts atteindront, puisque Jack sera son fils. Elle n'aura pas non plus à faire attention en allant et venant autour de son lieu d'habitation. Elle a trouvé très stressant de devoir constamment s'assurer qu'il n'y avait personne dans la rue, chaque fois qu'elle partait et revenait avec une voiture vide, alors qu'elle était censée véhiculer Flynn. Elle n'a jamais vraiment voulu d'un bébé quand elle était plus jeune, car elle devait d'abord s'occuper d'elle-même et apprendre à vivre dans un monde qui, d'après sa mère, la rejetterait et ne l'aimerait jamais. En grandissant, toutefois, elle a senti qu'il lui manquait quelque chose. Richard veut qu'elle évite de se faire remarquer, qu'elle se comporte et agisse conformément à ses consignes, mais elle a envie de quelque chose de différent maintenant. Flynn a été une erreur et elle ne veut pas recommencer. Si Richard n'est pas d'accord, il est peut-être temps pour elle de voler de ses propres ailes, de diriger son propre spectacle. Elle l'aime profondément, mais quelque chose en elle a changé. Elle tend la main vers Jack et lui caresse la joue ; le petit lui sourit.

— Je vais colorier un kangourou, annonce-t-il.

— Bonne idée, mon chéri, répond-elle.

Il retourne à son dessin tandis qu'elle regarde par le hublot. Les haut-parleurs diffusent les consignes de sécurité et l'avion commence à prendre de la vitesse. Ils seront bientôt dans les airs, pour prendre un nouveau départ, et elle ne saurait être plus heureuse.

« *Tu as pris quelque chose qui ne t'appartient pas. Encore une fois, tu as recommencé* », entend-elle sa mère gronder. Elle rougit alors que lui revient le souvenir de la première fois où elle a été traînée par les cheveux jusque dans un magasin. Elle n'avait que huit ans et tout ce qu'elle voulait, c'était une petite barre chocolatée. Il avait été si facile de la prendre, en la glissant simplement dans sa manche. Elle en avait gloussé d'excitation en quittant le magasin. Mais sa mère l'avait surprise avant qu'elle puisse en croquer une seule bouchée. Elle l'avait forcée à rendre la friandise et avait déclaré à l'homme qui tenait le magasin qu'elle avait honte de son enfant. Sa mère s'imaginait qu'en la ramenant ainsi, elle la dissuaderait définitivement de voler quoi que ce soit, mais tout ce que Gabby avait retenu de l'expérience, c'était qu'elle devait mieux planifier, être plus prudente et dissimuler ses larcins à la femme qui l'élevait.

Gabby chasse ce souvenir en secouant la tête. Personne ne l'obligera à rendre ce cadeau du destin. Cet enfant est à elle pour toujours et elle sera le genre de mère dont elle a toujours rêvé, dont elle a toujours eu besoin, mais qu'elle n'a pas eu la chance d'avoir.

— Maman va aimer mon coloriage, dit Jack.

— Oui, murmure Gabby à l'instant où l'avion décolle et s'élève dans le ciel noir. Oui, je vais l'adorer.

25

ANDREA

Ses pensées ne sont que désordre et confusion. Elle n'arrive pas à croire les mots que Richard prononce. « *Flynn n'existe pas. Non, il n'existe pas.* » « *Je suis son frère.* » Tout ceci n'a aucun sens. Comment est-ce possible ? Elle a vu la chambre de Flynn, elle a vu des tas de photos de lui, et Gabby a posté tous les jours des messages à son sujet. Il est évident que ce garçon existe. C'est impossible, cette histoire... Richard est-il en train de mentir pour protéger Gabby ? Est-il fou... ou pire ?

— Pouvez-vous nous réexpliquer cela, s'il vous plaît ? insiste l'inspectrice.

— Oui, mais avant, je pense que vous devez savoir qu'elle vient d'utiliser sa carte de crédit pour acheter deux billets pour le Queensland. Destination : la Gold Coast. Elle a pris des billets sur un vol Virgin, mais je ne connais pas l'heure de départ exacte. J'imagine que c'est pour bientôt. S'il vous plaît, soyez gentil avec Gabby. Elle ne va vraiment pas bien et elle ne se rend pas compte de ce qu'elle fait.

Andrea le dévisage, incrédule. Il a l'air très triste, bouleversé pour Gabby.

— Je vais alerter l'aéroport, annonce l'un des policiers.

Il s'éloigne aussitôt pour passer cet appel urgent.

— Je ne comprends pas, marmonne Andrea.

Elle sent son ventre se contracter et en même temps ses genoux sont trop flageolants pour la soutenir.

Terry se porte immédiatement à ses côtés.

— Assieds-toi, dit-il en la ramenant vers le fauteuil à bascule. Assieds-toi.

Elle s'y laisse tomber, portant automatiquement les mains vers son enfant, l'enfant qui est là et qui a besoin d'être protégée du stress pour pouvoir naître en toute sécurité.

— Elle poste tous les jours des messages à son sujet, dit Andrea à Richard qui l'observe, le visage pâle d'inquiétude. Je l'ai…

Elle s'apprête à dire qu'elle a rencontré l'adolescent, mais elle se rend compte que ce n'est pas le cas. Elle n'a jamais vu ce garçon. Il est toujours à l'école, avec ses amis ou à l'entraînement de hockey. Il est toujours ailleurs, pourtant elle a l'impression de l'avoir rencontré parce que Gabby parle en permanence de lui, parce que Gabby a avoué les problèmes qu'elle rencontrait avec son fils, parce qu'il y a des photos de lui partout dans la maison. *Il y avait des photos partout.* Gabby reçoit des textos de lui à tout bout de champ. Andrea a l'impression de l'avoir croisé à un moment donné… mais ce n'est pas le cas.

— Oh, mon Dieu ! dit-elle en ravalant sa salive pour ne pas avoir à courir aux toilettes et vomir.

Son téléphone, posé à côté d'elle sur un petit guéridon, se met à sonner. Elle l'attrape aussitôt, mais ne reconnaît pas le numéro.

— Qu'est-ce que je dois faire ? demande-t-elle.

Avant que l'inspectrice puisse répondre, les sonneries se taisent. Andrea étouffe un sanglot. *Et si c'était Gabby qui voulait ramener Jack, ou quelqu'un qui les a vus ? Quel genre de personne ment en prétendant avoir un fils ?* Andrea ne peut interrompre le défilé des questions qui tournent en boucle dans son esprit. Les questions, la culpabilité et les reproches.

Elle regarde son mari, qui a le culot de lâcher :

— Je t'avais dit que ce n'était pas lié à moi.

Il prononce ces mots à voix basse, comme si même lui ne voulait pas s'entendre justifier ses actes.

— Si tu avais été là, murmure-t-elle, la voix étranglée par la colère. Si tu avais décroché ton téléphone...

Elle s'arrête de parler et il laisse tomber son regard sur leur moquette grise bon marché, si différente de la douce moquette vert pâle de leur ancienne maison. Quand il la regarde à nouveau, elle voit qu'il va s'excuser, mais elle ne supportera pas d'entendre un autre « désolé », alors elle secoue la tête.

Un double bip annonce l'arrivée d'un message et elle se saisit de son téléphone.

— Mettez le haut-parleur, lui ordonne l'inspectrice.

Andrea ouvre son téléphone et écoute le message.

« Bonjour, bonjour... Écoutez, je suppose que vous êtes l'Andrea Gately qui figure parmi les personnes à contacter sur le site Enfants disparus du Monde. Votre message disait de ne contacter la police que si on avait des informations, mais je vous ai trouvée sur Facebook – où vous donnez votre numéro de téléphone. J'ignore pourquoi vous avez indiqué votre numéro de téléphone sur votre page Facebook, mais ce n'est pas l'objet de cet appel. Je sais que vous vivez en Australie et comme je me trouve aux États-Unis, je ne sais pas trop quelle heure il est chez vous avec le décalage horaire, mais peu importe. Je vous appelle pour vous dire que j'ai donné votre numéro et vos coordonnées à la police d'ici et ils m'ont assuré qu'ils allaient tout de suite se pencher sur la question.

Pourquoi utilisez-vous une photo de mon fils sur un site Internet dédié aux enfants disparus, Andrea Gately ? Pourquoi utilisez-vous cette photo et où l'avez-vous trouvée ? »

La pièce est plongée dans un silence stupéfié. Richard secoue tristement la tête.

— Je... commence-t-il.

Puis, il semble faiblir et laisse tomber sa tête entre ses mains.

— Je suis tellement, tellement, tellement désolé, répète-t-il.

Les mots semblent de plus en plus désespérés à chaque répétition.

— Je peux te proposer un verre d'eau ? lui dit Terry.

Andrea regarde son mari, sur lequel elle a crié et hurlé. Jack n'a pas été emmené par les hommes à qui il doit de l'argent, mais il n'en reste pas moins vrai que si elle avait réussi à mettre la main sur lui, Jack serait ici en ce moment même, sain et sauf. Si Terry s'était soucié de tout ce qu'elle perdait à cause de ses jeux d'argent, de tout ce que Jack perdait et de tout ce que leur petite famille risquait de perdre, il aurait été au travail et il n'aurait même jamais envisagé de parier sur quoi que ce soit. Mais il n'en a rien fait parce qu'il ne se soucie que de lui-même. Quand Jack lui sera rendu – elle s'ordonne de penser « quand » et non pas « si », bien que chacune des cellules de son corps redoute qu'il ait été enlevé pour toujours par la folle à laquelle elle a été forcée de faire confiance –, elle ne sait vraiment pas s'ils resteront mariés et élèveront leurs enfants ensemble.

— Oui, merci, répond Richard.

Terry se tourne pour la regarder. Elle baisse les yeux, refusant de croiser son regard, de tout simplement le voir.

— Ce n'est pas quelqu'un de mauvais, non explique Richard. C'est juste que... Elle a souffert toute sa vie d'hallucinations et elle a vraiment cru que Flynn existait. Elle a vu une photo de lui sur un compte Instagram et on aurait dit qu'elle était tombée amoureuse de lui. Il ne s'agissait pas d'une attirance charnelle, mais d'un amour maternel, très profond. J'ai eu beau faire, je n'ai pas réussi à la faire renoncer à lui.

— Pourtant elle l'a abandonné, comprend Andrea. Elle l'a

abandonné, parce qu'elle a trouvé un autre fils pour le remplacer.

Tout son être est engourdi, surchargé d'émotions. Qu'a-t-elle fait ? Qu'a-t-elle laissé faire ? Aucun inconnu conduisant une camionnette blanche n'a eu besoin d'arracher son enfant à la rue. C'est elle-même qui l'a placé entre de mauvaises mains et puis qui est partie.

— Elle a trouvé un autre fils, murmure-t-elle, horrifiée.

— C'est bien ce que je redoute, confirme Richard.

Terry lui tend le verre d'eau que l'homme vide comme un mort de soif.

Une fois qu'ils sont au-dessus des nuages, elle sent sa respiration s'apaiser.

— C'est amusant, non ? demande-t-elle à Jack.

Sa petite main tient un grand crayon bleu, car il a entrepris de colorier un coin de ciel.

— Hmm, répond-il. Où est-ce qu'elle va avoir le bébé, maman ? demande-t-il. Quand je suis allé avec elle à l'hôpital pour voir le docteur, il a dit que j'étais très grand maintenant. Mais on n'a pas pris l'avion. Maman m'a dit qu'elle allait avoir le bébé à l'hôpital.

Une femme assise de l'autre côté de Jack lève les yeux du livre qu'elle est en train de lire et son regard passe de Jack à Gabby, avant de revenir sur Gabby. Elle se déplace un peu sur son siège, puis sort son téléphone et Gabby la voit envoyer un texto.

— Il est bien, votre livre ? lui demande Gabby.

— Oh, très bien, répond la femme avec un sourire gêné.

Elle est âgée, probablement déjà grand-mère, comme le suggèrent son doux carré de cheveux gris et son visage strié de rides et de ridules. Gabby ne s'est jamais imaginée grand-mère, mais peut-être qu'elle peut commencer à l'envisager désormais. Elle serait une merveilleuse grand-mère, toujours en train de cuisiner avec ses petits-enfants, toujours disposée à les garder.

— Il parle de quoi ? demande-t-elle.

Il faut qu'elle fasse parler cette femme, qu'elle entretienne son intérêt pour l'empêcher de s'interroger sur ce que Gabby fait dans un avion avec Jack.

— C'est euh... Ça parle des manières d'intervenir quand on est témoin de quelque chose qui nous semble anormal, répond la femme.

Elle plonge des yeux d'un vert délavé dans le regard de Gabby.

— Hmm. J'ai toujours trouvé que mettre mon nez dans les affaires des autres m'attirait beaucoup d'ennuis.

La voix de Gabby est douce, mais contient une menace voilée. La femme peut ou non saisir l'avertissement, mais Gabby n'est pas d'humeur à voir ses plans contrecarrés alors qu'elle est à deux doigts d'obtenir ce qu'elle veut.

La femme renifle.

— Ce que tu as de la chance d'être dans un avion avec ta grand-mère, jeune homme, dit-elle à Jack.

— C'est pas ma... commence Jack.

— Tu as oublié ta barre chocolatée, le coupe Gabby, un peu trop fort, en sortant la friandise de son sac.

Elle la tend au petit garçon, qui s'en saisit avec empressement et, très enthousiaste, commence à déchirer l'emballage avec ses dents.

— Doucement, doucement, mon chéri, dit Gabby, en tâchant de se montrer patiente.

Il se met du chocolat partout.

— Tiens, mon grand, dit la femme. Une grand-mère n'est jamais trop préparée.

Elle sort un paquet de lingettes de son sac et en tend une à Gabby, qui rougit et acquiesce.

— Merci, dit-elle.

— Où avez-vous dit que sa mère se trouvait ? demande la femme en se penchant légèrement.

— Je ne l'ai pas dit, réplique sèchement Gabby qui se concentre sur le nettoyage des mains de Jack.

— Ma maman va avoir ma petite sœur et moi, je pars en vacances avec...

— Avec Gammy, le coupe-t-elle trop fort. Avec Gammy pour quelques jours. C'est comme ça qu'il m'appelle, explique-t-elle à la femme.

Si seulement cette conversation pouvait se terminer ! Elle est bien trop jeune pour être la « Granny », la grand-mère de Jack, mais il a déjà parlé de sa mère. Et elle espère que Gabby et Gammy ont une sonorité assez proche pour les oreilles de la femme.

— J'ai une mamie qui habite dans le Queensland et l'autre à Perth, déclare Jack avec assurance.

Gabby serre les poings pour ne pas se déchaîner sur lui.

— Oh vraiment ? s'exclame la femme, dont l'intérêt est piqué.

— Je crois que nous devrions faire un petit tour aux toilettes, déclare brusquement Gabby.

Elle se lève. Il lui faut quelques minutes pour sortir, car la femme, qui est assise sur le siège côté couloir, déplace ses affaires puis se lève avec lenteur. Jack et elle descendent enfin l'allée jusqu'aux toilettes. Après qu'il s'est soulagé et qu'elle l'a aidé à se laver les mains, elle lui dit :

— Jack, s'il te plaît, arrête de parler à cette dame. C'est une inconnue et certains inconnus ne sont pas gentils.

— Tu lui parles, toi, réplique Jack, logique et sûr de lui.

— C'est différent, rétorque-t-elle. Alors, arrête de lui parler ou c'est fini, les friandises pendant nos vacances.

De retour à leur rangée, le même manège recommence

jusqu'à ce que tout le monde ait repris sa place. La femme dit alors à Jack :

— Tu te sens mieux ?

Jack regarde Gabby, puis la femme, et mime le geste de fermer sa bouche à la fermeture Éclair. Puis, il baisse les yeux sur sa feuille et se remet à colorier.

— Il est un peu fatigué, tout comme moi, lâche Gabby avec raideur.

La femme, qui finit par saisir l'allusion, retourne à son livre.

Gabby regarde par le hublot le ciel sombre et sans nuages. C'est agréable d'être au-dessus de la pluie, de savoir que, même s'ils viennent d'une région au ciel gris, ils se dirigent vers un avenir de cieux bleus et de journées pleines de soleil.

Ils n'ont plus que quarante minutes de vol, et dès qu'ils seront sortis de l'aéroport, ils seront libres. Richard clôturera certainement son compte en banque s'il n'est pas satisfait de ce qu'elle a fait. Ce ne serait pas la première fois, mais il n'est pas au courant de la carte de crédit qu'elle a commandée et obtenue dans son dos. Elle aurait dû l'utiliser pour réserver les billets, mais elle s'est contentée d'attraper celle qui lui est tombée sous la main dans son sac, car il fallait qu'elle prenne le premier avion au départ de Sydney. Elle croise les bras et soupire, agacée contre elle-même. Maintenant, Richard et la police vont être en mesure de les pister. La police suit les transactions des cartes de crédit lorsqu'elle recherche quelqu'un. Coincée dans son siège, elle a envie de donner un coup de poing dans quelque chose pour évacuer la colère qui monte en elle face à sa propre stupidité. Pourquoi n'a-t-elle pas utilisé la carte de crédit dont Richard ignore l'existence ?

— Stupide, murmure-t-elle, ce qui lui vaut un regard de la part de la vieille dame.

Basculant la tête en arrière, elle ferme les yeux et respire profondément pour se calmer. Quand la police saura qu'elle est arrivée sur la Gold Coast, Jack et elle auront disparu dans le labyrinthe des hôtels de la plage. Et, dans quelques jours, elle aura trouvé un endroit où ils pourront séjourner quelque temps, peut-être à Brisbane. Elle louera une voiture pour s'y rendre. Personne ne les retrouvera. Jamais.

La carte qu'elle a demandée a un plafond assez élevé, si bien qu'elle pourra les installer, Jack et elle, et ensuite... Elle se tourne pour regarder à nouveau par le hublot, où tout est noir. Elle ne sait pas trop ce qui va se passer. Avec un peu de chance, Richard se ralliera à sa façon de voir les choses et les rejoindra dans le Queensland. Il peut exercer son travail à distance, donc s'installer n'importe où. Il lui sera d'une grande aide pour élever Jack. Un garçon a besoin d'une présence masculine dans sa vie. Mais il est possible qu'il ne se rallie pas à son projet. Il pourrait la forcer à rendre Jack. Cette pensée la fait légèrement frissonner. Mais non, c'est impossible. Il veut seulement qu'elle soit heureuse et sereine, donc il la laissera sûrement garder le garçon si c'est ce qu'elle veut.

« *Tu ne peux pas avoir tout ce que tu veux, Gabrielle* », entend-elle sa mère lui répéter. Peut-être que ce sera plus difficile qu'elle ne le prévoyait. C'est vrai qu'elle n'a pas vraiment réfléchi à tout, mais elle sait pourtant sans l'ombre d'un doute qu'elle veut garder Jack, l'élever, et c'est tout ce dont elle a besoin en ce moment. Elle ne rendra pas cet enfant.

— Mesdames et messieurs, nous sommes sur le point d'entamer notre descente vers l'aéroport de Gold Coast, annonce l'hôtesse de l'air.

Gabby attrape la main de Jack.

— On pourra aller à la plage demain, lui dit-elle.

— Waouh, j'ai trop hâte ! s'exclame-t-il.

— Et moi donc.

27

ANDREA

Richard avale un autre verre d'eau, ce qui donne à Andrea la curieuse impression qu'il cherche à gagner du temps. Elle voudrait avoir pitié de lui, mais son petit garçon est avec Gabby qui ne va pas bien ; avec Gabby qui a des hallucinations ; avec Gabby qu'on a laissé se balader en liberté dans un monde où elle peut faire du mal aux autres.

— Je ne comprends pas, dit-elle. Comment pouvez-vous la laisser faire de telles choses ? Comment pouvez-vous la laisser prétendre être la mère d'un enfant qui appartient à quelqu'un d'autre ? Elle devrait se trouver dans un endroit où elle peut obtenir de l'aide, où elle ne représente pas un danger pour les gens qui l'entourent.

Elle se sent à nouveau en colère et plus elle s'énerve, plus ses contractions lui font mal. Il faudrait qu'elle parte pour l'hôpital sans attendre, mais elle ne peut aller nulle part tant qu'elle n'a pas récupéré son fils. Elle maudit la maison où elle se trouve, la banlieue dans laquelle ils ont dû déménager et le mari qui lui a fait perdre tout ce qui compte dans sa vie. Tous les malheurs qui lui sont arrivés trouvent leur origine le jour où il a parié et gagné sur un match de football, pour ne plus jamais s'arrêter.

Tout est sa faute. Elle le regarde et se demande s'il serait vraiment difficile d'élever deux enfants sans lui. Ses parents l'aideraient, mais ce serait quand même elle qui ferait tout et il faudrait qu'elle trouve un travail. Un épuisement intense la submerge, alors même qu'une nouvelle contraction lui déchire le ventre. Il faut juste qu'elle retrouve son fils, et ensuite, une fois qu'elle aura accouché et recouvré ses esprits, elle prendra une décision.

Richard secoue la tête.

— Elle a été comme ça toute sa vie. Ma mère, notre mère était… Ce n'était pas une très bonne mère et je pense que certains enfants naissent plus sensibles que d'autres. Gabby est née en ayant besoin de gentillesse, mais elle n'en a jamais reçu de notre mère. Nous n'avons jamais connu notre père et tous les deux, nous avons été élevés en ayant honte d'exister. Il est parti peu après la naissance de Gabby, et ma mère semblait lui en vouloir à elle plus qu'à moi. Elle était persuadée qu'il avait décampé parce qu'il ne voulait pas de fille. Pour ma part, je pense qu'il ne voulait tout simplement pas être marié ni avoir des enfants. En tout cas, il ne fait aucun doute que ma mère s'en est prise à Gabby, à la fois émotionnellement et physiquement.

Il secoue la tête en parlant de sa mère, et Andrea devine que les souvenirs doivent se bousculer dans son esprit, c'est une certitude.

— Gabby sait ce que c'est que d'être blessée par un adulte et je suis certain qu'elle ne fera pas de mal à votre petit garçon, s'empresse-t-il de souligner pour Andrea. Vous devez en être persuadée : elle ne lui fera aucun mal.

— Comment le savez-vous ? Comment pouvez-vous en être aussi sûr ? demande Andrea, incapable de retenir ses larmes.

— Eh bien, dit-il en se penchant en avant et en fouillant dans sa poche arrière, je ne suis pas seulement son frère. Je suis aussi un psychiatre diplômé. J'ai obtenu mon diplôme aux États-Unis, mais j'ai décidé de venir ici après mon divorce. J'ai emmené Gabby avec moi, parce que je savais qu'elle ne pourrait pas se débrouiller sans moi.

Il sort son portefeuille et en tire deux cartes de visite, une pour l'inspectrice et l'autre pour Andrea. Sa main tremble légèrement.

Elle tient l'épaisse carte de couleur crème dans sa main, et elle y lit les lettres noires imprimées en relief : « RICHARD BURRELL, DOCTEUR EN MÉDECINE (AVEC MENTION), ROYAL AUSTRALIAN AND NEW ZEALAND COLLEGE OF PSYCHIATRISTS, CERTIFICAT DE FORMATION AVANCÉE EN PSYCHOTHÉRAPIES ». Elle passe ses doigts sur les nombreuses lettres, espérant qu'elles signifient que Richard ne se trompe pas dans son diagnostic, que Gabby ne fera pas de mal à son fils.

— Pourquoi l'a-t-elle emmené ? demande-t-elle, essayant toujours de comprendre.

Peut-être que si elle comprend, elle pourra se persuader que cette femme ne fera pas de mal à son fils, et qu'au moins, tant qu'il sera avec elle, il ne risque rien.

Richard croise les doigts.

— Eh bien, je pense que son vœu le plus cher, c'est être mère, mais elle n'a jamais trouvé quelqu'un avec qui réaliser ce rêve. Comme elle a du mal à faire face à son existence au quotidien, elle s'invente une vie de famille. Elle déménage souvent, mais elle reste toujours en contact avec moi, pour que je sois au courant de ce qu'elle fait. Je savais qu'elle avait loué la maison en face de chez vous et je savais aussi qu'elle postait des photos d'un garçon qu'elle appelait Flynn. Au début, j'ai tenté de l'en dissuader, j'ai essayé de la mettre sur la bonne voie pour qu'elle comprenne qu'elle se fourvoyait. Mais poster des images de Flynn la rendait très heureuse, ça lui permettait de rester calme et d'entrer en relation avec les gens sans...

Il s'arrête parce qu'il ne peut pas dire qu'elle n'a blessé personne. Or, Andrea devine que c'était la teneur de ses prochaines paroles.

— Je l'ai laissée continuer dans cette voie alors que je n'aurais pas dû. J'ai du mal à la convaincre que j'agis pour son bien, alors que tant de ses interlocuteurs sur Facebook croient à son fantasme. Il devient complètement réel pour elle, vous devez le comprendre. Si elle poste qu'il s'est passé quelque chose avec Flynn, c'est parce qu'elle l'a ressenti ainsi, elle l'a vu dans son esprit. Quand elle était plus jeune, c'était sa façon d'échapper à notre mère et de survivre aux traitements qu'elle nous infligeait. Elle est plus heureuse dans ses fantasmes, et même si j'ai essayé de la convaincre que le dernier en date devait cesser, comme tous ceux qui l'ont précédé d'ailleurs, en vérité, elle ne faisait de mal à personne, et j'espérais qu'elle passerait à autre chose avec le temps. Elle n'a jamais, jamais, rien fait de tel.

— Depuis combien de temps se comporte-t-elle ainsi ? demande l'inspectrice.

Andrea voit bien que cette femme ne manifeste aucune bienveillance envers les problèmes de Gabby. Elle est restée debout à écouter Richard et commence maintenant à faire les cent pas dans le petit salon.

— Parce que vous vous rendez bien compte qu'il s'agit d'une imposture, n'est-ce pas ?

Richard se frotte la tête.

— Flynn n'est pas le premier « enfant » qu'elle prétend avoir, avoue-t-il en levant la main. Elle a eu une fille qu'elle a appelée Amelia et un fils baptisé Michael. Ils ont toujours des âges différents. Elle déménage dans un nouvel endroit et s'invente une vie autour de l'enfant choisi. Elle trouve leurs photos sur Instagram, puis elle rejoint des groupes de mères et ouvre une nouvelle page Facebook. C'est inoffensif, la plupart du temps. Cela a toujours été inoffensif, mais un problème finit fatalement par arriver, quelqu'un comprend qu'elle a menti, alors elle ferme tous ses comptes, déménage et recommence.

— Comment pouvez-vous la laisser faire ça ? demande Andrea d'une voix aiguë. C'est monstrueux !

Richard se lève et s'approche de l'endroit où elle est assise.

— Il y a tellement de gens qui mentent sur Facebook et Instagram, Andrea. Le monde des réseaux sociaux n'est qu'une façade. Rien n'est réel, et tant qu'elle poste des récits fictifs à propos d'un enfant imaginaire, elle va bien : elle est calme et heureuse, elle ne vole pas, ne s'attire pas d'ennuis. Elle n'a jamais rien fait de tel auparavant. Vous devez me croire, insiste-t-il en se tordant les mains. Je ne l'aurais jamais laissée continuer si j'avais su qu'elle avait prévu une folie pareille. Elle m'a parlé de vous et de votre petit garçon, mais je pensais qu'elle passait juste quelques heures en votre compagnie de temps en temps, sans quoi je serais intervenu immédiatement. D'habitude, ce qui se passe, c'est que quelqu'un sur un groupe Facebook pose une question à laquelle elle ne peut pas répondre ou lui adresse une critique. Dans ce cas, elle ferme tout et vient passer un peu de temps chez moi. Elle n'avait jamais parlé à ses voisins jusqu'à maintenant. La dernière fois qu'elle a plié bagages, je l'ai aidée à déménager et la femme qui vivait à côté de chez elle m'a dit : « Je ne savais pas que quelqu'un habitait là. » D'ordinaire, elle n'interagit jamais avec personne, elle le fait uniquement sur Facebook.

Sa voix est désespérée tant il veut être cru.

— Je ne crois pas que les psychiatres encouragent leurs patients à demeurer dans un monde imaginaire, intervient l'inspectrice, en écrivant dans son carnet pendant qu'elle parle.

— Oui, eh bien, mon diplôme signifie que c'est moi qui décide du traitement approprié pour mes patients, rétorque Richard, dont le visage reste neutre alors que sa voix se teinte d'une pointe de colère. Que je sois de leur famille ou non.

— Elle devrait être enfermée, déclare Terry.

Venu se placer derrière Andrea, il pose les mains sur ses épaules, mais elle s'empresse de le repousser d'une petite secousse rapide.

Qu'est-ce qu'il y a en elle qui a pu décider Gabby à lui

parler et à profiter d'elle ? La même chose qui a poussé Terry à jouer tout leur argent et à penser qu'il pourrait passer entre les mailles du filet ? A-t-elle une sorte de signe invisible pointé sur la tête qui incite les gens à la traiter comme une stupide femme désarmée ?

— Peut-être, admet Richard avec un soupir, mais si nous enfermions tous ceux qui prétendent être ce qu'ils ne sont pas sur les réseaux sociaux, les prisons seraient pleines à craquer. Dès qu'elle m'a envoyé un texto pour m'annoncer qu'elle se rendait dans le Queensland, sur la Gold Coast, avec votre fils, et qu'elle m'a adressé une photo d'elle en compagnie de votre petit garçon, j'ai su que c'était réel et que je devais venir ici pour vous parler afin de savoir ce qu'il en était vraiment. J'ai continué à espérer qu'il s'agissait juste de projets. Malheureusement en voyant les voitures de police, j'ai compris que c'était arrivé. Je suis vraiment désolé, conclut-il en laissant tomber sa tête dans ses mains.

— Montrez-moi la photo ! crie Andrea.

— Est-ce que je pourrais juste... ? commence l'inspectrice.

Mais Andrea s'avance et tend la main. Richard déverrouille son téléphone et montre à Andrea une photo de Gabby et Jack. Celui-ci tient son sac à dos Hot Wheels et affiche un large sourire. Le cœur d'Andrea s'emballe et ses mains deviennent moites lorsqu'elle observe la photo et reconnaît le canapé blanc de Gabby en arrière-plan.

— Laissez-moi voir, exige l'inspectrice à qui Richard tend le téléphone. La photo a été prise à 17 h 30 ce soir, il y a donc seulement quelques heures. Ça ressemble à la maison d'en face, mais sans aucune trace du désordre qui s'y trouve maintenant. Aurait-elle délibérément saccagé l'endroit ? demande-t-elle à Richard.

Richard ouvre grand les mains.

— Encore une fois, elle n'a jamais rien fait de tel auparavant, lâche-t-il.

Andrea aimerait bien le gifler pour qu'il arrête de répéter cette phrase stupide.

— Pourquoi a-t-elle fait ça, alors ? demande l'inspectrice.

— Je pense que quelque chose a changé. Elle s'est attachée à ce petit garçon et quelque chose a changé. Je ne sais pas trop pourquoi elle a tout saccagé. Peut-être qu'elle voulait vous faire croire que quelqu'un d'autre avait enlevé Jack ou les avait enlevés tous les deux.

Andrea jette un coup d'œil à Terry qui se tient derrière elle, puis se détourne.

— Et vous avez eu d'autres contacts avec elle ? demande l'inspectrice, qui tient toujours le téléphone de Richard.

— Oui, répond Richard en baissant la tête.

— L'écran est verrouillé. Pouvez-vous l'ouvrir pour moi et me montrer vos conversations avec elle ?

Richard regarde l'inspectrice, le visage dénué de toute expression.

— J'aimerais mieux ne pas le faire. Je ne suis pas seulement son frère, je suis aussi son médecin. Ce sont des informations confidentielles.

— Non, là, maintenant, ça n'a plus rien de confidentiel, rétorque l'inspectrice dont le regard s'est fait menaçant. Un petit garçon a été kidnappé et votre devoir est de nous aider autant que vous le pouvez. Je connais bien les règles concernant les psychiatres et leurs patients, docteur Burrell. Si quelqu'un est en danger, vous devez aider la police. Déverrouillez ce téléphone, ordonne-t-elle.

Elle se lève et s'approche de Richard, l'appareil tendu vers lui.

Richard se lève à son tour, prend le téléphone et tape le code de ses mains qui tremblent un peu.

— Tenez, dit-il d'une voix presque inaudible. Vous verrez que, quand elle m'annonce ce qu'elle a fait, je suis choqué et j'essaie de la faire revenir. Mais elle ne répond plus, maintenant.

L'inspectrice se saisit du téléphone et s'éloigne du psychiatre, la tête baissée sur l'écran de son téléphone.

— On ne remonte l'historique que sur quelques jours, dit-elle. J'aimerais voir les conversations de la semaine dernière.

Richard hausse les épaules.

— J'ai fait tomber mon téléphone et celui-ci est neuf. Je n'ai pas encore basculé toutes les données parce que j'ai besoin de quelqu'un pour m'aider à le faire.

Une alarme retentit dans le corps d'Andrea. *Est-ce la vérité ? Que peut bien cacher Richard ? Connaissait-il le plan de sa sœur depuis le début ? Aurait-il même pu l'encourager à emmener Jack ?*

— C'est la vérité, insiste Richard comme s'il avait lu dans ses pensées.

Après quoi il soutient son regard jusqu'à ce qu'elle détourne les yeux. Est-elle en train de devenir folle ? Elle en a bien l'impression.

L'inspectrice ouvre la bouche pour dire quelque chose, puis la referme en fixant Richard d'un regard dur.

— Très bien, lâche-t-elle, et elle lui rend l'appareil.

Elle reprend sa place sur la chaise de la cuisine, afin de relire tout ce qu'elle a écrit.

— Juste pour être bien claire, docteur Burrell, vous affirmez qu'elle ne s'est jamais attachée à un autre enfant auparavant ?

Il secoue la tête et glisse son téléphone dans la poche de sa veste

— Jamais, jamais, répond-il. Elle est triste et elle aspire à ce que les gens l'admirent, mais uniquement sur les réseaux sociaux. Elle utilise Airbnb pour louer un endroit dans une nouvelle banlieue, et elle vit ce fantasme pendant quelques semaines ou quelques mois, puis elle passe à autre chose.

— De toute évidence, la situation a radicalement changé, constate l'inspectrice.

— De toute évidence, oui, convient-il. Je suis vraiment désolé, répète-t-il.

Son regard conjure Andrea de comprendre, mais elle ne trouve rien à lui répliquer. Elle se remémore toutes les heures qu'elle a passées pour tenter de comprendre à quel moment précis elle aurait dû réaliser que tout ça n'était que mensonge.

— Elle m'a demandé de l'argent pour aller trouver Flynn aux États-Unis, dit-elle.

Richard pâlit.

— C'est inhabituel, ça aussi, dit-il. Je lui donne de l'argent pour vivre, suffisamment pour qu'elle n'ait pas à travailler. Je n'ai aucune idée de ce qui se serait passé si vous lui aviez donné l'argent qu'elle vous demandait.

— Oui, bon, de toute façon, on n'a pas d'argent, marmonne Andrea avec amertume, ouvrant les bras pour désigner leur salon miteux. Mon mari aime bien faire des paris.

Richard considère Terry, qui a l'élégance de baisser la tête.

— Je vais peut-être... lâche-t-il avant de quitter la pièce.

— Elle a aussi créé une page GoFundMe, ajoute Andrea en saisissant son téléphone. Laissez-moi vous montrer. J'ai même...

Elle hésite, humiliée par sa propre stupidité.

— J'ai même fait un don, achève-t-elle.

Puis, haussant les épaules, elle ouvre le téléphone pour le montrer à Richard.

— Oh, mon Dieu ! s'écrie-t-il après avoir observé la page. Il y a manifestement eu une escalade. Ne vous inquiétez pas, une fois que tout sera terminé et que votre petit garçon sera rentré chez vous, je m'occuperai de ça et je rendrai l'argent qu'elle a reçu. J'ai commis une énorme erreur en ne l'arrêtant pas plus tôt. Comment vous dire à quel point je suis désolé ? C'est ma faute. Tout est ma faute.

Son visage ainsi que le geste qu'il a pour essuyer ses yeux et empêcher ses larmes de couler font retomber d'un cran la colère d'Andrea. Les relations entre frères et sœurs peuvent être compliquées. Elle sait qu'elle peut compter sur le soutien inconditionnel de Brianna, sa sœur et elle feraient n'importe quoi pour s'entraider, et elles ont aussi des parents merveilleux qui les ont élevées avec bienveillance. Elle n'arrive pas à imaginer une enfance auprès d'une mère terrible et méchante qui l'aurait forcée à se raccrocher à un frère ou à une sœur pour obtenir du soutien. Les gens pardonnent leurs excentricités aux personnes qu'ils aiment, et peut-être Richard a-t-il vraiment estimé que Gabby ne faisait pas de mal. Elle se laisse un instant absorber par ce raisonnement, mais un instant seulement, avant que la peur, la panique et la colère ne reviennent au galop. Elle aimerait être le genre de personne capable de penser aux autres avant de songer à sa propre douleur. Malheureusement, son bébé a disparu, son petit garçon, et personne d'autre ne compte. Elle doit le faire revenir à la maison, dans ses bras. Elle devrait appeler sa mère et sa sœur, mais comment leur expliquer qu'elle a dû laisser son enfant à une inconnue alors que ses parents auraient sauté dans le premier avion pour Sydney si elle le leur avait demandé. Ils ont déjà pris des billets pour être ici la semaine qui suivra sa date théorique d'accouchement. Ils projettent de rester l'aider pendant au moins un mois, mais ils seraient venus plus tôt si elle avait demandé. Elle sait tout cela, et son fils serait là maintenant, en train de jouer avec sa grand-mère et son grand-père pendant qu'elle laisserait son corps mettre au monde un autre enfant. Elle a songé à leur envoyer un texto depuis l'hôpital pour les presser de venir plus tôt, mais il y a eu tous ces examens et toutes ces discussions avec les médecins...

— Je vais juste aux toilettes puis j'appellerai mes parents, annonce-t-elle en se levant de la chaise.

Le téléphone de l'inspectrice sonne, et Andrea s'immobilise. La policière se hâte de répondre.

— Oui, dit-elle en hochant la tête. Oui, oui. D'accord, tenez-moi au courant. (Elle se lève et baisse à nouveau les yeux sur son téléphone.) Un vol Virgin va bientôt atterrir sur la Gold Coast. Nous avons des gens postés là-bas en ce moment, annonce-t-elle.

— Et si elle n'est pas sur ce vol ? demande Andrea.

— Dans ce cas, on attendra le prochain, répond l'inspectrice.

Andrea sent une forte contraction se propager dans son ventre. Elle serre les poings afin de n'alerter personne. Elle ne peut pas accoucher de ce bébé maintenant. Elle ne peut pas accoucher tant qu'elle ne sait pas Jack en sécurité. Elle se dirige rapidement vers les toilettes : il faut qu'elle soit de retour aux côtés de l'inspectrice si on lui annonce qu'on a retrouvé son fils. Son cœur s'emballe et sa tête la lance pendant qu'elle s'oblige à respirer profondément, le temps de laisser passer une autre contraction alors qu'elle est dans la salle de bains. Elles sont trop rapprochées pour qu'elle puisse se contenter d'attendre. Elle devra bientôt aller à l'hôpital.

De retour dans le salon, elle se laisse tomber dans le rocking-chair, les mains sur le ventre.

Le téléphone de l'inspectrice sonne à nouveau, et Terry vient s'asseoir près d'Andrea. Il lui prend une main, qu'elle lui abandonne cette fois, et elle serre fort.

— Tu n'as pas idée... commence-t-il.

Mais elle secoue la tête. L'heure n'est pas aux excuses. Maintenant, il doit se contenter de la laisser broyer sa main pendant qu'elle s'efforce de respirer lentement en imaginant le visage de son petit garçon et en souhaitant de tout son cœur qu'il rentre à la maison.

28

GABBY

Jack lui tient la main au moment où ils touchent le sol, fasciné par le bruit du train d'atterrissage qui s'abaisse.

— J'adore quand ils font un bruit de « grrr », s'extasie-t-il.

Le téléphone de Gabby est en mode avion, mais elle prend des photos de lui à n'en plus finir tandis que, dans sa tête, elle commence à rédiger de futurs posts. Elle pourrait se contenter d'utiliser Instagram cette fois-ci, car il semble y avoir beaucoup de jeunes mères sur ce réseau. *Premier voyage en avion avec mon fils. Vacances avec mon fils. Mère et fils s'amusent,* teste-t-elle dans sa tête. Elle est une mère célibataire, qui élève seule son enfant après un vilain divorce. Elle fera savoir à ses amies que les choses ont été très difficiles. Tout le monde aime entendre parler des échecs d'autrui, elle les divertira, elles l'aimeront et elles écouteront ses conseils pour élever un enfant seule. Elle aura tant de nouvelles amies.

Elle n'a pas envie d'enlever le mode avion de son téléphone, mais elle s'y oblige, sachant que Richard aura essayé de la contacter à plusieurs reprises. Elle aurait pu lui cacher ce projet, mais elle aime Richard plus que quiconque et il faut qu'il adhère à son idée.

— Tu vas bien t'amuser avec ta « Gammy », n'est-ce pas, dit la femme à Jack.

Gabby grimace. Elle est trop jeune pour être sa grand-mère, ça saute aux yeux. Elle décrira une grossesse à trente-neuf ans, ce qui n'est pas vraiment rare de nos jours, une deuxième chance qui lui a été accordée de vivre une vie vraiment digne de ce nom. « *Menteuse, menteuse, tu brûleras en enfer pour tes tromperies* », entend-elle sa mère la menacer. Elle la chasse mentalement d'un coup de batte. C'est elle qui sera la mère maintenant, une vraie mère, et elle ne pensera plus jamais à cette vieille mégère.

Son téléphone émet des bips continus, à mesure que les messages de Richard se chargent.

« *Tu n'es pas folle ?* »

« *S'il te plaît, ne fais pas ça.* »

« *Appelle-moi. Appelle-moi tout de suite. Appelle-moi s'il te plaît.* »

« *Gabby, c'est une erreur. Qu'est-ce que tu fais ? Tu vas détruire ta vie. Tu vas détruire nos vies. Tu as enlevé un enfant. Je vais aller trouver la police. Appelle-moi tout de suite. Je me fiche de ce que tu essaies de faire. C'est une erreur et je vais aller le dire aux parents. Je suis en chemin.* »

Gabby pousse un cri à la lecture de son dernier message.

— Mauvaise nouvelle ? demande la femme assise à côté de Jack, visiblement intriguée.

— Non, répond-elle en secouant la tête.

Elle commence à se lever alors que l'hôtesse de l'air ouvre les portes. Elle a l'impression de ne pas pouvoir respirer correctement. S'il va trouver Andrea et la police, ils lui mettront la main dessus et ils sauront tout à son sujet, tout ce qu'elle cherche si durement à dissimuler. Elle doit se dépêcher, faire sortir Jack de l'aéroport et l'emmener bien loin. Richard leur dira où elle a l'intention de se rendre. Ils n'auront même pas besoin de pister les achats de sa carte de crédit. Elle aurait dû en utiliser une autre. Oui, elle aurait dû. Elle n'aurait jamais dû informer Richard de ce qu'elle faisait. La panique se déploie dans sa poitrine, comprimant les muscles autour de son cœur qui s'emballe.

— Il faut qu'on y aille, dit-elle en attrapant la main de Jack.

— Attendez juste une minute que je me lève, réplique la femme qui bloque sa fuite. Je suis ici pour voir mes petits-enfants. Je ne les ai pas vus depuis une année entière.

Elle se penche et commence à fouiller sous son siège. Gabby a envie de hurler de frustration.

— S'il vous plaît, il faut vraiment que je sorte, insiste-t-elle d'une voix rendue aiguë par le désespoir.

La tête aux cheveux gris de la femme se penche en avant : elle est en train de chercher quelque chose au sol.

— Je n'en ai que pour un instant, dit-elle. Je crois que j'ai fait tomber mon étui à lunettes.

Gabby se penche et fait passer Jack par-dessus la femme, pour le placer dans l'allée, sous le regard de nombreux autres passagers. Après quoi elle grimpe sur son siège et enjambe la silhouette courbée, bien contente d'avoir eu l'idée de porter un pantalon.

— Nous sommes en retard, explique-t-elle à une adolescente hilare qui a pour unique souci le petit sac qu'elle a dans le dos.

Gabby avance dans l'allée en tirant Jack et sans cesser de répéter : « Excusez-moi, nous sommes en retard », encore et encore. Les gens s'écartent, mais elle entend des soupirs et des grognements réprobateurs. « Quelle grossière bonne femme ! » entend-elle quelqu'un dire et un homme protester d'un « Eh !

Oh !» lorsqu'elle lui flanque un coup de coude dans les côtes pour qu'il s'écarte.

— J'ai fait tomber mon crayon jaune, gémit Jack.

— Je t'en achèterai un nouveau, rétorque-t-elle.

Les voilà enfin à la porte. La jolie hôtesse de l'air hoche la tête et sourit en les invitant à emprunter l'escalier qui les amène sur le Tarmac. L'air de la nuit conserve encore un peu de la chaleur diurne et une odeur persistante de crème solaire. Elle tire Jack vers le terminal, mais il est si lent qu'elle finit par le prendre dans ses bras pour gagner rapidement l'intérieur. Elle ne le pose qu'une fois dedans.

— Je veux ma maman, ronchonne-t-il, fâché d'être ainsi houspillé.

Gabby serre les dents. Il est hors de question qu'il fasse une crise, pas maintenant. Son téléphone émet des bips en continu : Richard n'a manifestement pas renoncé à la contacter et elle doit lutter contre l'envie de jeter l'appareil dans la première poubelle qui se présente. Il n'appréciera pas le geste et elle ne veut pas que sa colère contre elle redouble. D'ailleurs, ce serait un vrai cauchemar d'acheter un nouveau téléphone et de le configurer. Et puis, plus important encore, c'est Richard qui tient les cordons de la bourse. Sa carte de crédit ne va pas durer longtemps, elle en aura bientôt vidé le solde. Les enfants coûtent cher.

— Je t'emmène tout de suite la voir, dit-elle à Jack. On y va maintenant.

Heureusement, l'astuce fonctionne, et il avance plus vite, heureux d'être bientôt auprès de sa mère. Elle éprouve un léger pincement au cœur. Fait-elle ce qu'il faut en enlevant son enfant à Andrea ? Elle secoue la tête tandis qu'ils dépassent des voyageurs traînant lentement de grosses valises et s'arrêtant toutes les deux minutes pour réarranger les sacs qu'ils transportent. Andrea aura bientôt un nouvel enfant et Jack deviendra l'un de ces gamins qu'on voit sur les sites Internet, disparus, mais pas oubliés. Elle, elle aura un garçon adorable et une nouvelle vie, Richard sera heureux. Oui, il sera bien. Alors qu'elle se rapproche des portes, elle se rend compte qu'elle doit récupérer sa propre valise, mais décide de l'abandonner. Toutes ses affaires importantes se trouvent dans le sac qu'elle porte. Richard ne demandera pas mieux que de l'autoriser à s'acheter une nouvelle garde-robe.

Elle presse Jack pour qu'ils traversent l'aéroport au plus vite, non sans cesser de regarder à droite et à gauche. Ils ne doivent pas se faire prendre, ne pas se faire arrêter.

Enfin, elle aperçoit les portes vitrées qui les séparent encore de l'extérieur, où des taxis les attendent pour les emmener où ils voudront. Elle sourit et accélère le pas.

— Viens, Jack. Maman nous attend, lance-t-elle joyeusement, comme si la situation était très amusante et que son cœur ne s'emballait pas.

Comme si elle ne ruisselait pas de sueur.

Elle est presque libre, presque libre d'être la mère qu'elle a toujours voulu être. Ce sera magnifique. Elle brûle d'impatience.

— Je veux que vous continuiez à lui envoyer des textos, docteur Burrell, dit l'inspectrice.

Richard acquiesce, sort son téléphone et commence aussitôt à écrire à Gabby.

— Qu'est-ce qui va se passer si on ne la trouve pas ? demande Andrea, qui se déteste de laisser ses craintes polluer l'air.

— Ce n'est pas le moment d'y penser, objecte Terry, qui se lève du canapé avant que l'inspectrice ne puisse répondre. Quelqu'un aurait envie de thé, de café ou de quelque chose d'autre ? demande-t-il du ton de celui qui animerait une réunion amicale.

— Oui, n'y pensons pas, ironise-t-elle d'une voix pleine d'amertume. Tu es vraiment doué pour refouler les pensées gênantes, hein, Terry ? Comme tout ce qui se rattache à ta famille, parce que si tu pensais à nous ne serait-ce qu'une fois par jour, ne serait-ce qu'un instant, tu n'aurais jamais fait ce que tu as fait. Tu as privé cette famille de tout ce qu'elle possédait et maintenant, tu m'as peut-être fait perdre mon fils.

Elle se lève également, ivre d'une fureur de plus en plus incandescente à mesure qu'elle parle.

Une autre contraction lui traverse le corps et elle serre les poings, enfonçant ses ongles rongés dans ses paumes pour ne pas crier.

— Andrea, s'il te plaît...

Terry a levé les mains pour la calmer, pour interrompre sa tirade.

Mais on ne peut pas l'arrêter car l'adrénaline et la peur se mêlent à sa colère.

— C'est toi qui nous as fait ça, tu m'as éloignée de mes amies, ce qui m'a obligée à lui faire confiance, à elle, et maintenant on est...

La douleur qui lui enserre le ventre est si violente qu'elle l'empêche de continuer.

— Ooh, gémit-elle en se laissant retomber en arrière.

Ses genoux ploient et ses mains se portent là où elle sent les muscles se contracter. Impossible de continuer à faire comme si rien ne se passait.

— Eh, eh, Andy, ça va ? Qu'est-ce qui se passe ? demande Terry en venant s'agenouiller devant elle.

— C'est l'accouchement qui commence ? s'enquiert l'inspectrice, le téléphone déjà à l'oreille pour appeler une ambulance.

Sauf qu'Andrea ne peut aller nulle part tant qu'elle ne sait pas son fils en sécurité. Elle n'accouchera pas si Jack n'est pas là pour accueillir sa sœur.

Elle secoue la tête, hors d'haleine alors que les contractions relâchent leur emprise sur son corps.

— Ce sont des fausses contractions, proteste-t-elle.

Évidemment, elle ment et, à en juger par le regard que lui lance l'inspectrice, cette femme aussi l'a compris. L'inspectrice a-t-elle des enfants ? Probablement. Vu qu'elle est plus âgée qu'Andrea, ils sont peut-être grands maintenant, adultes et vivant leur vie parce que leur mère savait qu'il ne fallait pas les confier à une inconnue.

— J'appelle une ambulance quoi qu'il en soit, déclare l'inspectrice.

— Je n'irai nulle part tant que je ne saurai pas s'il est en sécurité, glapit Andrea. Vous n'avez pas le droit. Vous ne pouvez pas me forcer. Tout va bien, vraiment, il faut que je sache s'il est en sécurité !

— D'accord, d'accord, calmez-vous, s'il vous plaît. Je les fais juste venir par précaution. Je ne vais pas vous forcer à aller où que ce soit.

Andrea ravale un sanglot de soulagement, persuadée que si elle quitte cette maison, elle ne sera mère que d'un seul enfant. Elle doit rester ici. Il n'y a aucune logique dans son raisonnement, mais il n'y a plus de place dans son cœur pour la logique, maintenant.

L'accouchement de Jack a duré douze heures, mais elle sait que les deuxièmes bébés arrivent parfois plus vite. Elle devrait être à l'hôpital, où il y a des médecins et des infirmières au cas où quelque chose tournerait mal, mais elle ne peut pas se débarrasser du sentiment que, si elle quitte sa maison sans savoir son fils en sécurité, elle ne le reverra jamais.

— Je dois rester ici... Il faut que j'attende, murmure-t-elle.

Comme Terry lui touche alors le bras, elle le regarde en inclinant un peu la tête sur le côté. Il sait lui aussi qu'elle ment quand elle prétend que tout va bien, car son état est évident. Mais elle a besoin qu'il se taise pour l'instant.

— À la seconde où on sait qu'il va bien, on file à l'hôpital, déclare-t-il fermement.

Pendant un instant, elle revoit l'homme qu'elle a épousé, l'homme pragmatique et sûr de lui qui lui a promis : « On pourra tout gérer du moment qu'on est ensemble. » Il sort son téléphone de sa poche et regarde l'écran.

— Je vais commencer à les chronométrer, ajoute-t-il.

Elle ne discute pas, heureuse qu'il fasse quelque chose pour elle.

Elle regagne le rocking-chair, dont le léger balancement est physiquement réconfortant, et elle s'y adosse, laissant tomber sa tête et fixant le plafond, criblé de fissures. Comment en sont-ils arrivés là, tous les deux ? Comment deux personnes qui n'ont jamais rien voulu de plus qu'être ensemble et fonder leur propre petite famille en sont-elles arrivées là ?

— OK, dit-elle. D'accord.

Et elle entreprend de compter les fissures au plafond pour porter son attention sur autre chose.

Ses pieds font bouger le rocking-chair tandis qu'elle caresse son ventre. L'inspectrice parle au téléphone et, son propre téléphone à la main, Terry quitte la pièce pour aller préparer du thé. Andrea compte cinquante fissures et continue à les dénombrer, concentrée sur sa respiration, fermement décidée à rester dans cette pièce jusqu'à ce qu'elle sache où se trouve son fils.

Devant elle, les portes vitrées automatiques s'écartent et se referment, telle une balise vers laquelle elle se dirige. L'aéroport est bondé, tout le monde va dans la même direction, certains traînant d'énormes valises, d'autres chargés en tout et pour tout d'un petit sac. Une femme en tailleur-pantalon marche d'un pas décidé vers la sortie. Elle converse d'une voix sonore avec quelqu'un au téléphone :

— Je prends un taxi. Je serai là dans vingt minutes. Commence le dîner sans moi.

Gabby se demande comment l'on vit avec une telle confiance en soi, quand votre existence est aussi importante pour autrui, puis elle réalise qu'elle le saura sous peu. Elle sera mère et il n'y a pas de travail plus important que celui-là.

Les portes s'ouvrent et se referment, et elle presse le pas, mais Jack reste à la traîne, observant les gens, les magasins, s'arrêtant chaque fois qu'on annonce un embarquement. L'odeur de friture des stands de nourriture flotte jusqu'à eux, lui rappelant qu'elle a faim, mais elle mangera une fois qu'ils seront arrivés à l'hôtel. Elle veut quelque chose de sain, pour Jack comme pour elle, car il leur faut entamer d'emblée cette existence comme elle en a l'intention. Or, donner à son enfant une nourriture équilibrée est le meilleur des départs.

— Viens, Jack, dit-elle en le tirant légèrement.

— Mais regarde, il y a un garçon qui pleure. Pourquoi il pleure ? s'étonne-t-il.

— Je ne sais pas, répond-elle en s'efforçant de ravaler son irritation.

Ils sont si près du but. Elle tire plus fort sur sa main et il accélère enfin. Devant elle, les portes s'ouvrent et se referment encore une fois. Ils sont assez près pour sentir les vapeurs d'essence qui entrent dans le bâtiment, portées par l'air chaud.

Elle a réussi, elle a vraiment réussi. Personne ne les retrouvera maintenant. Elle va pouvoir prendre un taxi pour aller passer la nuit dans un hôtel et elle quittera la Gold Coast demain. Cette destination touristique compte beaucoup trop d'hôtels pour qu'on les repère et, de toute façon, elle utilisera sa nouvelle carte de crédit, qui correspond à son faux permis de conduire. Janet Jones sont un prénom et un nom ordinaires pour une femme quelconque dont personne ne prendra la peine de se souvenir.

Les portes coulissent et Gabby se dirige vers l'espace béant entre elles.

— J'attends qu'on me confirme qu'ils étaient bien sur le vol qui vient d'atterrir, annonce l'inspectrice. Quelqu'un a rapporté avoir vu une femme accompagnée d'un jeune garçon, mais la femme en question aurait les cheveux foncés et je suppose que Gabby n'a pas eu le temps de changer de coiffure aussi vite.

— Elle pourrait porter une perruque, suggère Andrea, parce qu'à ce stade, tout est possible.

Richard se lève et recommence à faire les cent pas.

— C'est vrai, ce n'est pas impossible. Elle a des perruques. Je sais qu'elle en possède. Mon Dieu, quelle pagaille ! Un vrai foutoir ! À quoi pensait-elle, bon sang ? murmure-t-il, plus pour lui-même qu'à leur intention.

Andrea s'agrippe aux accoudoirs du rocking-chair, inspirant doucement pendant une autre contraction. Aura-t-elle un jour la possibilité de raconter cette histoire à Gemma et à Jack ? Ou Gemma en sera-t-elle la seule destinataire ?

Terry se tient à ses côtés, les yeux rivés sur son téléphone.

— Il faut qu'on aille à l'hôpital, dit-il. Tu te mets en danger, Andy.

— Non, murmure-t-elle, non.

— L'ambulance attend dehors. Puis-je demander à un urgentiste de venir vous examiner, s'il vous plaît ? la supplie l'inspectrice.

— Pas encore ! crie Andrea. Pas encore.

Ils vont l'emmener, loin du dernier endroit où elle a vu son enfant et elle ne les laissera pas faire. Andrea sent ses yeux ruisseler de larmes, brûlantes sur ses joues, avant qu'elles ne remplissent sa bouche d'un goût salé. Son bébé n'est pas à la maison et, si elle part, elle ne le reverra jamais.

32

GABBY

Il est plus de 20 heures et Jack a probablement dépassé son heure de coucher habituelle. Elle sait qu'il ne lui reste que quelques minutes avant qu'il soit à la fois affamé et fatigué et qu'elle doive gérer une nouvelle crise. Elle franchit la porte vitrée et cherche le début de la file d'attente pour les taxis.

— Par ici, Jack, dit-elle en marchant à grandes enjambées, tout en fouillant des yeux les parages à la recherche d'un taxi disponible.

Quelqu'un s'esclaffe et un homme derrière elle éclate de rire. Gabby regarde droit devant elle.

Ses pieds se figent quand elle voit la femme qui se dirige vers elle. Une policière. Les cheveux roux de la femme sont enroulés en un chignon, fanal qui ressort par contraste avec son uniforme bleu sous le blanc éclatant des néons qui illuminent la zone. Gabby a la bouche sèche. La policière consulte son téléphone portable. Gabby fait un pas, et la femme lève les yeux au même instant. Elle cille, elle l'a reconnue. Sa bouche s'ouvre. Serrant plus fort la main de Jack, Gabby baisse les yeux vers lui, mais le petit ne se rend compte de rien, trop intrigué par tout ce qu'il découvre autour de lui. Il ne cesse de tourner la tête dans tous les sens.

Gabby repère une autre personne, un homme, dont les larges épaules distendent la chemise bleue.

— Eh ! lance la policière.

Gabby s'arrête de marcher et se retourne pour regarder derrière elle, puis à nouveau devant elle. Elle peut retourner en courant dans l'aéroport et tenter de disparaître, de se cacher quelque part. Elle se voit accroupie dans une cabine de toilettes avec Jack, mais ça ne marchera pas. Non, ça ne marchera pas. Il ne restera pas silencieux. Ils l'ont vue, ils savent, ils savent tous. Pendant un instant, elle ne sait pas quoi faire, ses pieds sont incapables de bouger et les forces de l'ordre convergent vers elle.

Puis, un autre policier apparaît à l'intérieur du bâtiment sur sa droite. Il se faufile à travers les portes vitrées et elle voit que lui aussi est concentré sur son téléphone. Il lève la tête et l'aperçoit. Elle regarde sur sa gauche : il y en a un autre, un homme plus âgé. Elle se retourne et découvre encore une femme, la main au côté, posée sur son arme, tandis que, de son autre main, elle plaque un téléphone contre son oreille.

— Oui, oui, dit-elle.

Soudain, ils sont partout : au moins dix, voire plus.

Et tous ont les yeux rivés sur elle. Gabby retient son souffle. Comment l'ont-ils trouvée ?

C'est maintenant un essaim bleu qui se dirige vers elle, qui fond sur elle... pour la piquer. Ses genoux se liquéfient et flageolent, mais elle se redresse.

Elle n'a nulle part où aller, nulle part où se cacher.

— Qu'est-ce qu'il y a ? demande Jack. On ne va pas voir maman ?

— Non, murmure-t-elle, les épaules voûtées par la défaite. Non.

— Excusez-moi, madame, dit un policier. Nous aimerions vous dire un mot...

Gabby acquiesce tristement. Dans son esprit, les photos de Jack s'effacent tout comme les posts qu'elle allait écrire, les histoires qu'elle allait raconter, la vie qu'elle allait enfin mener.

Tout s'estompe et disparaît jusqu'à ce qu'il ne reste plus rien.

— Bonjour, Jack, dit quelqu'un d'autre, un homme qui a l'air très jeune.

On lui donnerait seize ans, s'il n'avait pas son uniforme. Il s'accroupit et Gabby perçoit le léger parfum de son après-rasage au bois de santal.

— Je suis l'agent Blake et je suis venu te ramener chez ta maman.

— Ma maman va avoir un bébé. On va lui rendre visite. J'ai pris l'avion avec Gabby, raconte Jack au policier, sans se douter le moins du monde de ce qui se passe. Elle m'emmène voir maman et le nouveau bébé à l'hôpital. La dernière fois, on n'a pas pris l'avion quand on est allés à l'hôpital.

— Ta maman n'a pas encore eu le bébé, Jack, dit l'homme.

Gabby baisse les yeux sur lui. Il a les cheveux châtains de Flynn, et un beau sourire comme lui. Mais ce jeune homme n'est pas Flynn et le petit garçon à côté d'elle n'est pas son fils Jack. L'espace d'un instant, d'un tout petit instant, elle l'a cru possible.

Maintenant, elle a tout perdu. Elle a perdu son passé, parce qu'on va bientôt révéler que Flynn n'a jamais existé, et on s'apprête à lui enlever ce petit garçon. Et elle a perdu son avenir. Tout a disparu. Ses raisons d'être ont disparu. Richard avait raison. Elle n'aurait jamais dû se laisser aller à ce moment de folie. Elle aurait dû s'en tenir à ce qu'elle a toujours fait. Mais elle voulait, juste un instant, se sentir dans la peau d'une vraie mère, savoir ce qu'on ressentait en ayant dans sa vie un enfant qui dépend de vous. Elle voulait que ses posts soient authentiques, pour une fois, avec ce qu'il fallait de déformation pour susciter la compassion et l'intérêt. Le soir, après avoir éteint son ordinateur, elle ne voulait plus être seule avec ses pensées et les messages de Richard. Elle voulait que quelqu'un soit là, un enfant qui l'aimerait quoi qu'il arrive, un enfant qui apprécierait les attentions de cette mère protectrice, si différente de sa propre mère.

C'est ce qu'elle voulait, mais ce bonheur-là n'est pas pour les gens comme elle, et Richard va devoir travailler très dur pour la tirer de cette situation. Elle espère qu'il est prêt.

Derrière elle, quelqu'un pose une main sur son épaule.

— Gabby Burrell... commence une voix.

Gabby laisse les mots couler sur elle. Sa tête tombe et elle ne peut retenir ses larmes.

33

ANDREA

L'urgentiste, une jeune femme aux cheveux noirs tressés, s'accroupit à côté d'elle, une main posée sur son poignet. Mais Andrea ne veut pas la regarder, ne peut pas établir de contact visuel, car alors ils vont l'emmener. L'urgentiste a un stéthoscope qu'elle utilise pour écouter les battements de cœur de Gemma toutes les minutes. Andrea compte les fissures au plafond.

Cent douze, cent treize... Si elle continue à compter, à déplacer ses yeux au plafond, son corps reste calme et immobile, et elle a besoin de cela jusqu'à ce que son fils soit en sécurité. Terry est assis à côté d'elle, il actionne nerveusement le fermoir de sa montre, un « clic-clac » plus réconfortant qu'irritant. Elle se souvient qu'il l'a fait à leur mariage avant de se lever pour prononcer son discours. C'est un tic qui trahit sa nervosité, son manque d'assurance. Il n'arrête pas de consulter son téléphone, pour enregistrer méticuleusement ses contractions.

Les policiers se tiennent près de la porte comme si Jack allait entrer d'une minute à l'autre, et l'inspectrice fait des allers-retours dans le petit couloir entre le salon et les chambres, les yeux rivés sur son téléphone.

Personne ne parle.

Soudain, la sonnerie du téléphone de l'inspectrice déchire le silence, et Andrea se tourne pour la regarder faire glisser son doigt sur l'écran et porter l'appareil à son oreille.

— Oui, aboie-t-elle, puis elle écoute en hochant la tête. C'est certain ? C'était où ?

Le cœur d'Andrea reste en suspens entre un battement et le suivant.

Levant les yeux, l'inspectrice croise son regard et hoche la tête, un pouce levé pour leur annoncer : *ils l'ont récupéré*. Ils l'ont trouvé. Un sourire se dessine sur le visage de la jeune femme qui se détend maintenant qu'elle sait le petit garçon en sécurité.

Un cri jaillit du plus profond de son corps, puissant et brutal, alors qu'elle se penche vers l'avant en gémissant :

— Oh, mon Dieu, merci, merci, merci !

Des sanglots secouent son corps, le soulagement afflue dans ses veines et le bébé qui veut naître lui coupe le souffle avec une nouvelle contraction, encore plus violente que les précédentes.

— Elles sont trop rapprochées maintenant, déclare l'urgentiste.

— Ça va aller, ça va aller, murmure Terry en l'entourant de ses bras.

Elle lui jette un coup d'œil et voit les larmes qui coulent des yeux de son mari. Elle sent un barrage se rompre en elle, tout se déverse et, pendant quelques minutes, elle pleure avec son mari sur ce qui est advenu de leur vie et sur la chance qu'ils ont eue de retrouver leur petit garçon.

L'inspectrice vient se placer au-dessus d'elle.

— Si vous êtes en mesure de le faire, il faudrait que vous lui disiez d'aller avec le policier pour qu'il n'ait pas peur.

Andrea acquiesce et renifle, prend une profonde inspiration qui la fait frémir de la tête aux pieds. L'inspectrice lui tend le téléphone et elle essaie de contrôler sa voix, malgré les larmes qui menacent de la submerger.

— Coucou, Jack, lance-t-elle. Coucou, petit bout. C'est moi. C'est maman.

L'urgentiste se lève et fait un geste à son collègue, dans l'embrasure de la porte, afin qu'il fasse entrer le brancard dans la pièce.

— Vous arriverez à grimper dessus ? demande la femme.

— Je peux tout faire, répond Andrea à travers ses larmes, pendant qu'elle écoute la voix de son fils. Tout.

34
GABBY

Elle sent un autre policier venir se placer à côté d'elle. Ils sont si nombreux qu'ils semblent avoir surgi du sol, avoir poussé juste devant elle. D'où sortent-ils tous ? Les gens en train de quitter l'aéroport ne se gênent pas pour la dévisager, s'arrêtant même carrément devant le spectacle. Un peu plus loin, des taxis s'éloignent en trombe de la file d'attente, pleins de touristes, d'hommes d'affaires ou de voyageurs regagnant leur logis. Les personnes assises dans les habitacles sont à l'abri du vent froid qui s'est levé tout à coup, du ciel sombre au-dessus d'eux et ils ne voient pas leurs rêves s'effacer ici et maintenant, alors que la nuit avance.

Le policier tend un téléphone à Jack.

— Ta maman veut te parler, Jack, dit-il.

Gabby entend la voix d'Andrea, des larmes derrière ses mots. Elle a vraiment bien tout fichu en l'air, cette fois-ci.

— Coucou, maman, lance Jack, tout excité par son aventure. Gabby et moi, on a pris un avion très haut dans le ciel, raconte-t-il en levant le bras pour indiquer l'altitude à laquelle ils ont volé. Et j'ai mangé des frites et du chocolat... Y avait du caramel dedans, comme tu aimes, et on va venir te voir.

Les mots se déversent en cascade tant il s'efforce d'être exhaustif, mais elle reprend la parole et il se tait pour écouter sa mère : sa mère et non Gabby, qui ne sera jamais une mère.

— Euh oui... d'accord, mais pourquoi je peux pas rester avec Gabby ? (Andrea lui a manifestement dit d'aller avec les policiers.) Grand-mère ? Vrai de vrai ?

Gabby se souvient alors qu'Andrea lui a dit que ses parents vivaient dans le Queensland.

— D'accord, dit encore Jack. Est-ce que grand-père m'emmènera à la plage et m'achètera une glace au chocolat ? Youpi ! s'écrie-t-il tout joyeux.

Il rend le téléphone à l'agent et lève les yeux vers Gabby.

— Devine quoi ! Devine quoi ! Grand-mère vient me chercher et elle va m'emmener à la plage chez elle demain et on va faire du surf sur la planche que mon grand-père m'a achetée et je vais passer des vacances rien qu'avec moi, ma grand-mère et mon grand-père et y aura de la glace au chocolat.

Ses yeux bleus brillent de joie devant la tournure inattendue prise par les événements. Jack n'a aucune idée de ce qui vient de se passer, absolument aucune. Il n'a pas été blessé par la décision de Gabby. Elle ne lui aurait jamais fait de mal, mais en l'écoutant raconter tout ce qu'il va faire à la policière qui se tient à côté d'elle, elle se rend compte que c'est le meilleur des scénarios. Elle n'est pas faite pour être mère, pas dans la réalité en tout cas.

Elle sent qu'on lui tire les bras en arrière, mais les mains qui referment les menottes autour de ses poignets sont douces. Elle ne résiste pas, ne se débat pas. Elle se bat depuis toujours, toute sa vie, et c'est terminé maintenant.

« *Les conséquences, enfant du diable. Menteuse pitoyable, fille affreuse.* » La voix de sa mère revient, crachant sa fureur sur Gabby qui ne peut s'empêcher de verser quelques larmes. Elle voulait chasser cette femme pour de bon, au lieu de quoi, la mégère est de retour avec l'envie redoublée de se venger.

Son combat est terminé. L'homme qui l'a menottée dit :

— Par ici, s'il vous plaît.

Il la tire doucement. Gabby renifle et verse quelques larmes supplémentaires. Mieux vaut adopter le comportement de quelqu'un qui a commis une erreur tragique. C'est ce qu'elle doit faire maintenant. Elle versera des larmes et s'excusera encore et encore. Elle dira qu'elle ne comprend pas ce qui lui a pris. Elle se montrera confuse lorsqu'ils lui expliqueront la situation et elle maintiendra que Flynn s'est enfui. Il faut qu'elle agisse comme ça pour que Richard puisse lui éviter la prison. C'est tout ce qui compte. Elle devra le rassurer en lui promettant de bien se comporter à partir de maintenant. Oui, c'est ce qu'elle fera.

« *Regarde ce que tu as fait de ta vie, ce que tu as fait aux autres. Tu es pathétique* », entend-elle maugréer sa mère. Elle s'autorise un petit sourire triste devant la ténacité de cette femme. Elle ne quittera jamais l'esprit de Gabby. Mais tout ce cirque sera bientôt terminé, et Gabby pourra recommencer, dans un nouvel endroit, en devenant quelqu'un d'autre. Tout sera bientôt terminé.

Andrea se déplace sur son lit d'hôpital, s'assied et se penche pour rapprocher le petit lit transparent de Gemma. Elle devrait dormir, profiter de ce temps pendant lequel le bébé dort, mais elle a juste besoin de la regarder encore une fois. Gemma lui ressemble plus que Jack lorsqu'il est né. Son fils a été un mini Terry dès l'instant où il a inspiré sa première goulée d'air. Gemma a des yeux gris foncé qui, selon ses pronostics, deviendront marron comme les siens. Des touffes blondes poussent sur le sommet de son crâne. Andrea sait que ses cheveux deviendront bruns comme ceux de Jack. Ses lèvres et son menton lui viennent de sa mère. Andrea ne peut s'empêcher de s'émerveiller devant la perfection de sa fille.

Un jour, Gemma décrétera que ses cheveux doivent être coupés, teints ou lissés, mais pour l'instant, elle est parfaite, avec ses lèvres en bouton de rose qui bougent dans son sommeil parce qu'elle cherche du lait.

Andrea ne se souvient pas du trajet en ambulance jusqu'à l'hôpital, tant son corps était noyé par la douleur. Elle sait juste qu'une fois allongée sur le brancard par les urgentistes et assurée que Jack était en sécurité, elle a senti le travail s'accélérer. Il n'était plus temps de soulager la douleur, ni de s'occuper d'autre chose que de l'envie de pousser qui menaçait de la déchirer lorsqu'elle est arrivée à l'hôpital. C'est seulement lorsqu'une infirmière à l'air effrayé a placé Gemma sur sa poitrine en disant : « Ça n'a pas traîné » qu'elle s'est rendu compte qu'elle aurait vraiment pu mettre son bébé en danger à force d'attendre comme elle l'a fait. En entendant les hurlements de Gemma, elle a remercié Dieu pour cette issue heureuse, comme elle l'avait déjà fait après avoir su que son fils était sain et sauf.

Elle a été anxieuse jusqu'à ce qu'elle sache son fils dans les bras de sa mère à elle, anxieuse et redoutant que quelque chose tourne mal.

« Ils nous ont placés sous escorte policière, a expliqué sa mère lors de ce premier appel téléphonique merveilleux, où elle a informé Andrea que Jack était avec eux, dans un endroit où elle le savait aussi en sécurité qu'avec elle-même. Repose-toi maintenant, ma chérie. Papa et moi, on s'occupe de tout. »

La voix calme de sa mère qui traversait ainsi les ondes l'a réconfortée au point de la faire pleurer de soulagement.

Jack sera là cet après-midi avec ses parents, qui l'ont gardé avec eux pendant deux jours dans le Queensland et ont ensuite pris l'avion pour Sydney afin de séjourner dans leur maison pendant qu'elle récupère un peu. Jack est impatient de prendre Gemma dans ses bras, et Andrea est heureuse qu'il ait accueilli avec joie la perspective d'avoir une petite sœur. C'est un grand changement pour un enfant de trois ans, mais ce n'est que le premier d'une longue série. Il n'a pour l'instant toujours pas la moindre idée de ce qui lui est réellement arrivé. Terry et elle se sont mis d'accord pour lui dire que Gabby l'avait emmené rendre visite à ses grands-parents, rien de plus. Quand il sera en âge de comprendre, ils lui raconteront le reste de l'histoire.

Il n'a attendu qu'une heure au poste de police de la Gold Coast avant que les parents d'Andrea ne viennent le récupérer, et son plus grand frisson dans toute cette histoire, cela a été le trajet qu'il a fait dans une voiture de police en ayant le droit d'allumer le gyrophare et la sirène. Un rêve pour un petit garçon de trois ans.

L'accouchement lui semble surréaliste, avec le recul, comme il l'a été pour Jack. Andrea adore regarder sa fille, mais elle a aussi un peu peur de dormir. Elle redoute que Gabby ne vienne kidnapper son enfant ou que les hommes auxquels Terry doit de l'argent n'exigent d'elle qu'elle les rembourse. Mais Gabby, qui est sous les verrous, va devoir retourner aux États-Unis, d'où son frère et elle sont originaires. Terry ne doit plus d'argent à personne. Le père d'Andrea y a veillé.

Elle a hâte de laisser Sydney – et tout ce qui s'est passé – derrière elle.

Dans trois semaines, quand elle aura eu plus de temps pour récupérer physiquement, Jack, Gemma et elle prendront l'avion avec sa mère pour Brisbane, où vivent ses parents. Terry s'y rendra en compagnie de son père, dans leur pick-up familial. Elle emménagera chez ses parents avec Terry et les enfants.

Cela fait partie du marché que Terry et son père ont conclu lorsque ce dernier a remboursé la dette de Terry – laquelle s'élevait à plus de vingt mille dollars. Son père est un gentil géant, pas du genre bavard, mais Terry lui a raconté qu'il l'a accompagné pour s'assurer que l'argent avait bien été transféré et que la dette avait été effacée. Il a alors déclaré au malabar qui a reçu le paiement : « Vous devriez avoir honte de vous, de laisser ce garçon tout perdre et de le laisser recommencer. »

« J'ai voulu lui dire que je n'étais pas un garçon, que je m'étais mis tout seul dans ce pétrin et qu'en tant qu'homme, je réussirai à m'en sortir, mais j'ai fermé ma bouche, lui a rapporté Terry.

— Comme il convenait de le faire, a-t-elle répliqué en berçant sa fille dans ses bras.

— Je passerai ma vie à me racheter auprès de tes parents et de toi, Andy, je te le promets. »

Cette fois, elle a deviné qu'il disait vrai, que quelque chose en lui avait basculé le jour où Gabby a enlevé leur fils. Il a touché le fond, vite et fort. Perdre une maison, c'est une chose, mais avoir été à deux doigts de perdre un enfant parce que, en raison de son absence, sa femme avait dû faire confiance à une quasi-inconnue, c'est tout à fait différent. Elle voulait rester en colère contre lui, mais son désespoir était si évident qu'elle a eu du mal à entretenir sa fureur. Elle lui avait accordé une deuxième chance qu'il avait gâchée dans les grandes largeurs, mais ce qui s'est passé, ce qui aurait pu se passer, l'a secoué et lui a permis de prendre pleinement conscience de la manière dont il vivait sa vie. Un changement est survenu en lui, quelque chose dans la façon dont il lui parle et la regarde permet à Andrea de penser qu'il comprend avoir été à deux doigts de perdre sa famille et de finir seul. L'homme qu'elle a épousé n'est pas revenu, mais il a été remplacé par un homme plus mûr, quelqu'un qui semble enfin mesurer la valeur de sa femme et de ses enfants. Et c'est à cet homme qu'Andrea ne peut s'empêcher d'accorder son pardon, c'est cet homme qu'elle ne peut s'empêcher d'aimer.

Dans le Queensland, Terry ira tous les jours aux réunions des Joueurs anonymes et il travaillera pour son père pendant les deux prochaines années, afin de rembourser ses dettes et de prendre soin de sa famille. Il se formera à la pose de moquette et commencera tout en bas de l'échelle, ce qui, Andrea le sait, sera humiliant pour son commercial de mari, habitué à éblouir la galerie avec les grosses ventes réalisées et à rentrer tous les jours à la maison sans s'être abîmé les mains. Mais c'est son père à elle qui a remboursé ses dettes de jeu, par conséquent, celui-ci a le droit d'exiger tout ce qu'il veut. Elle aime l'idée qu'il surveille Terry au quotidien pendant les deux prochaines années. Il n'acceptera pas la moindre absence inexpliquée comme l'a fait Baz. « Je ferai tout ce qu'il faudra », a promis Terry. Andrea voit bien qu'il est sincère.

Elle n'a pas envie de rester à Sydney de toute façon. Elle ne supporterait pas d'avoir la maison de Gabby sous les yeux tous les jours et de se voir rappeler en permanence que sa propre naïveté a failli lui coûter Jack.

Mieux vaut repartir de zéro dans le Queensland. Sa mère l'aidera à s'occuper du bébé et son père supervisera Terry. Et même si elle pressent que son mari et elle finiront par s'irriter de cet arrangement, c'est ce qu'il y a de mieux pour l'instant. Terry finirait peut-être par apprécier le travail et deviendrait vendeur dans l'espace d'exposition des moquettes.

Il a accepté tout ce qu'elle a exigé de lui. Non qu'il ait eu le choix. C'était ça ou perdre sa famille. Malgré son épuisement lié à l'accouchement, Andrea se sent plus forte aujourd'hui que jamais. Elle ne laissera plus personne s'interposer entre ses enfants et elle, ni Terry, ni une inconnue déguisée en amie.

Gemma ouvre la bouche et pousse un petit cri. Andrea tapote doucement la couverture aux rayures arc-en-ciel de l'hôpital, qui enveloppe son bébé.

— Chut, murmure-t-elle.

Gemma s'apaise.

Sur une petite commode appuyée contre un mur de la chambre d'hôpital trône un gros bouquet de chrysanthèmes roses, cadeau de Richard, le frère de Gabby.

La carte jointe dit : « *Félicitations pour la naissance de votre magnifique petite fille. En vous souhaitant une vie remplie de joie et de paix.* »

Andrea est désolée pour cet homme, qui a dû toute sa vie veiller sur sa sœur malade. Elle sait qu'il n'aurait jamais pu prévoir ce que Gabby a fait. Elle n'avait jamais rien tenté de tel auparavant, se contentant de vivre ses fantasmes en ligne.

Le véritable nom de Flynn est Aaron Philips, c'est un jeune homme de dix-sept ans qui vit dans le Michigan. Sa mère menace de poursuivre Richard en justice, puisqu'il était au courant des agissements de Gabby et, bien qu'elle ait de la peine pour cet homme, Andrea pense elle aussi qu'il doit rendre des comptes. Il savait que sa sœur utilisait la photo d'un autre enfant et il l'a laissée faire, parce que cela lui évitait d'avoir à faire traiter sa sœur. L'occupation peut sembler inoffensive, toutefois ce n'est pas le cas. Un écran paraît mettre les choses à distance, au lieu de quoi des dommages réels et importants sont causés chaque jour par ces mêmes écrans. Andrea n'aurait jamais pensé pouvoir être la proie d'un escroc sur Internet, mais elle l'a été dans la vraie vie. À l'avenir, elle se méfiera de toutes les personnes qu'elle rencontre. Terry l'a privée de sa capacité à faire confiance à son propre mari, et Gabby, à une nouvelle amie. Elle s'est entourée d'un mur protecteur contre ceux qui trahiraient sa confiance, et ce mur doit rester en place pour qu'elle puisse protéger ses enfants. Elle n'est pas tout à fait certaine que son mariage survivra à ces événements, mais elle est prête à donner à Terry la chance de prouver qu'il est l'homme qu'elle a épousé, plutôt que l'addict aux jeux qu'il est devenu. C'est sa toute dernière chance.

On frappe doucement à la porte, celle-ci s'ouvre sur ses parents et son fils.

— Bonjour, bout de chou, chuchote-t-elle en tendant les bras vers Jack, dont le sourire illumine la pièce.

— Maman ! crie-t-il.

Et le voilà qui court vers elle pour sauter sur le lit, avec l'intention de lui raconter tout ce qu'il a vu et fait.

— Merci, mon Dieu, murmure Andrea en tenant son fils dans ses bras, tandis que ses yeux se portent sur sa fille.

— Photo de famille ! lance Terry qui entre dans la pièce après avoir été chercher un café.

Quand ils se rassemblent pour la photo, le sourire d'Andrea est si large qu'il lui fait mal aux joues.

GABBY

L'infirmière regarde Gabby rassembler ses affaires. Elle n'a pas grand-chose, seulement une tenue et quelques sous-vêtements de rechange, une brosse à dents, du dentifrice... Elle porte une blouse d'hôpital depuis une semaine et les vêtements qu'on lui a donnés pour se changer ont été achetés par Richard, qui ne s'y entend absolument pas en la matière. Le pantalon gris est un peu trop grand, parce qu'elle a du mal à manger. N'ayant jamais pu supporter la nourriture insipide, elle a préféré se nourrir de fruits. Le haut est d'un beau bleu, mais le tissu est bon marché : Richard a manifestement acheté la première chose qui s'est présentée.

Elle a hâte de se débarrasser de ces vêtements et de prendre une longue douche chaude, puis de jeter tout ce qu'elle porte. Le tissu rêche lui gratte la peau et dégage une affreuse odeur de produits chimiques. Elle a laissé quelques habits dans la maison où elle vivait et elle est sûre que lorsque les propriétaires reviendront, ils les jetteront sans état d'âme. Ce n'était pas monnaie courante de trouver une maison en banlieue disponible sur une période aussi longue. Quand elle l'a vue, elle a eu l'impression que l'univers lui adressait un message. Le propriétaire, qui avait reçu une affectation à l'étranger pour six mois, espérait trouver un locataire, et Gabby était là, disponible, alors qu'il avait justement besoin de quelqu'un pour surveiller la maison et qui soit prêt à lui verser de l'argent en échange de ce privilège.

— Votre frère ne va pas tarder, lui annonce délicatement l'infirmière.

Gabby aime bien cette femme, elle est gentille et douce et semble vraiment vouloir aider ses patients à se rétablir. Malheureusement, c'est un hôpital géré par l'État, qui n'est pas équipé pour les longs séjours. D'après le thérapeute avec lequel Gabby s'est entretenue, elle va rester internée pendant un moment, un très, très long moment. Elle sera expulsée d'Australie et renvoyée aux États-Unis. Elle est autorisée à partir uniquement parce que Richard est psychiatre et a reçu l'autorisation de la sortir du pays où elle a bien failli détruire une famille. Les Australiens n'ont aucune envie de lui accorder l'asile et de la soigner. Ils allaient l'expédier dans un centre de détention en attendant son expulsion, mais Richard a réussi à obtenir d'en avoir la garde jusqu'à ce qu'il puisse la ramener aux États-Unis et la faire soigner là-bas. Il a toujours su manier les mots et les titres ronflants qui suivent son nom lui confèrent de l'importance et de l'autorité. Il a convaincu tout le monde que la santé mentale de Gabby ne supporterait pas un séjour en centre de détention, et sur ce point, il a raison. Son enfermement dans cet hôpital l'a déjà presque rendue folle. Elle ne pouvait aller nulle part ni faire quoi que ce soit sans être surveillée, le tout entourée de cinglés. Elle n'est pas comme eux et ne le sera jamais.

Jack est en sécurité chez lui, avec sa famille. Autrement dit, aucun mal finalement n'a été fait. Le petit garçon ne comprenait pas pourquoi il devait monter dans une voiture de police, mais il a été bien content lorsqu'on lui a promis d'allumer le gyrophare et les sirènes. À l'aéroport, avant de s'éloigner, il s'est retourné une fois pour la regarder. « Au revoir, Gabby », a-t-il lancé, puis il est monté en voiture avec le policier pour un trajet illuminé par le gyrophare, sans cesse de parler de son voyage dans un avion. La tristesse a pétrifié le cœur de Gabby, mais en le regardant partir, elle a compris que c'était mieux ainsi. Elle n'a pas vraiment compris ce qu'il faut faire quand on doit s'occuper d'un enfant, et elle doute d'en être capable un jour. Il est assez facile de voler un objet dans un magasin, de jouir de la secrète excitation qui suit son appropriation et ensuite de ranger son butin dans un tiroir, quand il a cessé de vous intéresser. Mais Jack aurait été sous sa responsabilité pour toujours, et elle peut admettre maintenant que son rêve aurait eu du mal à survivre à la réalité. Elle aimerait trouver un moyen de s'excuser auprès d'Andrea, mais il vaut mieux qu'elle ne la contacte pas. Elle a emmené Jack sur une impulsion née de son désir d'avoir une vie différente, au lieu de quoi elle doit désormais trouver un moyen de se contenter de celle-ci.

Elle imagine le genre d'endroit où Andrea et la police la voient. Ils veulent qu'elle soit enfermée dans une prison déguisée en hôpital, où les médecins lui ponctionneront le cerveau et y trouveront sans doute sa mère, narquoise et froide. Elle déteste parler de sa mère. Cette femme est morte, pour elle, et pourrait tout aussi bien l'être vraiment : Gabby ne l'a pas revue depuis des décennies. Parfois, elle se plaît à l'imaginer seule et souffrante, suppurant dans sa propre amertume tout en maudissant sa fille diabolique de l'avoir abandonnée. Les mauvais parents méritent de mourir seuls. Vieillir et devenir fragile ne rachètent pas l'horrible humain qu'ils ont été du temps de leur vigoureuse jeunesse.

— Merci, dit Gabby à l'infirmière qui la guide vers l'entrée, où elles attendront Richard.

Elle n'a pas été autorisée à garder son téléphone ici, ni à lire les journaux ou à regarder les informations. C'est considéré comme problématique pour certains patients. Elle déteste être déconnectée, elle déteste être éloignée des réseaux sociaux.

Cependant, elle est certaine qu'Andrea a accouché, et elle espère que tout va bien. Elle ne souhaite que le meilleur à son ancienne voisine et à sa petite famille, même si elle sait qu'une fois partie d'Australie, elle n'y repensera plus beaucoup. Richard a fermé sa page Facebook et supprimé toutes les photos de Flynn. Le prénom Flynn convient mieux à ce garçon que celui donné par ses parents. C'est comme ça qu'elle choisit les enfants sur lesquels elle jette son dévolu, en cherchant sur Instagram et Facebook jusqu'à ce qu'elle en repère un affublé d'un nom complètement inadéquat. Un Aaron est ennuyeux et sans danger, alors que Flynn est un garçon capable de changer le monde. Il en avait l'air, en tout cas.

Dans l'entrée de l'hôpital, elle voit Richard, à un comptoir, en train de discuter avec une autre infirmière. Lunettes perchées sur le sommet du crâne, il tient un épais dossier. Il a besoin de lunettes à double foyer, mais ne veut pas en acheter car il déteste l'idée d'être vieux à ce point. L'humeur de Gabby s'améliore, comme toujours quand elle le voit. Il y a des gens tout autour, mais lorsqu'il lève les yeux et que leurs regards se croisent pendant quelques secondes, il n'y a plus qu'eux deux : il est là pour la sauver une fois de plus.

Elle attend tranquillement qu'il soit venu à bout du millier de formulaires qu'il doit remplir.

Il ne la serre pas dans ses bras lorsque l'infirmière la lui confie, mais la prend par le coude et la guide jusqu'à sa voiture, lentement et prudemment, comme si elle était âgée ou infirme. Elle prend soin d'incliner la tête, d'avoir l'air un peu confuse, honteuse de ce qu'elle est, et de la façon dont elle est arrivée ici.

Pendant les premières minutes du trajet, ils ne se disent rien, alors que son esprit enfle de tout ce qu'elle veut lui dire.

— Je suis désolée, murmure-t-elle finalement.

— Je le sais bien.

Les arbres devant lesquels ils passent sont dépouillés ou s'agrippent à leurs dernières feuilles brunies, car l'hiver frappe

Sydney de plein fouet. Elle ferme les yeux et s'imagine en un endroit chaud et entièrement nouveau, quelque part.

— Je nous ai réservé un vol à 17 h 15 pour New York. J'ai dû montrer les billets que j'avais achetés pour qu'ils m'autorisent à t'emmener.

— J'adore New York, déclare Gabby. Pas toute la ville, mais certains quartiers.

Elle regarde par la fenêtre les bâtiments qu'ils dépassent, les voitures remplies de gens qui vont tous quelque part et font quelque chose en ce mardi après-midi. Dans nombre de voitures, il y a des enfants sur les banquettes arrière. Des petits dont la tête dépasse à peine de leur siège auto et de plus grands revêtus d'uniformes d'écoliers, penchés sur leur téléphone.

— Je ne comprends pas ce qui t'a poussée à faire ça, s'insurge Richard. Tu allais forcément te faire arrêter. On est en Australie, on ne laisse pas les enfants s'évanouir dans la nature. Pourquoi as-tu fait quelque chose d'aussi imprudent, et comment as-tu pu penser que je n'interviendrais pas pour t'arrêter ?

Il ne paraît pas fâché, juste perplexe. Il sait qu'elle est sujette à ce genre d'écarts de conduite, de petits écarts lorsqu'elle prend des décisions impulsives. Mais là, c'était plus grave que tout ce qu'elle avait fait jusqu'à présent.

Gabby regarde devant elle alors que la voiture s'engage sur l'autoroute.

— Je ne peux pas l'expliquer, avoue-t-elle. Il faut croire que mère revenait plus souvent que d'habitude et que j'avais besoin de quelque chose de différent. J'ai pensé qu'un enfant, un véritable enfant, m'aiderait. Non seulement il était adorable, mais en plus il se comportait bien. Si j'ai acheté les jouets au début, c'est parce que je voulais un enfant plus jeune, un très jeune enfant. Flynn était là et j'ai dû faire avec, mais je souhaitais un petit garçon, un qui me tiendrait la main.

Elle se mord la lèvre. Elle n'a pas envie de le lui avouer, mais elle sait qu'il vaut mieux tout lui dire.

— Je me sens très seule parfois et tu sembles si loin, alors je...

Elle s'arrête de parler et essuie quelques larmes.

Il retire une main du volant pour saisir une des siennes.

— Tu n'es pas seule. Même si je ne suis pas avec toi, je suis toujours là pour toi, et tu le sais. Tu m'as toujours, pour l'éternité.

Devant eux se profile une petite aire où les voitures peuvent se garer si leur conducteur a besoin d'une pause, ce que fait Richard en arrêtant leur véhicule pour la regarder.

— Je m'inquiétais pour toi, ma chérie, dit-il.

Elle se penche vers lui et l'embrasse. Alors que le baiser s'approfondit, elle passe les mains sur son torse, savourant ce contact après tant de mois de séparation. Il a raison, elle l'a, lui, et elle l'a depuis très longtemps. Elle le regarde et voit, non pas ses cheveux gris et sa peau abîmée par le temps, mais plutôt le garçon de neuf ans qu'elle a rencontré par un jour glacial devant l'immeuble de Brooklyn où elle vivait avec sa mère. Il neigeait et elle était dehors, vêtue en tout et pour tout d'un t-shirt et d'un jean. Elle était une enfant sale et méchante qui avait mis sa mère en colère en lui demandant quelque chose à manger. Alors celle-ci l'avait flanquée dehors pour qu'elle voie ce que c'était que d'avoir froid et d'être affamée, histoire qu'elle apprécie mieux ce qu'elle avait. À l'époque, elle ne s'appelait pas Gabby, mais Gabrielle, un nom bien long pour une petite fille qui n'était qu'une déception perpétuelle. Sa mère détestait qu'on l'appelle Gabby, c'est pourquoi Gabby utilise maintenant ce diminutif chaque fois qu'elle en a l'occasion. Elle se souvient qu'elle se tenait près d'un mur, frissonnant et pleurant, la tête baissée de honte et de désespoir, lorsqu'il s'est approché d'elle et lui a demandé si elle allait bien. Elle a essayé de hocher la tête, mais ses larmes l'ont trahie. Richard, qui s'appelait Michael à l'époque, a enlevé sa veste, la lui a donnée et l'a enveloppée autour de ses épaules. Il est resté avec elle jusqu'à ce que sa mère aboie son nom. « *Les parents, c'est nul, mais j'habite juste là, lui a-t-il dit en désignant un autre bâtiment qui ressemblait au sien. Tu peux toujours venir me demander de l'aide.* »

Ils ont bâti une solide amitié qui s'est transformée en amour sans qu'aucun des deux ne s'en aperçoive, et quand ils ont été assez grands, ils ont laissé tout le reste derrière eux et ils sont ensemble depuis. Ce n'est pas comme s'ils avaient anticipé ce mode de vie : ils y ont dérivé parce que les gens sont extrêmement crédules. La première fois, Gabrielle et Michael ont menti à un homme dans une station-service en prétendant qu'ils devaient rentrer chez eux pour l'enterrement de leur père. L'homme leur a tendu un billet de cinquante dollars, les larmes aux yeux. Ils ont alors compris quels étaient leurs talents. Michael avait le sens des mots et l'apparence fragile de Gabrielle suscitait toujours la sympathie.

« Je serai Richard, comme le roi, a-t-il déclaré lorsqu'ils ont choisi qui ils seraient en quittant l'État.

— Je serai Gabby, parce que chaque fois que quelqu'un prononcera mon nom, je saurai que ça la rend malheureuse, même si elle ne peut pas l'entendre. »

Maintenant, quand leur baiser se termine et qu'ils se séparent à contrecœur, elle ne peut s'empêcher de sourire.

— J'aimerais qu'on puisse passer juste une nuit à l'hôtel avant de partir, dit-elle.

— Tu connais la chanson, Gabby, réplique-t-il.

— Oh, ne m'appelle plus comme ça, souffle-t-elle, soudain consciente du changement survenu en elle. J'en ai fini avec ce nom. Il ne me convient plus. Peut-être que si je lâche Gabby, la vieille sorcière finira par disparaître.

— Eh bien, tu me feras savoir comment tu veux que je t'appelle. De toute façon, Gabby ne va plus durer longtemps, dit-il en observant le flot des voitures pour pouvoir engager la sienne parmi celles qui filent vers l'aéroport. Gabby et Richard Burrell vont faire escale à Dubaï sur leur trajet vers New York, mais ils vont disparaître à ce moment-là. Steven et Roberta Peterson, eux, iront où bon leur semble.

— Et tu ne penses pas que cela posera problème vis-à-vis des autorités australiennes ?

— Une fois qu'on aura quitté leurs jolis rivages, j'imagine qu'ils ne s'en préoccuperont plus trop. Ils veulent juste que tu quittes leur pays. Il se peut que quelqu'un fasse un suivi, mais tu auras complètement disparu. On n'est plus qu'un couple de touristes normaux, originaires du Kansas, qui viennent de passer un moment extraordinaire en Australie.

Elle s'esclaffe.

— C'est bien vrai. Tout le monde a été très gentil. Comment s'est donc manifestée leur gentillesse ?

L'accent australien qu'elle avait conservé disparaît, remplacé sans effort par une voix traînante du Midwest.

— Avant d'être fermée, quand la police et moi avons alerté le site, ta page GoFundMe avait récolté six cents dollars pour t'aider à aller retrouver ton fils perdu aux États-Unis. Mais les informations des cartes de crédit de ces gentils donateurs ont permis de récolter bien plus. Certaines de tes amies avaient des plafonds de retrait assez élevés, et elles vont bientôt savoir combien elles ont perdu. En tout, j'ai soutiré environ trois cent mille dollars à vingt personnes.

— Hmm, fait Roberta en fronçant le nez. Ce n'est pas beaucoup. On devra réessayer aux États-Unis. Peut-être qu'on pourrait tenter la Californie ?

— Eh bien, concède-t-il, je suppose que je peux être le frère psychiatre d'une sœur déséquilibrée en Californie, tout comme je l'ai été à Londres, en Irlande et à Washington. Personne n'a jamais du moins pensé à remettre en question mon impressionnante carte de visite. Il ne nous reste plus que quelques performances à faire et le pécule sera suffisant pour nous permettre d'acheter notre petite propriété sur Maui et nous détendre enfin.

— J'ai hâte, dit-elle alors qu'ils se garent à l'aéroport, où un certain Simon James rendra sa voiture de location.

Richard Burrell, lui, escortera sa pauvre sœur Gabby jusqu'à Dubaï, puis Steven Peterson prendra un autre avion pour retourner aux États-Unis avec sa femme.

Le temps que la police comprenne ce qui s'est passé, ils seront introuvables. Ils procèdent ainsi depuis des décennies maintenant, allant partout où il y a des gens aimables et prêts à aider une femme en détresse dont le fils a disparu ou dont la fille a été enlevée par son père ou dont l'enfant malade a besoin d'une opération. La page Facebook mène à la page GoFundMe, et bien que ces dons ne soient jamais très importants, l'homme qui, pendant un certain temps, sera connu sous le nom de Steven est très doué pour extraire les informations sensibles des cartes de crédit. Ses compétences en informatique sont également inestimables lorsqu'il s'agit de fabriquer de faux documents d'identité. Si lier connaissance avec les voisins ne fait jamais partie du plan, c'est pour une très bonne raison. Richard sait qu'il vaut mieux rester loin d'eux, voilà pourquoi il a été si contrarié lorsqu'elle a commencé à discuter avec Andrea. Elle ne recommencera jamais.

Juste avant de monter dans l'avion, Roberta se rend dans les toilettes de l'aéroport pour se recoiffer. Steven a choisi pour elle un sac rouge surdimensionné de mauvais goût, mais vraiment parfait pour Roberta, tout comme les vêtements qu'elle porte. En Californie, elle deviendra une autre femme, une dame qui s'habille beaucoup mieux que Roberta. Elle regrette qu'ils ne puissent voyager en classe affaires, mais la classe économique attire moins les regards. La douche chaude et les nouveaux vêtements devront attendre quelques jours, car l'avion décolle bientôt. Elle a hâte de dire adieu à ce pays pour toujours.

Une femme d'à peu près son âge vient se placer à côté

d'elle, donnant elle aussi un coup de brosse rapide à ses cheveux. Roberta tire alors silencieusement son téléphone de sa poche pour faire semblant d'appeler quelqu'un. Elle veut tester sa nouvelle personnalité et commencer à élaborer une histoire pour Roberta, afin d'être convaincante jusqu'à ce qu'elle se forge une nouvelle identité. Roberta a trois enfants et elle a vraiment apprécié ses vacances.

— Oh, coucou, ma chérie, c'est Roberta, dit-elle au téléphone pour laisser un message à sa fille aînée. On est sur le point de décoller, et on a passé un séjour idyllique. J'ai hâte de rentrer à la maison et de te raconter tout ça. À bientôt.

La femme à côté d'elle sourit chaleureusement.

— Les vacances ont été bonnes ? demande-t-elle.

— Les meilleures de ma vie, répond Roberta dans un soupir. Les meilleures, vraiment.

UNE LETTRE DE NICOLE

Bonjour,

J'aimerais vous remercier d'avoir pris le temps de lire *La Mère au foyer*. Si vous avez apprécié ce livre et que vous voulez être tenu au courant de mes dernières parutions, il vous suffit de vous inscrire en suivant le lien ci-dessous. Votre adresse électronique ne sera jamais communiquée à qui que ce soit et vous pourrez vous désinscrire à tout moment.

france.bookouture.com/subscribe/

Le narrateur douteux est un trope couramment utilisé dans les suspenses psychologiques. Gabby est la narratrice la moins fiable que j'aie jamais créée. La vérité sur son identité et ses agissements ne m'est apparue qu'au moment où j'écrivais son épilogue, dans la première version de ce livre. Cela a changé toute l'histoire pour moi, mais quand j'ai commencé à retravailler le texte, je me suis rendu compte qu'elle y faisait allusion depuis le début. Certains personnages ont cette amusante particularité. J'espère que les lecteurs auront un peu de sympathie pour elle, parce que grandir avec une mère comme la sienne n'a pas dû être facile. Elle est au fond un produit de son environnement.

Les escroqueries sur les réseaux sociaux sont un phénomène généralisé, et chaque fois que je pense les avoir toutes vues, une autre surgit. Il est difficile de savoir qui ou quoi croire à l'ère des *fake news* et des filtres.

Je sais que vous aurez été ému par le sort d'Andrea et que vous aurez peut-être éprouvé un peu de compassion pour Terry. La dépendance est une maladie et Terry veut désespérément guérir. Je le vois réussir et devenir le meilleur mari et le meilleur père possible.

Je sais que certains lecteurs n'aimeront pas que Gabby et Richard aillent escroquer d'autres personnes crédules, mais il est avéré que tous les criminels ne se font pas attraper. Je suis heureuse qu'Andrea et sa famille s'en soient sortis sains et saufs et qu'ils puissent aller de l'avant.

Si vous avez apprécié ce roman, ce serait adorable de prendre le temps de laisser une critique. Je les lis toutes et j'éprouve une véritable joie lorsque mes lecteurs s'attachent à mes personnages et à leurs histoires.

J'aimerais aussi avoir de vos nouvelles. Vous pouvez me trouver sur Facebook et Twitter. Communiquer avec mes lecteurs me procure un grand plaisir et je m'efforce de répondre à chaque message reçu.

Merci encore d'avoir lu mon livre,

Nicole

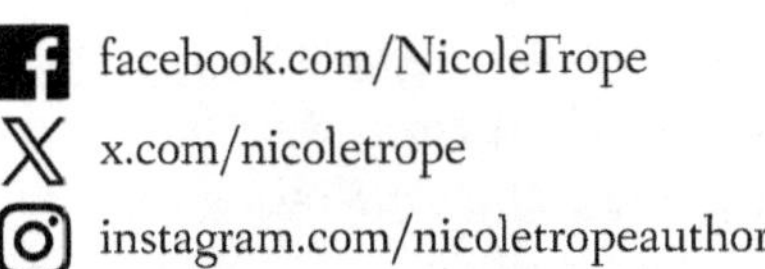

REMERCIEMENTS

Mon premier merci va toujours à Christina Demosthenous pour sa foi en moi et en mon travail. J'adore partager des idées avec elle et attendre sa réaction chaque fois que je lui soumets un nouveau roman.

Merci à Victoria Blunden pour la première révision. Comme d'habitude, ses compétences ont permis d'améliorer ce roman. C'est une fabuleuse bêta-lectrice et je me réjouis de prendre connaissance de ses commentaires.

Je tiens également à remercier Jess Readett pour tout son travail et son enthousiasme lorsqu'elle parle de mes romans au monde entier.

Merci à Ian Hodder pour la révision du texte et à Liz Hatherell pour sa relecture méticuleuse.

Merci à toute l'équipe de Bookouture, notamment Jenny Geras, Peta Nightingale, Richard King, Alba Proko, Ruth Tross, Mandy Kullar et tous ceux qui ont participé à la production de mes livres au format audio et à la vente des droits.

Merci à ma mère, Hilary, toujours prête à découvrir un nouveau roman.

Merci également à David, Mikhayla, Isabella, Jacob et Jax.

Et encore une fois, merci à ceux qui lisent, critiquent, parlent de mon travail dans leur blog et me contactent sur Facebook ou Twitter pour me dire qu'ils ont aimé le livre. J'apprécie la moindre recension et je les lis toutes.